紅樓夢第一回

甄士隱夢幻識通靈　賈雨村風塵懷閨秀

此開卷第一回也作者自云曾歷過一番夢幻之後故將
現身說法是開卷大宗旨
真事隱去而借通靈說此石頭記一書也故曰甄士隱云
云但書中所記何事何人自已又云今風塵碌碌一事無
成忽念及當日所有之女子一一細考較去覺其行止見
識皆出我之上我堂堂鬚眉誠不若彼裙釵我實愧則有
餘悔又無益大無可如何之日也當此日欲將已往所賴
天恩祖德錦衣紈袴之時飫甘饜肥之日背父兄教育之
恩負師友規訓之德以致今日一技無成半生潦倒之罪

淡紅色ナル皺アリ

几回清梦到花前

红楼女子的草木情缘

周舒 撰文

[日]岩崎常正 等绘

中国画报出版社
CHINA PICTORIAL PRESS

丁鹏勃，女，1976年生，历史学博士，曾在西安美术学院从事教学和学术研究工作，现为中国国家博物馆研究馆员，主要研究方向为考古学、博物馆学和中国古代陶瓷，著有《中国陶瓷艺术》等多部专著，发表学术论文数十篇。

以花木喻人，甚至将某种植物奉为神明似乎是个历久不衰的传统：陶潜以菊为知己，林逋以梅为妻，由此而发的吟咏之作皆为后世传诵；更有屈原因咏兰为兰花神，欧阳修因记牡丹为牡丹花神，周敦颐因作《爱莲说》为莲花神。

为植物集谱者也非罕见，如蔡襄集《荔枝谱》，韩彦直著《橘录》。而像本书这样，就某一著作中诸多人物和其相应的植物汇集成谱的就不多见了。书中不但有文学和植物学的结合，还有版本和绘画的叠加，更有人与自然的交融。其给予的线索，一定会引发读者对《红楼梦》原著，或其中植物，或人与植物的对应关系，乃至人与自然界关联性的特别关注。

大观园无疑是《红楼梦》着意刻画的重要故事场景，作者通过它向读者展现了中国古典园林的营造精髓。一座园林若缺少了植物和人物，便丧失了生命力，只是些亭台馆榭的存在，如贾母说的那样，“成个房样子了”。而大观园是一座地地道道的植物园。蕉棠两植的怡红院，翠竹掩映的潇湘馆，沁芳滴翠，蘅芷清芬，从视觉到嗅觉，无不显示出园中的一花一世界，一树一菩提。

紫菱洲、藕香榭等诸多景致皆因植物而名。柳叶渚头，杏子阴中，是何人尝得莲叶羹？是何人编织梅花络？花朝之际，芒种之时，又是何人用花瓣、柳枝编成轿马迎送花神？蘅芜君、潇湘妃子、稻香老农、蕉下客等人，结起海棠诗社，拟菊花题、作桃花行、填柳絮词、撰芙蓉诔……“憨湘云醉眠芍药裀，呆香菱情解石榴裙”，仅从回目中即可感受到书中人物与植物之间的密切联系。人与自然的完美结合是中国园林造园理念所力求的境界，也是古人“天人合一”理念的具体体现。

《红楼梦》作为一部不朽的经典之作，其中妙处，就在于对寓意表述得含蓄隽永、不着痕迹，乍看未必能立时参透。清人评说此书脱胎于《西游记》，《西游记》开篇即写花果山上的那块仙石，“三丈六尺五寸高，有二丈四尺围圆。三丈六尺五寸高，按周天三百六十五度；二丈四尺围圆，按政历二十四气。上有九窍八孔，按九宫八卦”。这样的描写成为《红楼梦》追摹的范本：大荒山无稽崖青峺峰下的补天遗石高十二丈、见方二十四丈，甲戌侧批称娲皇补天所用三万六千五百块乃“合周天之数”。在灿若银汉的世界文学长河中，中国的四大名著之所以会成为当之无愧的一等亮星，是因为它们绝不仅是用余香满口的警人辞藻向读者传达启示与审美感受，更是以入胜的情节引领读者体悟人与宇宙的关系及道法自然的理念。

注重人与自然的和谐共生，注重人道和天道的统一，这是中华优秀传统文化最核心的理念，也是人类亘古不变的追求。

2019年11月29日雪夜

自序

周舒

周舒，家本金陵，寄居都中，因红楼梦牵惹下不能割舍的文字因缘。写字卖文之生涯，固然有汲汲营生之无奈，亦有矢志不渝之初心。几许感悟，汇成此书，与君共赏。已出版作品有情到此间怎由人、暮春花尽，留与谁怜、纳兰诗词赏读、浮生六记（译评版）、西湖梦寻（经典译评版）、小窗幽记（精选译评版）等。

我与《红楼梦》的情缘，始于2000年的夏天。

在故乡南京的旧宅里，王文娟大师的一段越剧《红楼梦·葬花》如同心底流淌的清泉，将七月的溽热扫拂殆尽。

那时候，我浅薄得还没有十足的耐心读完曹雪芹书里的《葬花吟》，但却能慢慢地听着林妹妹戏中的吴侬软语，等她“且收拾起桃李魂，自筑香坟葬落英”。

我一直觉得，整部《红楼梦》就是一首《葬花吟》，它所悲咏的，不仅仅是大观园里女孩子们“一朝春尽红颜老”，亦是书中的每一个人都将“一朝漂泊难寻觅”。

只不过，少年时对此情境，如同宝玉只愿花开不愿花落；及至稍长，自以为有了些领悟，便也认同了黛玉宁可不见花开的心思。毕业后，我步入滚滚红尘，才渐渐明白花开花落亦各有风采。

这就如同人生，无论是“红妆共斗青春妍”还是“朱颜辞镜花辞树”，都是一种美好。所以，写一本红楼人物与草木的书，成了我心底的一颗种子。

以花喻人，古已有之，这是中国古典文学的传统之一。

《红楼梦》之后不久也有一部为女子立传的小说《镜花缘》，写武周时期的一百位才女，均是天上花神降落人间，各有奇遇。但是，能似曹雪芹写《红楼梦》这般，从花草中见人物形象、命运的却寥寥无几。

你看绛珠仙子林黛玉于二月十二花朝节降落凡尘，神瑛侍者贾宝玉恰是那个在芒种花落时出生的惜花人。唯有香梦沉酣的海棠花可以比拟史湘云憨直动人的美，也只有“日边红杏倚云栽”的谶语才可预示贾探春嫁作王妃的最终结局。

《红楼梦》中最丰富的花人之喻的文字出自第六十三回“寿怡红群芳开夜宴”，一场占花名的游戏为众位钗裙定下花名，譬如宝钗之牡丹，黛玉之芙蓉，这也是本书中以花喻人的第一参考出处。

其次，书中有一些人与花的比喻文字，如十二钗判词里贾元春为“榴花开处照宫闱”，王熙凤骂尤氏是“锯了嘴子的葫芦”，内中自有意趣。

再次，像贾母之老君眉、薛姨妈之钩藤是从人物相关情节文字中提取出来，用以成喻。这些文字我自认有些感悟，但终究难逃一家之言的嫌疑。所幸此书算不得著书立说，不过写出来与读者做个交流商讨罢了。

我知道，许多人爱《红楼梦》更爱少女们的美好，我亦不能免俗。但不知是天意还是巧合，在越剧票社里学习的十三年间，我从跑龙套的傻丫头演到了白发苍苍的贾母，于舞台上工习老旦，让我有机会体验到现实年龄所不能感悟的生活。故而，我的红楼花世界不再局限于明艳的春花，那“花儿落了结个大倭瓜”也是一种美好。

所以，此书中以花所喻之人不再局限于女孩子，贾母、王夫人等女性长辈也都在列。

《红楼梦》是一本常读常新的书，此次将人与花相互结合、用古书演绎是一条无人走过的路。为了尽可能地提供给读者更新颖的形式、更丰富的内容，其中的每个细节用到的版本都不尽相同。说明如下：

一是全书所用原文均出自中国画报出版社《红楼梦》2009年第1版，即以乾隆抄本百二十回《红楼梦》为底本，同时参校“程甲本”“程乙本”和“庚辰本”以及列宁格勒藏抄本的一个有特色的版本。

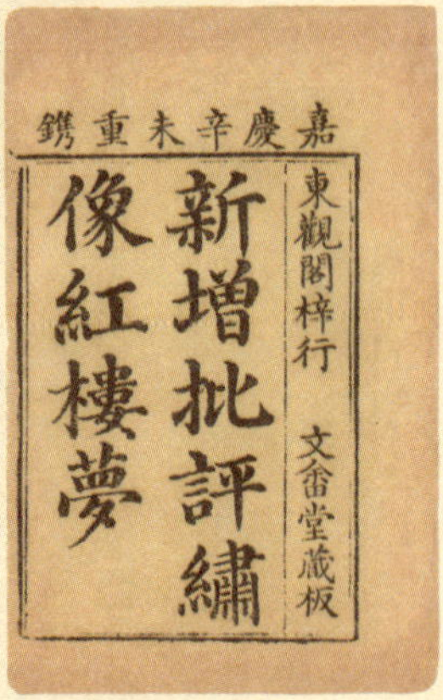

二是古书原文出自《新增批评绣像红楼梦》，文畬堂藏版，清嘉庆十六年（1811）东观阁刊本，这是目前能见到的最早付梓刊印批语的《红楼梦》评点本。

三是书中《红楼梦》插图选自《增评全图足本金玉缘》，清光绪三十四年（1908）求不负斋石印本，全书文前有十四幅绣像，每回前面有绣像两幅，此处精选其中与本书所提及的人物有关的绣像图，并引用《红楼梦》原文为之做图注，便于读者更好领略图意。

四是植物图片选自日本江户时代著名本草学家岩崎常正手绘《本草图谱》，此书为多色套印，极为

精美，有工笔画风，此处所用为日本国立国会图书馆藏本。

贾宝玉神游太虚幻境时品过“千红一窟”的香茗，尝过“万艳同杯”的陈酿，那是《红楼梦》中多少女子的悲歌。而这薄薄的书册，若能成为这首悲歌的小小注脚，真真幸甚至哉！

目录

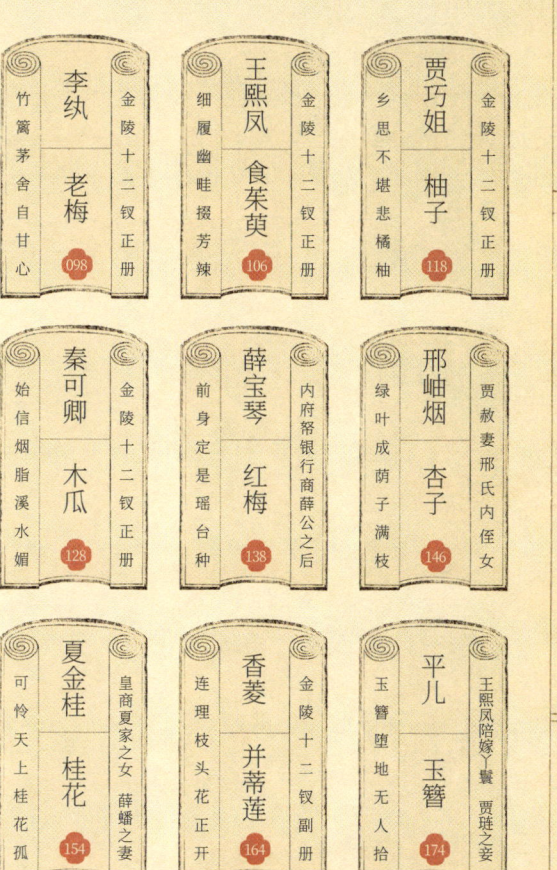

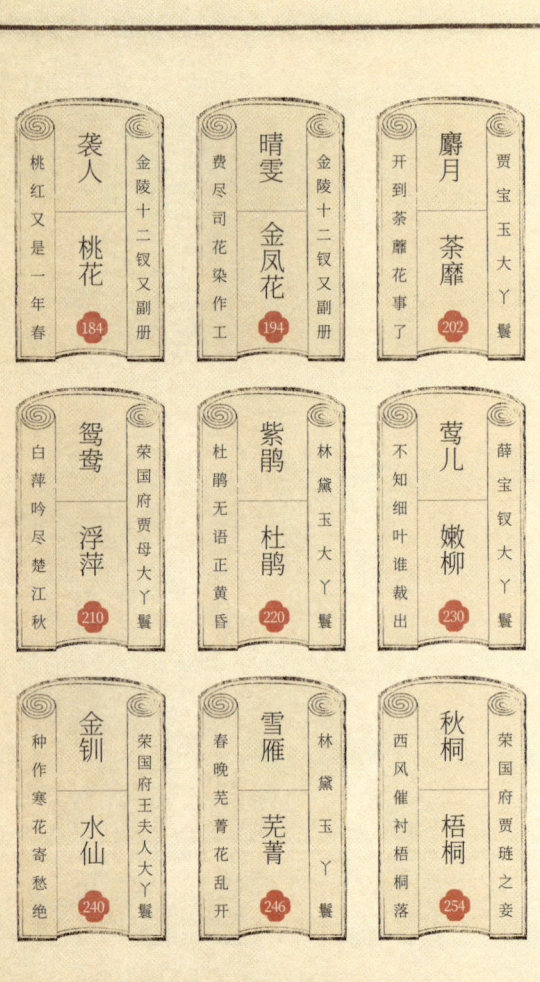

梨香院十二女伶 工小生
藕官 莲藕 274
秋藕绝来无续处

梨香院十二女伶 工正旦
芳官 茉莉 266
笑买新妆茉莉花

梨香院十二女伶 工小旦
龄官 蔷薇 260
总是输君浅淡妆

梨香院十二女伶 工老生
艾官 艾叶 292
老艾当年说国风

梨香院十二女伶 工老旦
茄官 莲蓬 286
莲蓬摘下留空柄

梨香院十二女伶 工小旦
药官 莲子 282
莲脱红衣紫药摧

荣国府厨役之女
柳五儿 茯苓 310
异香蹑取茯苓踪

梨香院十二女伶 工小花脸
豆官 豆子 304
豆荚离离未着霜

梨香院十二女伶 工大花脸
葵官 葵花 298
葵心但秉丹衷在

金陵十二钗正册

薛宝钗

牡丹

任是无情也动人

此回中，大观园诸芳在怡红院内为贾宝玉开寿宴，行占花名的酒令，薛宝钗是第一个掣花名签的，所得乃是牡丹。上题着“艳冠群芳”四字，又有小字镌刻的唐诗一句，道是：“任是无情也动人。”

牡丹一种，世称花王。自李白《清平调》诗“名花倾国两相欢，长得君王带笑看”以来，牡丹便成了杨贵妃的象征。

《红楼梦》里，薛宝钗亦常被比作杨贵妃。第二十七回宝钗扑蝶时，曹雪芹便在回目中题作“滴翠亭杨妃戏彩蝶”。

第三十回“宝钗借扇机带双敲”中，贾宝玉打趣薛宝钗：“怪不得他们拿姐姐比杨妃，原来也体丰怯热。”谁知惹得宝钗大怒，冷笑驳道：“我倒像杨妃，只是没一个好哥哥好兄弟可以作得杨国忠的！”

薛宝钗花名签上的诗句出自唐代诗人罗隐的《牡丹花》：

似共东风别有因，绛罗高卷不胜春。

若教解语应倾国，任是无情也动人。

芍药与君为近侍，芙蓉何处避芳尘。

可怜韩令功成后，辜负秾华过此身。

薛宝钗因为“艳冠群芳”，故而可以“任是无情也动人”，而她之所以无情，是因为吃了冷香丸，便视“天下一切，无不可冷者”。但是，这冷香丸本是为了压制薛宝钗“从胎里带来的一股热毒”，要使她“历着炎凉，知着甘苦，虽离别亦自能安”。

可见，薛宝钗之心仍旧是热的。她的《螃蟹咏》讽刺世人“眼前道路无经纬，皮里春秋空黑黄”，何其毒辣！她在家中常为母分忧解劳，到了贾府亦能处处体贴贾母、王夫人等诸位长辈之心。她曾出钱替史湘云设下螃蟹宴，为林黛玉送燕窝，对邢岫烟嘘寒问暖，令一向“好弄小性儿”的林黛玉最后都赞薛宝钗“是极好的”。《红楼梦》第四十二回“蘅芜君兰言解疑语”一文恰是薛宝钗“若教解语应倾国”的映照。

以牡丹喻薛宝钗，是曹雪芹对其在大观园群芳中地位的认定。故而，当薛宝钗掣出牡丹花签时，众人都笑说：“巧得很，你也原配牡丹花。”

有鐫的小字一句唐詩道是
任是無情也動人 每句各有深意 預為他日之兆
又注着在席共賀一杯此為羣芳之冠隨意命人不拘詩
詞雅謔或新曲一支為賀衆人都笑說巧得很你也原配
牡丹花說着大家共賀了一杯宝釵吃过便笑說芳官唱
一隻我們听罷芳官道既這樣大家吃了門杯好听于是
大家吃酒芳官便唱壽筵開處風光好衆人都道快打回
去這會子狠不用你來上壽揀你極好的唱來芳官只得
細匕的唱了一隻賞花時翠鳳翎毛紮帚扠閑踏天門掃
落花纔罷宝玉却只管拿着那簽口內顛來到去念任是

宝钗便笑道：『我先抓，不知抓出个什么来。』说着，将筒摇了一摇，伸手掣出一签，大家一看，只见签上画着一枝牡丹，题着『艳冠群芳』四字，下面又有镌的小字一句唐诗，道是：『任是无情也动人。』

又注着：『在席共贺一杯，此为群芳之冠，随意命人，不拘诗词雅谑，或新曲一支为贺。』众人都笑说：『巧得很，你也原配牡丹花。』

板壁坐又拿了個靠背墊着些襲人等都端了椅子在炕沿下陪着黛玉却離桌遠遠的靠着靠背因笑向宝釵李紈探春等道你們日日說人家夜飲聚賭今日我們自已也如此以後怎麽說人李紈笑道有何妨碍一年之中不过生日節間如此並没夜夜如此這倒也不怕說着晴雯拿了一个竹雕的簽筒來裡面裝着象牙花名簽子搖了一搖放在當中又取过骰子來盛在盒內搖了一搖揭開一看裡面是六點數至宝釵宝釵便笑道我先抓不知抓出個什麽來說着將筒搖了一搖伸手掣出一簽大家一看只見簽上畫着一枝牡丹題着艷冠羣芳四字下面又

新增批评绣像红楼梦，文畲堂藏版，清嘉庆十六年（1811）东观阁刊本

牡丹

芍药科，芍药属。落叶灌木，高两米，花大、单生，单或重瓣，玫红、粉红或白色，花期四月到五月。中国特有花木，一千五百年栽培历史，深受国人青睐，被誉为『国色天香』『花中之王』，清末曾被当作国花，是我国十大传统名花之一，也是世界闻名的花木。其根皮药用，称丹皮。性微寒，味苦、辛，有抗菌、消炎、祛瘀、镇痛等功效。

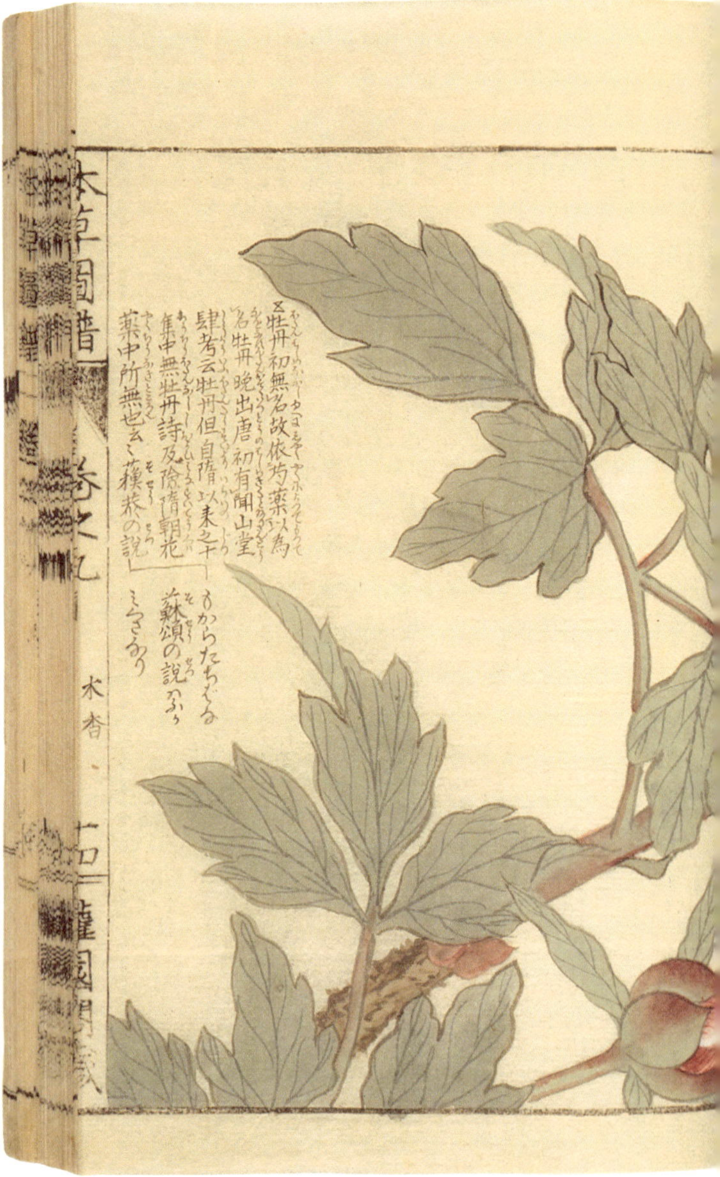

日本国立国会图书馆藏本。江户时代著名本草学家岩崎常正手绘《本草图谱》，此书为多色套印，极为精美，有工笔画风。

贾宝玉奇缘识金锁

第八回　比通灵金莺微露意　探宝钗黛玉半含酸

宝钗看毕，又从新翻过正面细看，口中念着：『莫失莫忘，仙寿恒昌。』念了两遍，乃回头向莺儿笑道：『你还不倒茶去，也在这里发呆作什么？』莺儿嘻嘻笑道：『我听这两句话，倒像和姑娘的项圈上的两句话是一对儿。』宝玉听了，忙笑道：『原来姐姐那项圈上也有八个字，我也赏鉴赏鉴。』宝钗道：『你别信他的话，没有什么字。』宝玉笑央：『好姐姐，你怎么瞧我的了呢。』

注：原文出自中国画报出版社《红楼梦》2009年第1版。以乾隆抄本百二十回《红楼梦》为底本，同时参校『程甲本』『程乙本』『庚辰本』以及列宁格勒藏抄本。

薛宝钗羞笼红麝串

宝玉……正是恨没福，忽然想起『金玉』一事来，再看看宝钗的形容，只见脸若银盆，眼似水杏，唇不点而含丹，眉不画而横翠，比黛玉另具一种妩媚风流，不觉又呆了，宝钗褪了串子来递给他，他也忘了接。

宝钗见他呆呆的，自己倒不好意思起来，丢下串子，回身才要走，只见黛玉蹬着门槛子，嘴里咬着绢子笑呢。

第二十八回　蒋玉菡情赠茜香罗　薛宝钗羞笼红麝串

注：插图出自增评全图足本金玉缘，清光绪三十四年（1908）求不负斋石印本。

蘅芜君兰言解疑癖

第四十二回　蘅芜君兰言解疑语　潇湘子雅谑补馀音

宝钗见他羞得满脸飞红，满口央告，便不肯再往下追问，因拉他坐下吃茶，款款的告诉他道：『你当我是谁，我也是个淘气的……你我只该做些针线纺织的事才是，偏又认得几个字，既认得了字，不过拣那正经的看也罢了，最怕见了那些杂书，移了性情，就不可救了。』一席话，说的黛玉垂头吃茶，心下暗伏，只有答应『是』的一字。忽见素云进来说：『我们奶奶请二位姑娘商议要紧的事呢……』

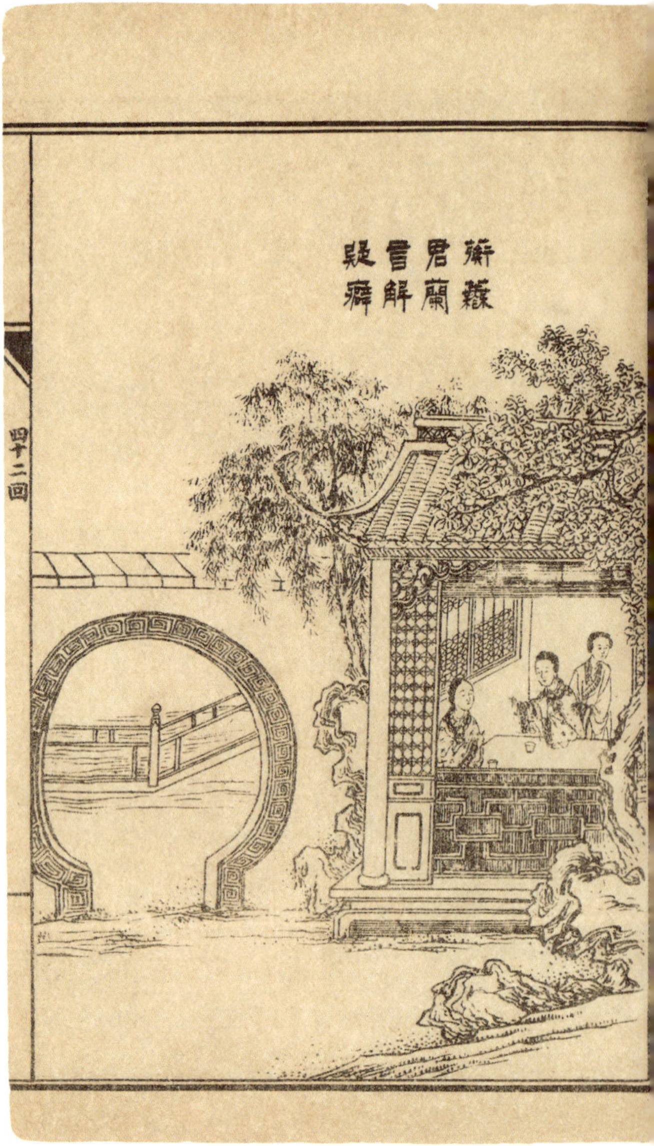

薛蘅芜讽和螃蟹咏

第三十八回　林潇湘魁夺菊花诗　薛蘅芜讽和螃蟹咏

宝钗笑道：『我也勉强了一首，未必好，写出来取笑儿罢。』说着也写了出来。大家看时，写道：『桂霭桐阴坐举觞，长安涎口盼重阳。眼前道路无经纬，皮里春秋空黑黄！』看到这里，众人不禁叫绝。宝玉道：『写得痛快！我的诗也该烧了。』又看底下道：『酒未涤腥还用菊，性防积冷定须姜。于今落釜成何益，月浦空馀禾黍香。』众人看毕，都说这方是食螃蟹的绝唱，这些小题目，原要寓大意思才算是大才，只是讽刺世人太毒了些。

金陵十二钗正册

林黛玉

芙蓉

莫怨东风当自嗟

怡红院的夜宴上，林黛玉抽得的花名签乃是芙蓉，而芙蓉则是这位绛珠仙子降落凡尘后人间的花草比拟。

不过众所周知，《红楼梦》里的“芙蓉花”是晴雯，因为贾宝玉曾为她写过一篇《芙蓉女儿诔》。但是，按照第七十八回“痴公子杜撰芙蓉诔”一段文字，晴雯死后成为司花神乃是怡红院里一个伶俐的小丫头胡编出来的。当贾宝玉追问小丫头晴雯到底是做总花神还是单管一样的花神时，这丫头“一时诌不出来”，因为看见了芙蓉花，便哄骗贾宝玉，说晴雯做了芙蓉花神。

脂砚斋曾对《芙蓉女儿诔》明确批注了“知虽诔晴雯，而又实诔黛玉也”“诔文实不为晴雯而作也”等句。占花名时林黛玉抽得芙蓉花签，众人都道：“这个好极。除了他，别人不配作芙蓉。”由此可知，真正的芙蓉花神乃是林黛玉。

古时芙蓉，最早乃是莲花的别名。但《红楼梦》中所提及的芙蓉却是一种木本植物，因其花色或白或粉，皎若芙蓉出水，艳似菡萏展瓣，故而被称为木芙蓉。此芙蓉开在晚秋时节，花姿妩媚却又有凌霜傲雪之态，与林黛玉的性格倒也相合。

林黛玉的芙蓉花名签上题有“风露清愁”四字，写着一句旧诗：“莫怨东风当自嗟。”此句出自宋代欧阳修《明妃曲和王介甫作》诗，写的是昭君出塞之事。诗中写道：“明妃去时泪，洒向枝上花。狂风日暮起，飘泊落谁家。红颜胜人多薄命，莫怨东风当自嗟。”其中诗意与林黛玉《葬花吟》中的“明媚鲜妍能几时，一朝漂泊难寻觅”“独把花锄偷洒泪，洒上空枝见血痕”“试看春残花渐落，便是红颜老死时”

之意境极为相近，亦可视作林黛玉的命运写照。

有意思的是，薛宝钗牡丹花签上所引用的罗隐的诗《牡丹花》里有一句“芙蓉何处避芳尘”，乃是指芙蓉比牡丹稍显逊色之意。而林黛玉的芙蓉签上恰又注着：“自饮一杯，牡丹陪饮一杯。”由花观人，可知身在凡间的林黛玉比之薛宝钗却有不足之处。

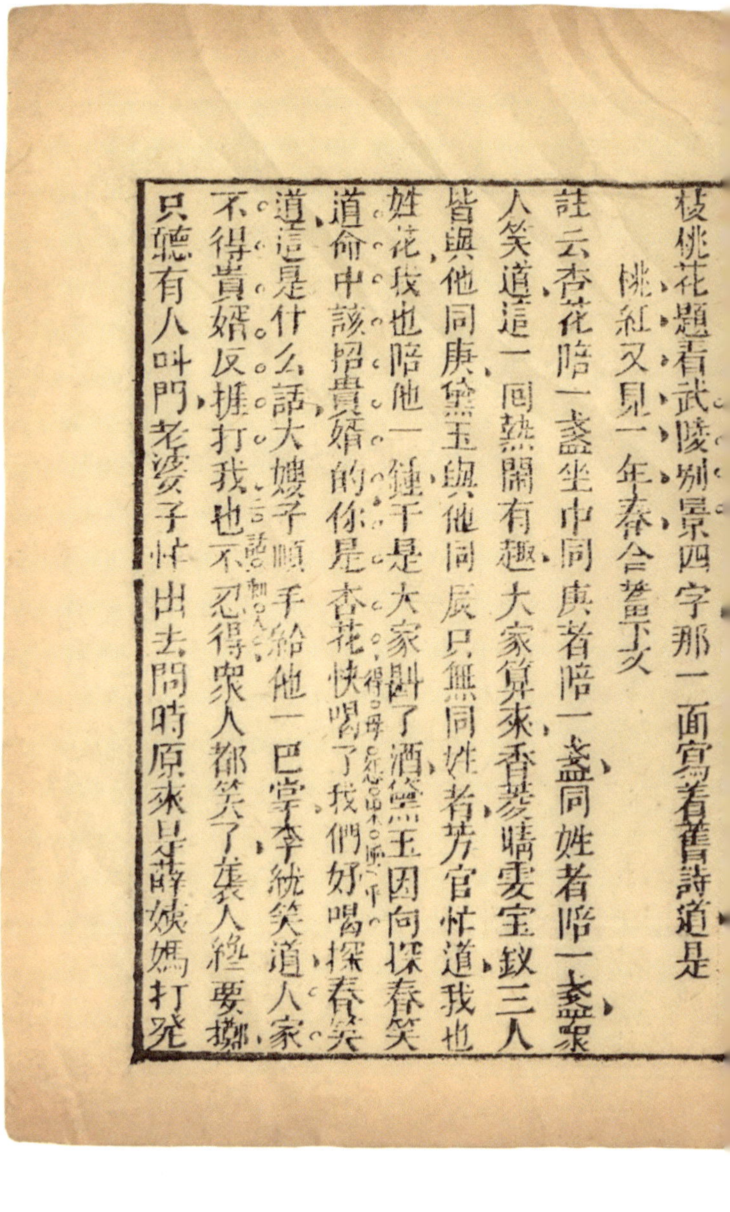
枝桃花題着武陵別景四字那一面寫着舊詩道是
桃紅又見一年春合簽下又
註云杏花陪一盞坐中同庚者陪一盞同姓者陪一盞衆
人笑道這一回熱鬧有趣大家算來香菱晴雯宝釵三人
皆與他同庚黛玉與他同辰只無同姓者芳官忙道我也
姓花我也陪他一鍾于是大家斟了酒黛玉因向探春笑
道命中該招貴婿的你是杏花快喝了我們好喝探春笑
道這是什么話大嫂子順手給他一巴掌李紈笑道人家
不得貴婿反挨打我也不忍得衆人都笑了襲人纔要擲
只聽有人叫門老婆子忙出去問時原來是薛姨媽打発

黛玉默默的想道：『不知还有什么好的被我掣着方好？』一面伸手取了一根，只见上面画着一枝芙蓉花，题着『风露清愁』四字，那面一句旧诗，道是：『莫怨东风当自嗟。』注云：『自饮一杯，牡丹陪饮一杯。』众人笑说：『这个好极。除了他，别人不配做芙蓉。』

着聯春繞瑞那面寫着一句舊詩道是

連理枝頭花正開

註云共賀掣者三盃大家陪飲一盃香菱便又擲了個六點該黛玉黛玉默默的想道不知還有什么好的被我掣着方妍一面伸手取了一根只見上面畫着一枝芙蓉花題着風露清愁四字（中實恰切）那面一句舊詩道是

莫怨東風當自嗟（只好顧影自怜耳）

（且身邊空缺想寶玉必然出家）

註云自飲一盃牡丹陪飲一盃衆人笑說這個好極除了他別人不配做芙蓉黛玉也自笑了于是飲了酒便擲了個二十點該着襲人襲人便伸手取了一枝出來却是一

樹葉とも亦前条の如く
花ハ形状前条の如く
千瓣ニして初め開くとき
ハ白色次第ニ紅色を
帯ひ終ニ深紅となる故
に酔芙蓉の名あり

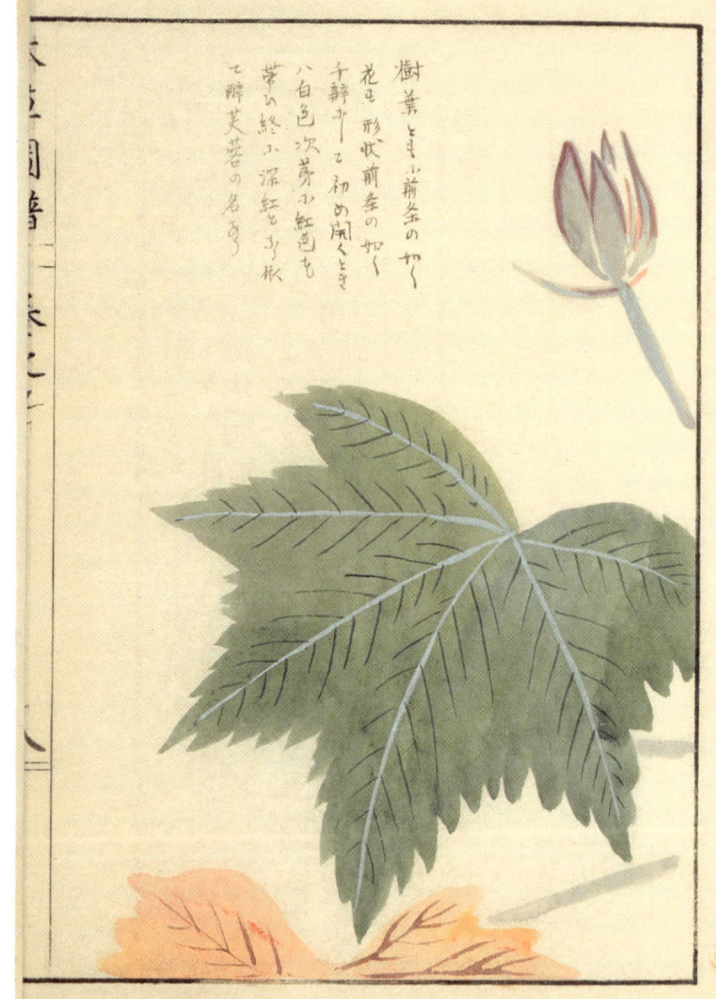

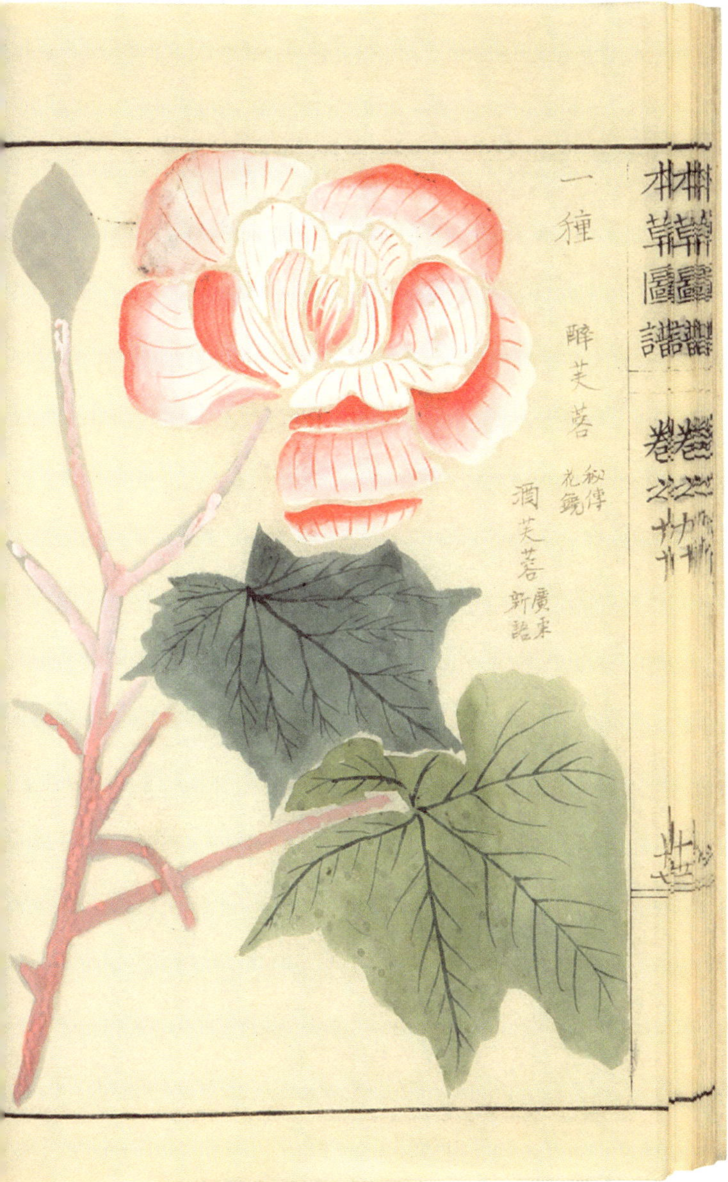

芙蓉

锦葵科，木槿属。又名芙蓉花。落叶灌木或小乔木，高二至五米，花大，清晨初开为白色，傍晚变深红，花期九月到十月。原产中国南方地区。绿叶成荫，花大色异，是良好的园林树种，尤宜植于水滨，妖娆的花影有『照水芙蓉』之称。花、叶入药，有消肿排脓、凉血止血等功效。茎皮纤维可代麻。

西厢记妙词通戏语

第二十三回　西厢记妙词通戏语　牡丹亭艳曲警芳心

林黛玉把花具且都放下，接书来瞧，从头看去，越看越爱看，不到一顿饭工夫，将十六出俱已看完，自觉词藻警人，馀香满口。虽看完了书，却只管出神，心内还默默的记诵。宝玉笑道：『妹妹，你说好不好？』林黛玉笑道：『果然有趣。』宝玉笑道：『我就是个「多愁多病」的身，你就是那「倾国倾城的貌」。』

意绵绵静日玉生香

第十九回　情切切良宵花解语　意绵绵静日玉生香

宝玉总未听见这些话，只闻得一股幽香，却是从黛玉袖中发出，闻之令人醉魂酥骨。宝玉一把便将黛玉的袖子拉住，要瞧笼着何物。黛玉笑道：『冬寒十月，谁带什么香呢。』宝玉笑道：『既然如此，这香是那里来的？』黛玉道：『连我也不知道，想必是柜子里头的香气，衣服上熏染的也未可知。』

苦绛珠魂归离恨天

第九十八回　苦绛珠魂归离恨天　病神瑛泪洒相思地

三个人才见了，不及说话。刚擦着，猛听黛玉直声叫道：『宝玉，宝玉，你好……』说到『好』字，便浑身冷汗，不作声了。紫鹃等急忙扶住，那汗愈出，身子便渐渐的冷了。探春李纨叫人乱着拢头穿衣，只见黛玉两眼一翻，呜呼！『香魂一缕随风散，愁绪三更入梦遥！』

当时黛玉气绝，正是宝玉娶宝钗的这个时辰。紫鹃等都大哭起来。李纨探春想他素日的可疼，今日更加可怜，也便伤心痛哭。

埋香冢黛玉泣残红

第二十七回　滴翠亭杨妃戏彩蝶　埋香冢飞燕泣残红

将已到了花冢，犹未转过山坡，只听山坡那边有呜咽之声，一行数落着，哭的好不伤感。宝玉心下想道：『这不知是那房里的丫头，受了委曲，跑到这个地方来哭？』一面想，一面煞住脚步，听他哭道是：花谢花飞花满天……

正是一面低吟，一面哽咽，那边哭的已伤心，都不道这边宝玉听了早已痴倒。

金陵十二钗正册

贾元春

榴花

榴花开处照宫闱

此回中，贾宝玉梦游太虚幻境，在薄命司里看到了《金陵十二钗正册》，那贾元春的判词是：

二十年来辨是非，

榴花开处照宫闱。

三春争及初春景，

虎兕相逢大梦归。

榴花，即石榴之花。石榴原产于波斯（今伊朗）一带，据传是汉武帝年间张骞出使西域带回。石榴花颜色鲜红如火，深得人们喜爱，石榴开花的农历五月时节被雅称为“榴月”。

唐杜牧《山石榴》诗云：“似火石榴映小山，繁中能薄艳中闲。”宋欧阳修《渔家傲》词云：“五月榴花妖艳烘，绿杨带雨垂垂重。”可见，古人的诗词里十分喜欢描绘榴花红艳似火的妖娆姿态，甚至将榴花的颜色赋予了身上的服饰，把最难染色的大红裙

元春

称作石榴裙，《红楼梦》第六十二回“呆香菱情解石榴裙”里就写到了一种最不经染的石榴红绫。

石榴被人们视为吉祥之物，不仅仅因为其耀眼夺目的花色，更因为它有着“千房同膜，千子如一”的果实，寓意多子多福。

在荣宁二府的人看来，贾元春是福气最大的人。因她出生在大年初一，故而取名元春，下面的几个妹妹都随了她以“春”为名。此后，贾元春因为“贤孝才

德”，被选入宫中做了女史，不几年更“晋封为凤藻宫尚书，加封贤德妃”，为衰败中的荣宁二府带来了最后一段“烈火烹油，鲜花着锦之盛”的时光。

《红楼梦》第三十一回“拾麒麟侍儿论阴阳”中，史湘云和丫鬟翠缕二人闲谈花草会因为气脉充足而长得好，翠缕说起贾府“有棵石榴，接连四五枝，真是楼子上起楼子”。

所谓楼子花又叫重台花，是花朵在生长中发生了变异，从下层的花蕊上又生出了花梗再开花，就像翠缕所说“头上又长出一个头来”。这种现象在古时更是被视作大富大贵的象征，《广芳群谱》中就记载了一种“头颇大，而色更深红”的重台石榴花。至于贾府这棵长了四五层楼子的石榴花，除却高高在上的贤德妃贾元春，只怕无人可以比拟。

兩株枯木木上懸着一圍玉帶又有一堆雪雪下一股金
簪也有四句詩道。

可歎停機德。誰憐咏絮才。
玉帶林中掛。金簪雪裡埋。

宝玉看了仍不解待要問時知他必不肯洩漏天機待要
丢下又不捨遂往後看時只見畫着一張弓弓上掛着一
香櫞也有一首歌詞云。

二十年來辯是非。榴花開處照宮闈。
三春怎及初春景。虎兕相逢大夢歸。

後面又畫着兩人放風箏一片大海一隻大船船中有一

宝玉看了仍不解。待要问时，知他必不肯泄漏天机，待要丢下，又不舍。遂往后看时，只见画着一张弓，弓上挂着一香橼。也有一首歌词云：『二十年来辨是非，榴花开处照宫闱。三春怎及初春景，虎兕相逢大梦归。』

宝玉看了又見後面畫着一簇鮮花一床破蓆也有幾句言詞道是

枉自温柔和順。空云似桂如蘭。

堪羡優伶有福。誰知公子無緣。

宝玉看了不解遂擲下這個去開了副册櫥門拿起一本册來揭開看時只見畫着一枝桂花下面有一池沼其中水涸泥乾蓮枯藕敗後面書云。

根並荷花一莖香。平生遭際實堪傷。

自從兩地生孤木。致使香魂返故鄉。

宝玉看了又不解又去取正册看只見頭一頁上便畫着

火石榴 集解

ちやきくろ 百葉 興花府志

千葉紅榴 共南府志

千葉にして紅色

実を結ばず

石榴

又名安石榴，石榴科，石榴属。落叶灌木或小乔木，高二至七米，花鲜红色似火，花期五月至七月。浆果大，酸甜多汁，九月至十月成熟。原产中亚，我国黄河以南多有栽培，是常见的果树。在园林中孤植、丛植观赏，制作盆景更受喜爱。全株药用，性温、味甘，具有生津止渴、收敛固涩、止泻止血、抗菌驱虫等功效。

皇恩重元妃省父母

第十八回　林黛玉误剪香囊袋　贾元春归省庆元宵

贾妃见宝、林二人越发如花，比别姊妹不同，真是姣花软玉一般。因问：『宝玉为何不进见？』贾母乃启：『无谕，外男不敢擅入。』元妃命快引进来。小太监出去引宝玉进来，先行国礼毕，元妃命他进前，携手揽于怀内，又抚其头颈笑道：『比先竟长了好些……』一语未终，泪如雨下。

因讹成实元妃薨逝

第九十五回　因讹成实元妃薨逝　以假混真宝玉疯癫

内宫忧虑，奏请预办后事。所以传旨命贾氏椒房进见。贾母王夫人遵旨进宫，见元妃痰塞口涎，不能言语，见了贾母，只有悲泣之状，却少眼泪。贾母进前请安，奏些宽慰的话。少时贾政等职名递进，宫嫔传奏，元妃目不能顾，渐渐脸色改变。内宫太监即要奏闻，恐派各妃看视，椒房姻戚未便久羁，请在外宫伺候。

金陵十二钗正册

贾探春

红杏

日边红杏倚云栽

怡红院夜宴上行占花名的酒令，贾探春掣得的签乃是杏花，用红字题写着“瑶池仙品”四字，诗云:“日边红杏倚云栽。”

杏花是中国最古老亦是最常见之观赏花，山野道旁、居家庭院都宜栽种。杏花姿态清丽，其含苞待放时，颜色嫩红可爱，随着花朵绽放，花瓣色彩便渐渐由浓转淡，待到凋谢时则成雪白一片。故而宋朝诗人杨万里在《咏杏五绝》里称道:“道白非真白，言红不若红。请君红白外，别眼看天工。”

大约正是因为杏花多为粉白的素雅之色，故而艳丽的红杏就显得别有韵致，格外娇俏，最经典的便是宋叶绍翁《游园不值》里的“春色满园关不住，一枝红杏出墙来”。宋祁的词《玉楼春》中则有“绿杨烟外晓寒轻，红杏枝头春意闹”之句，都是形容红杏不甘平凡，就像三姑娘贾探春，甫一出场就透着“顾盼神飞，文彩精华”的不同神韵，令人“见之忘俗”。

第五十五回“辱亲女愚妾争闲气”里，面对前来惹是生非的生母赵姨娘，贾探春便叹道：“我但凡是个男人，可以出得去，我必早走了，立一番事业，那时自有我一番道理。”在大观园的众多女儿中，贾探春是唯一一个渴望飞出墙头的，她要做那只“老鸹窝”里飞出的凤凰。

贾探春花名签上的诗句出自唐代高蟾的诗《上高侍郎》：“天上碧桃和露种，日边红杏倚云栽。”乃是形容新晋中举的士子们曲江集会时的荣耀，寓意着平步青云的非凡气象。而宴席上，众

探春

姐妹调笑探春道:“我们家已有了个王妃，难道你也是王妃不成。”

正是这一支花名签，让许多人相信贾探春日后必然是远嫁为妃的命运，因此不是十分认可《红楼梦》后四十回中关于贾探春嫁与镇海统制之子的设置。但即便如此，贾探春离家远嫁的结局仍旧映照了她不甘困守贾府的心境。

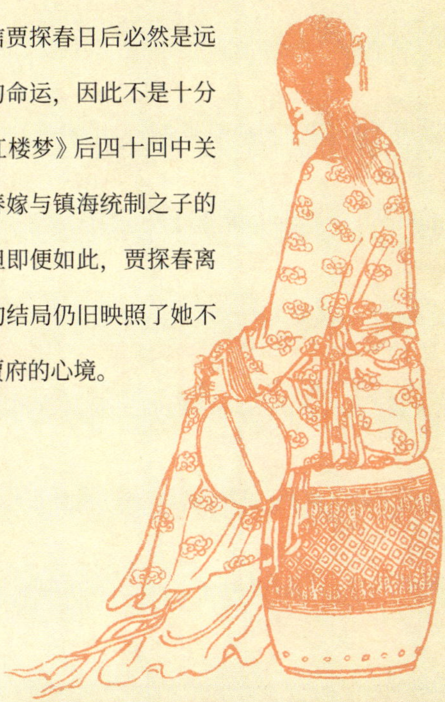

第六十三回　寿怡红群芳开夜宴　死金丹独艳理亲丧

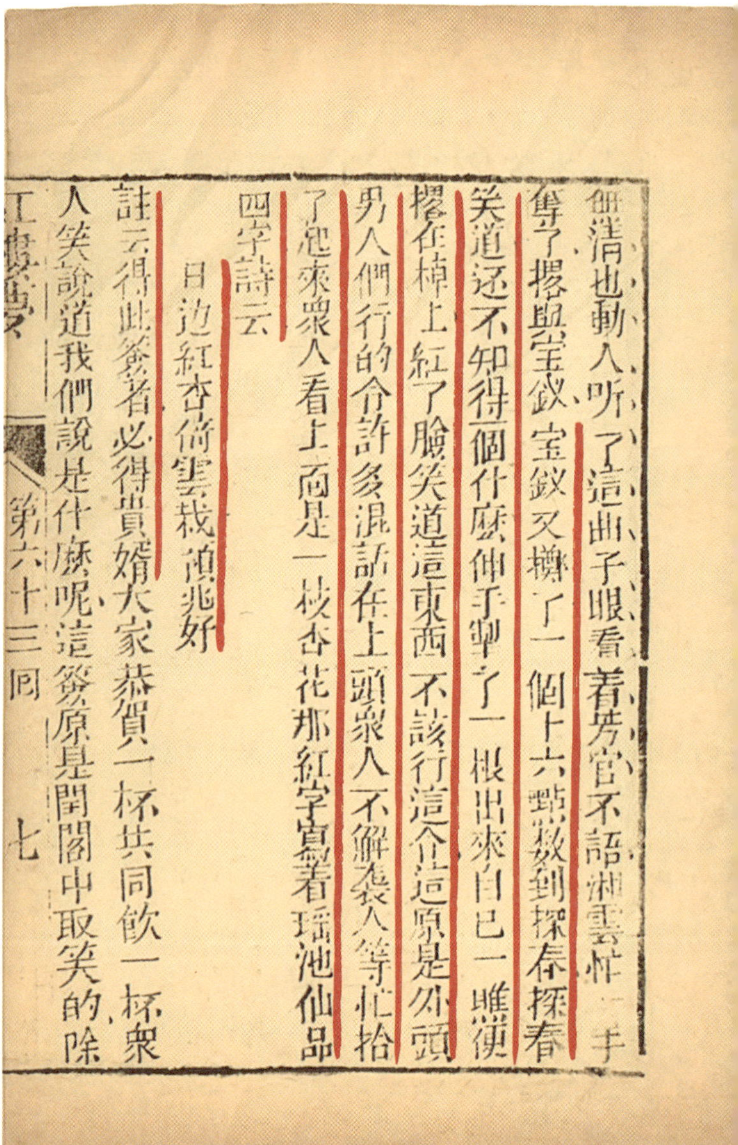
毋清也動人听了這曲子眼看着芳官不語湘雲忙一手
奪了撂與宝釵宝釵又擲了一個十六點數到探春探春
笑道还不知得個什麽伸手掣了一根出來自已一瞧便
撂在棹上紅了臉笑道這東西不該行這令這原是外頭
男人們行的令許多混話在上頭衆人不解襲人等忙拾
了起來衆人看上面是一枝杏花那紅字寫着瑤池仙品
四字詩云
日边紅杏倚雲栽　預兆好
註云得此簽者必得貴婿大家恭賀一杯共同飲一杯衆
人笑說道我們說是什麽呢這簽原是閨閣中取笑的除

宝钗又掷了一个十六点，数到探春。探春笑道：『还不知得个什么。』伸手掣了一根出来，自己一瞧，便撂在桌上，红了脸，笑道：『这东西不该行。这令原是外头男人们行的，有许多混话在上头。』众人不解，袭人等忙拾了起来，众人看上面是一枝杏花，那红字写着『瑶池仙品』四字，诗云：『日边红杏倚云栽，预兆好。』注云：『得此签者，必得贵婿……』

杏梅

杏梅种系中梅花品种的统称。因其由梅与杏（或山杏）天然杂交而来，故形态上枝叶介于梅和杏之间，花不香或微香似杏，果味酸，果核表面具蜂窝状点穴似梅。杏梅花期长，生长强健，抗寒性强，故是北方地区建立梅园的优良梅花品种。

敏探春兴利除宿弊

第五十六回　敏探春兴利除宿弊　识宝钗小惠全大体

探春听了，便和李纨命人将园中所有婆子的名单要来，大家参度，大概定了几个人。又将他们一齐传来，李纨大概告诉了他们。众人听了，无不愿意。……探春才要说话，人回：『大夫来了，进园瞧姑娘。』众婆子只得去接大夫。平儿忙说：『单你们，有一百个也不成个体统，难道没有两个管事的头脑带进大夫来？』回事的那人说：『有，吴大娘和单大娘他两个在西南角上聚锦门等着呢。』

欺幼主刁奴蓄险心

第五十五回　辱亲女愚妾争闲气　欺幼主刁奴蓄险心

探春方伸手向面盆中盥沐。那媳妇便回道：『回奶奶姑娘，家学里支环爷和兰哥儿的一年公费。』平儿先道：『你忙什么！你睁着眼看见姑娘洗脸，你不出去伺候着，先说话来。二奶奶跟前你也这么没眼色来着？姑娘虽然恩宽，我去回了二奶奶，只说你们眼里都没姑娘，你们都吃了亏，可别怨我。』唬的那个媳妇忙陪笑道：『我粗心了。』一面说，一面忙退出去。

金陵十二钗正册

史湘云

海棠

只恐夜深花睡去

海棠是史湘云在贾宝玉寿宴上抽得的花名签，题写的是“香梦沉酣”四字，诗句则出自宋代大文豪苏东坡的诗《海棠》：“只恐夜深花睡去。”

海棠花是极为常见的观赏花木，且品种繁多。《红楼梦》里，贾宝玉的怡红院内便种着一棵西府海棠，“其势若伞，丝垂翠缕，葩吐丹砂”。在第十七回“大观园试才题对额”中，曹雪芹借贾政、贾宝玉父子之口，写出一段关于西府海棠的传说。

贾政道：“这叫作‘女儿棠’，乃是外国之种。俗传系出‘女儿国’中，云彼国此种最盛，亦荒唐不经之说罢了。”……宝玉道：“大约骚人咏士，以此花之名色红晕若施脂，轻弱似扶病，大近乎闺阁风度，所以以‘女儿’命名。想因被世间俗恶听了，他便以野史纂入为证，以俗传俗，以讹传讹，都认真了。”

由此可知，西府海棠花色如胭脂晕染一般，

看上去娇艳动人，难怪惹得苏东坡心中爱慕，“只恐夜深花睡去，故烧高烛照红妆”。元妃省亲时贾宝玉作的诗《怡红快绿》中亦有“绿蜡春犹卷，红妆夜未眠”之句。

海棠古来便有“睡美人”之誉，宋代释惠洪《冷斋诗话》中就曾记载，唐玄宗见杨贵妃酒醉未醒，鬓乱妆残，笑其为“海棠春睡”，而《红楼梦》中的“睡美人”非史湘云莫属。“憨湘云醉眠芍药裀”一段文字，把湘云的可爱动人、娇娜不胜描绘到了极致。

史湘云在襁褓中时便父母双亡，寄养在叔父叔母处，“竟一点儿做不得主”，其处境凄凉其实比林黛玉尤甚。但是史湘云却从未自怨自艾，而是生来的“英豪阔大宽宏量”，故而性格开朗，她痛快饮酒，大嚼鹿肉，正所谓“真名士自风流”。

正因此，众人秋爽斋结海棠诗社时，姗姗来迟的史湘云作了两首《白海棠和韵》来压卷，有“却喜诗人吟不倦，岂令寂寞度朝昏”“蘅芷阶通萝薜门，也宜墙角也宜盆”之句，仍旧不脱史湘云之本色，被众人赞说“不枉作了海棠诗”。

第四十九回

脂粉香娃割腥啖膻

湘云见了平儿，那里肯放。平儿也是个好顽的，素日跟着凤姐儿无所不至，见如此有趣，乐得顽笑，因而退去手上的镯子，三个围着火炉儿，便要先烧三块吃。那边宝钗黛玉平素看惯了，不以为异，宝琴等及李婶深为罕事。

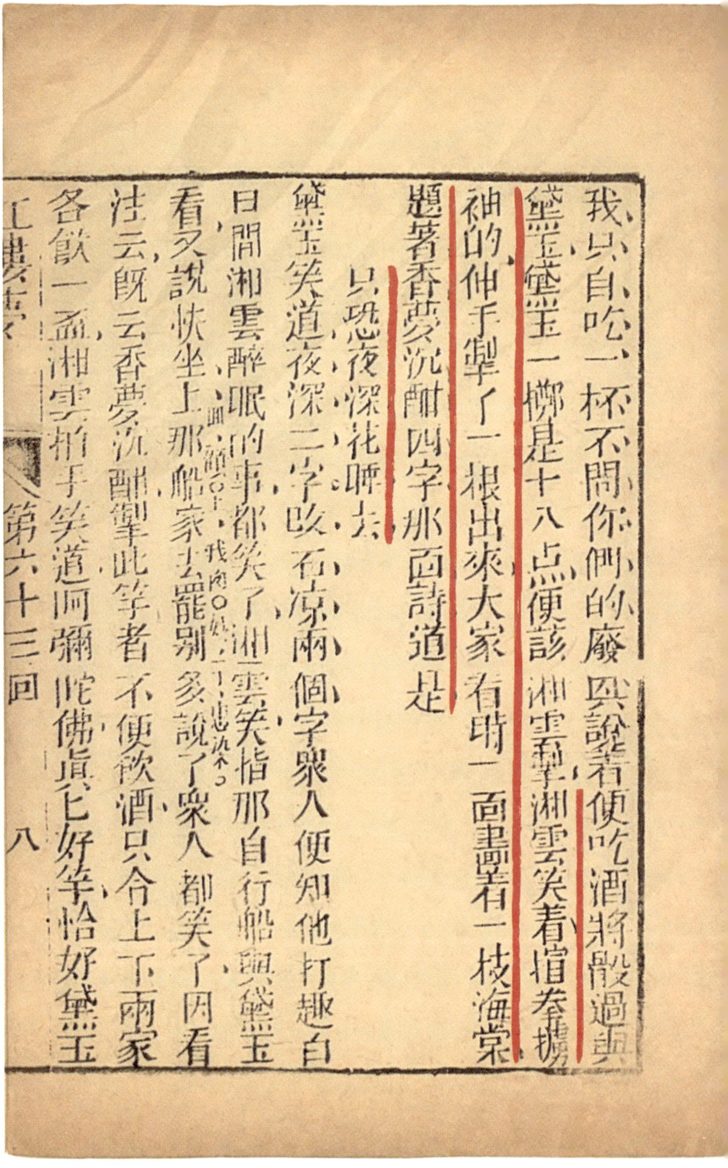

我只自吃一杯不問你們的廢與說着便吃酒將骰過與黛玉黛玉一擲是十八点便該湘雲湘雲笑着揎拳擄袖的伸手掣了一根出來大家看時一面畫着一枝海棠題着香夢沉酣四字那面詩道是

只恐夜深花睡去

黛玉笑道夜深二字改石凉兩個字衆人便知他打趣白日間湘雲醉眠的事都笑了湘雲笑指那自行船與黛玉看又說快坐上那船家去罷別多說了衆人都笑了因看注云既云香夢沉酣掣此籤者不便飲酒只令上下兩家各飲一盃湘雲拍手笑道阿彌陀佛真真好籤恰好黛玉

（通頷○十，我肏○[illegible]二十，[illegible]沉不○）

紅樓夢　第六十三回　八

湘云笑着，揎拳掳袖的伸手掣了一根出来。大家看时，一面画着一枝海棠，题着『香梦沉酣』四字，那面诗道是：『只恐夜深花睡去。』

垂丝海棠

蔷薇科，苹果属。落叶小乔木，伞房花序，着花四至六朵，玫红色，花梗长、下垂，花期三至四月。原产中国，花姿优美，早春微风中尤显娇柔艳丽，古人盛赞其姿色、妖态更胜桃、李、杏，是深受人们喜爱的庭院花木。其花味淡、苦，性平，有调经和血、治疗血崩的功效。

憨湘云醉眠芍药裀

第六十二回　憨湘云醉眠芍药裀　呆香菱情解石榴裙

正说着，只见一个小丫头笑嘻嘻的走来：『姑娘们快瞧云姑娘去，云姑娘吃醉了图凉快，在山子后头一块青板石凳上睡着了。』众人听说，都笑道：『快别吵嚷。』说着，都走来看时，果见湘云卧于山石僻处一个石凳子上，业经香梦沉酣，四面芍药花飞了一身，满头脸衣襟上皆是红香散乱，手中的扇子在地下，也半被落花埋了，一群蜂蝶闹嚷嚷的围着他，又用鲛帕包了一包芍药花瓣枕着。

因麒麟伏白首双星

第三十一回　撕扇子公子追欢笑　拾麒麟侍儿论阴阳

翠缕道：『人家说主子为阳，奴才为阴。我连这个大道理也不懂得？』湘云笑道：『你很懂得。』正说着，蔷薇架下金晃晃的一件东西，湘云指着问道：『你看那是什么？』翠缕听了，忙赶去拾起，看着笑道：『可分出阴阳来了。』……湘云举目一验，却是文彩辉煌的一个金麒麟，比自己佩的又大又有文彩。

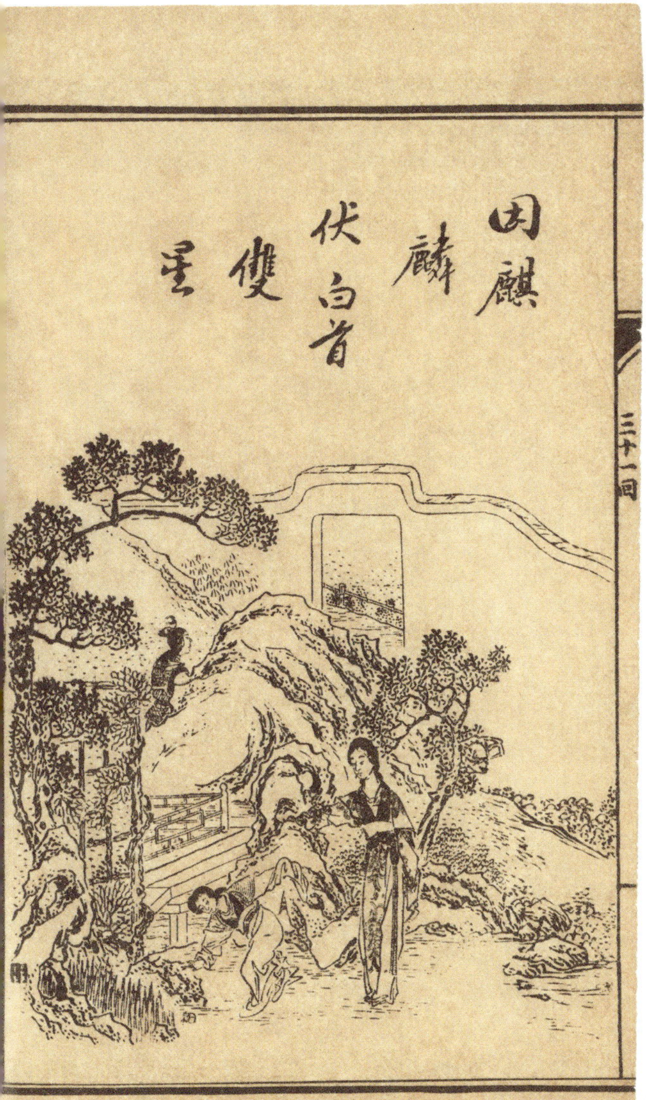

史湘云偶填柳絮词

第七十回　林黛玉重建桃花社　史湘云偶填柳絮词

时值暮春之际，史湘云无聊，因见柳花飘舞，便偶成一小令，调寄如梦令，其词曰：『岂是绣绒残吐，卷起半帘香雾，纤手自拈来，空使鹃啼燕妒。且住，且住！莫使春光别去。』

自己作了，心中得意，便用一条纸儿写好，与宝钗看了，又来找黛玉。

凹晶馆联诗悲寂寞

第七十六回　凸碧堂品笛感凄清　凹晶馆联诗悲寂寞

湘云拍手赞道：『果然好极！非此不能对。好个「葬花魂」！』因又叹道：『诗固新奇，只是太颓丧了些。你现病着，不该作此过于凄凉奇谲之语。』黛玉笑道：『不如此如何压倒你。下句竟还未得，只为用工在这一句了。』

一语未了，只见栏外山石后转出一个人来……二人不防，倒唬了一跳。细看时，不是别人，却是妙玉。

金陵十二钗正册

妙玉

白梅

江南未雪梅花白

若是以花喻人，妙玉自然与梅花较为相宜，而且《红楼梦》中提及妙玉之处也常伴梅花。尤其是第四十九回“琉璃世界白雪红梅”里，贾宝玉所作的诗《访妙玉乞红梅》中写道：“不求大士瓶中露，为乞嫦娥槛外梅”，而妙玉自称“槛外人”，似乎正可与槛外红梅相映。

但是，与妙玉交往颇深的邢岫烟曾笑言妙玉的放诞诡僻，乃是自以为“蹈于铁槛之外”，这其实正说明妙玉有一点“尘缘未断”，算不得槛外人。再者，红梅娇艳，与妙玉高洁孤僻似有相悖之处，故而这槛外红梅也未必是妙玉的映照。

《红楼梦》第四十一回中，贾母带着刘姥姥一行人游赏大观园，来至栊翠庵中品茶。其间，妙玉拉着宝钗、黛玉等喝梯己茶，并提到自己烹茶所用的水乃是从早年出家的玄墓蟠香寺梅花上收的雪水。

玄墓乃是苏州玄墓山，因山间遍植梅花，每至冬末春初时节凌寒绽放，漫山遍野如海荡漾，若雪满地，清康熙年间的江苏巡抚宋荦曾为此题“香雪海”三字于崖壁上。所谓“香雪海”，可见玄墓山上的梅花以白梅为主。而白梅之态，形似冰雪，素洁高雅，较之红梅则更合妙玉为人。

妙玉本出自读书仕宦之家，天性骄傲，后入了空门，带发修行，便越发得“视绮罗俗厌”，养就了高洁孤僻之性。栊翠庵品茶后，贾宝玉曾主动提出让人打几桶水来帮妙玉洗地，妙玉十分受用。

由于妙玉过于孤僻，这才有了“太高人愈妒，过洁世同嫌”的评价。邢岫烟就曾说，妙玉在苏州时就是因为“不合时宜，权势不容”，才投入贾府之中。李纨则明确表示“可厌妙玉为人，我不理他”。连一向孤傲的林黛玉都因为妙玉“天性怪僻，不好多话”，往往避其锋芒。可惜的是，妙玉“欲洁何曾洁，云空未必空”，最终遭匪徒劫持，陷落污泥。

第四十一回

贾宝玉品茶栊翠庵

妙玉斟了一盏与黛玉。仍将前番自己常日吃茶的那只绿玉斗来斟与宝玉。宝玉笑道：『常言「世法平等」，他两个就用那样古玩奇珍，我就是个俗器了。』妙玉道：『这是俗器？不是我说狂话，只怕你家里未必找的出这么一个俗器来呢。』

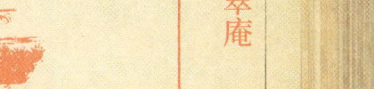

黛玉因问：『这也是旧年的雨水？』妙玉冷笑道：『你这么个人，竟是大俗人，连水也尝不出来。这是五年前我在玄墓蟠香寺住着，收的梅花上的雪，统共得了那一鬼脸青的花瓮一瓮，总舍不得吃，埋在地下，今年夏天才开了。我只吃过一回，这是第二回了。你怎么尝不出来？隔年蠲的雨水那有这样清淳，如何吃得。』

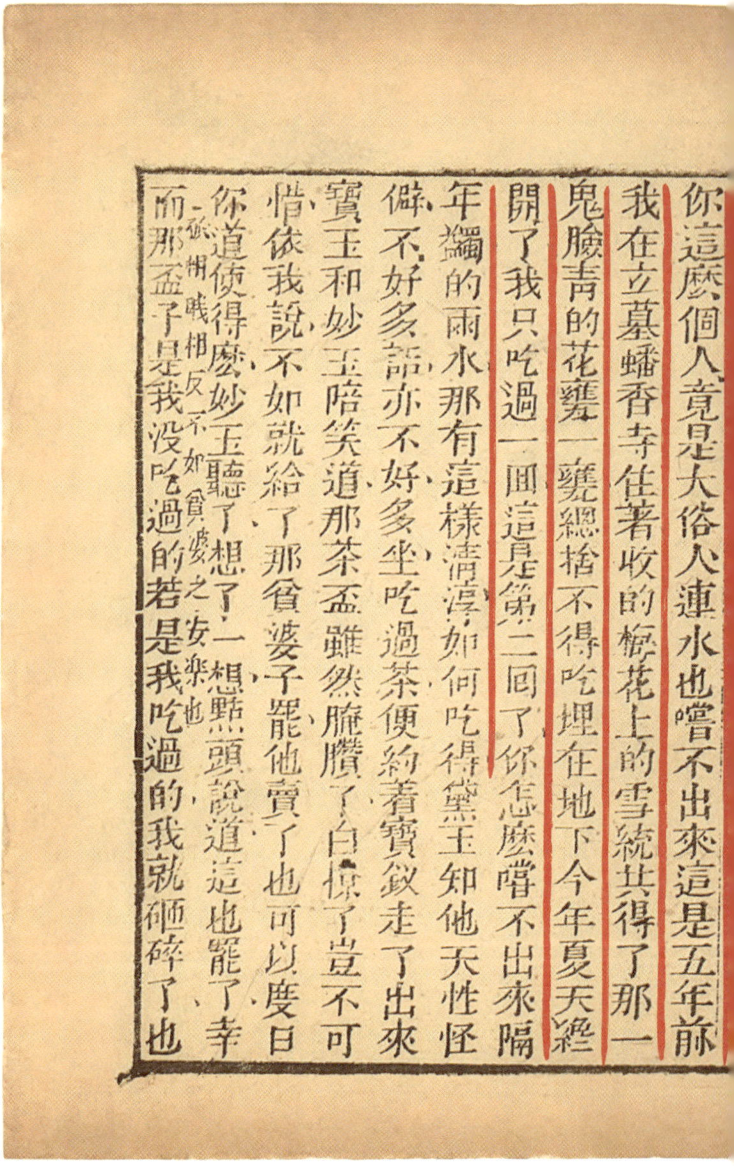

你這麽個人竟是大俗人連水也嘗不出來這是五年前我在玄墓蟠香寺住著收的梅花上的雪統共得了那一鬼臉青的花甕一甕總捨不得吃埋在地下今年夏天纔開了我只吃過一回這是第二回了你怎麽嘗不出來隔年蠲的雨水那有這樣清淳如何吃得黛玉知他天性怪僻不好多話亦不好多坐吃過茶便約着寶釵走了出來寶玉和妙玉陪笑道那茶盃雖然腌臢了白撂了豈不可惜依我說不如就給了那貧婆子罷他賣了也可以度日你道使得麽（欲用賤相反不如貧婆之安樂也）妙玉聽了想了一想點頭說道這也罷了幸而那盃子是我沒吃過的若是我吃過的我就砸碎了也

又尋出一隻九曲十環一百二十節蟠虬整雕竹根的一個大盞出來笑道就剩了這一個你可吃的了這一海寶玉喜的忙道吃的了妙玉笑道你雖吃的了也沒這些茶你遭塌豈不聞一杯為品二杯即是解渴的蠢物三盃便是飲驢了你吃這一海更成什麼說的寶釵黛玉寶玉都笑了妙玉執壺只向海內斟了約有一盃寶玉細細吃了果覺輕淳無比賞讚不絕妙玉正色道你這遭吃茶是托語語深情。他兩個的福獨你來了我是不能給你吃的寶玉笑道我深知道我也不領你的情只謝他二人便了妙玉聽了方說這話明白黛玉因問這也是舊年的雨水妙玉冷笑道

綠蕚梅　集解　あをてじき

大和本草に近年中華より来るといふ枝條及び蕚ども綠色花單瓣白色又千葉の物あり又枝條下蕚まで色青くしちぶ爪といふ

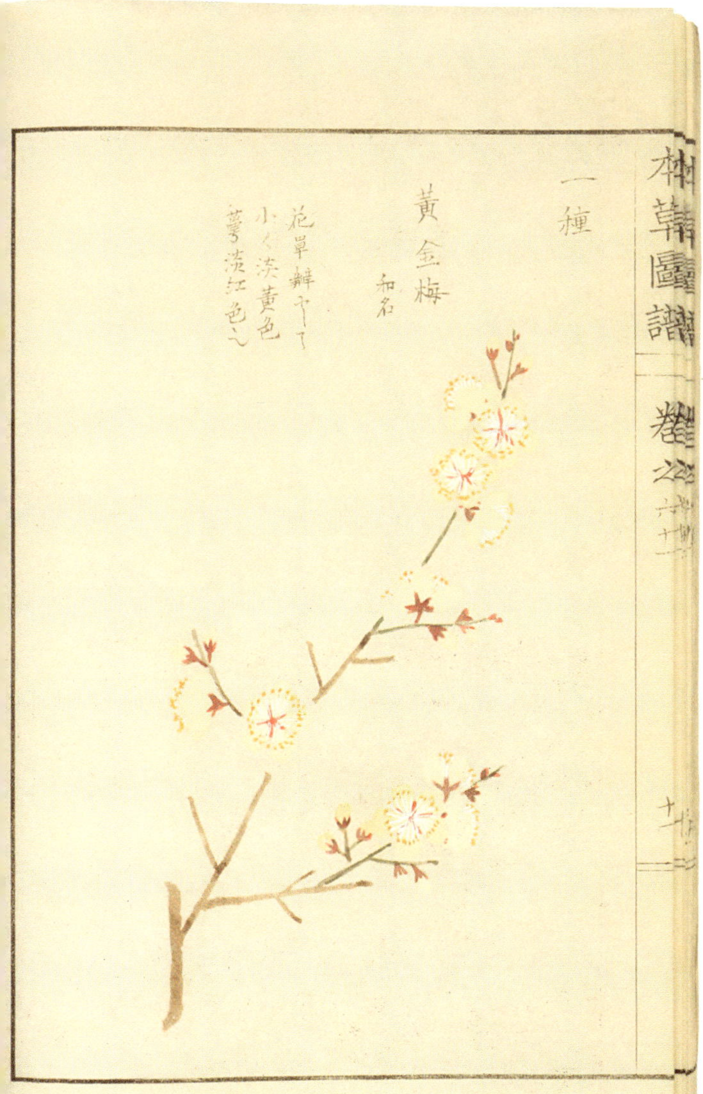

白梅

按照中国梅花品种分类系统，白梅是真梅种系中玉蝶型和绿萼型梅花的统称（按日本梅花品种分类则属野梅系）。花单瓣至重瓣，花萼紫绿或绿色，花纯白或近白色，芳香浓郁，品格清新。花蕾含有挥发油，有舒肝、和胃、化痰的药效，还可提取芳香油做食品添加剂。

活冤孽妙尼遭大劫

第百十二回　活冤孽妙尼遭大劫　死雠仇赵妾赴冥曹

此时妙玉心中却是明白，只不能动，想是要杀自己，索性横了心，倒也不怕。那知那个人把刀插在背后，腾出手来将妙玉轻轻的抱起，轻薄了一会子，便拖起背在身上。此时妙玉心中只是如醉如痴。可怜一个极洁极净的女儿，被这强盗的闷香熏住，由着他摆弄了去了。

却说这贼背了妙玉，来到园后墙边，搭了软梯，爬上墙跳出去了。

坐禅寂走火入邪魔

第八十七回　感秋深抚琴悲往事　坐禅寂走火入邪魔

那妙玉忽想起日间宝玉之言，不觉一阵心跳耳热。自己连忙收摄心神，走进禅房，仍到禅床上坐了。怎奈神不守舍，一时如万马奔驰，觉得禅床便恍荡起来，身子已不在庵中。便有许多王孙公子要求娶他，又有些媒婆扯扯拽拽扶他上车，自己不肯去。一回儿又有盗贼劫他，持刀执棍的逼勒，只得哭喊求救。

金陵十二钗正册

贾迎春

榆木

万木寒痴吹不醒

荣国府的二小姐唤作迎春，本是个吉祥喜庆的名字。植物中有迎春花，是因其在百花之中开花最早，有迎来春天之意，象征着万物复苏、百花齐放。然而，贾迎春的性格、命运却与迎春花相去甚远。

第六十五回中，贾琏的小厮兴儿向尤二姐母女说起贾府的各位奶奶小姐，其中便提到了贾迎春的浑名——二木头。

所谓“木头”，是指贾迎春生性呆板，“戳一针也不知嗳哟一声”，中国人恰好喜欢用“榆木疙瘩”来形容这一类人。

贾迎春的“木”在《红楼梦》第七十三回“懦小姐不问累金凤”一段展现得淋漓尽致。乳母偷了贾迎春的攒珠累丝金凤去典当，换了银子用于赌博。贾迎春身边的丫头们担心惹祸上身，请求她做主，贾迎春却始终不发一言，任凭一屋子下人吵得不可开交，自己只拿着《太上感应篇》看。

及至贾探春得知此事，叫来平儿要替贾迎春出头，贾迎春反倒先退让了，道："我也没什么法子。他们的不是，自作自受，我也不能讨情，我也不去苛责就是了。至于私自拿去的东西，送来我收下，不送来我也不要了。太太们要来问，我可以隐瞒遮饰过去，是他的造化，若瞒不住，我也没法儿，没有个为他们反欺枉太太们的理，少不得直说。你们若说我好性儿，没个决断，竟有好主意可以八面周全，不使太太们生气，任凭你们处治，我也不管。"

贾迎春的懦弱无能最终导致了她遭人作践、无辜枉死的结局。她被贾赦嫁给了孙家，丈夫孙绍祖"一味好色，好赌酗酒"，动不动就将她"打一顿撵在下房里睡去"。面对如此虐待，贾迎春没有任何挣扎反抗的能力，只有在归家省亲时向王夫人和众姐妹哭诉："我不信我的命就这么苦！”

贾迎春嫁入孙家一年有余便被“揉搓以致身亡”，而彼时贾母病重，贾府中人个个忙乱，乃至贾迎春的身后之事也只是由孙家草草完结，“芳魂艳魄”就此消散。

迎春

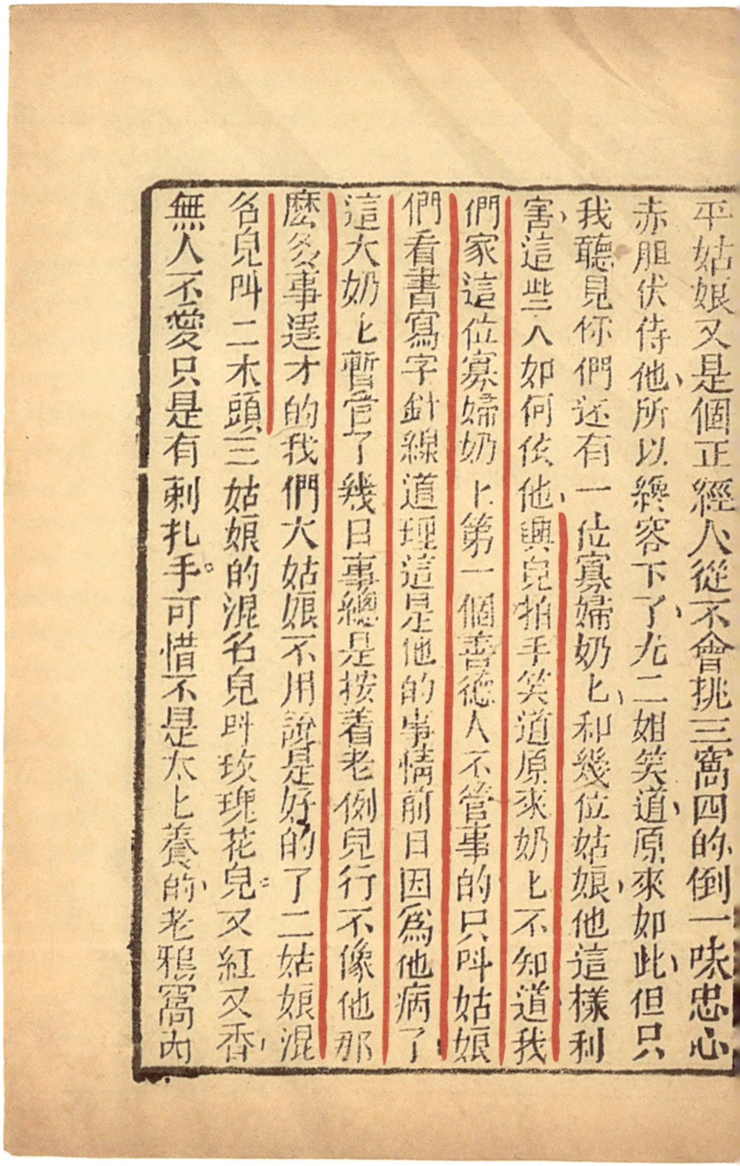
平姑娘又是個正經人從不會挑三窩四的倒一味忠心赤膽伏侍他所以纔容下了尤二姐笑道原來如此但只我聽見你們還有一位寡婦奶奶和幾位姑娘他這樣利害這些人如何依他興兒拍手笑道原來奶奶不知道我們家這位寡婦奶奶第一個善德人不管事的只叫姑娘們看書寫字針線道理這是他的事情前日因為他病了這大奶奶暫管了幾日事總是按着老例兒行不像他那麼多事逞才的我們大姑娘不用說是好的了二姑娘混名兒叫二木頭三姑娘的混名兒叫玫瑰花兒又紅又香無人不愛只是有刺扎手可惜不是太太養的老鴰窩內

兴儿拍手笑道：『原来奶奶不知道。我们家这位寡妇奶奶，第一个善德人，不管事的，只教姑娘们看书写字、针线、道理，这是他的事情。前日因为他病了，这大奶奶暂管了几日事。总是按着老例儿行，不像他那么多事逞才的。我们大姑娘，不用说，是好的了。二姑娘混名儿叫「二木头」。……』

人家是醋罐子他是醋釘醋甕凡丫頭們二爺多看一眼他有本事當着爺打個爛羊頭似的雖然平姑娘在屋裡大約一年間兩個有一次在一處他還要嘴裡掂十來個過兒呢氣的平姑娘性子上來哭鬧一陣說又不是我自已尋來的你逼着我匕原不原意又說我反了這會子又這樣他一般的也罷了倒央告平姑娘尤二姐笑道可是撒謊這樣一個夜叉怎麼反怕屋裡的人呢興兒道就是俗語說的三人抬不過一個理字去了這平姑娘原是他自幼兒的丫頭陪了過來一共四個死的嫁的只剩下這个心腹收了屋裡一則顯他的賢良二則又拴爺的心那

《新增批评绣像红楼梦》，文畲堂藏版，清嘉庆十六年（1811）东观阁刊本

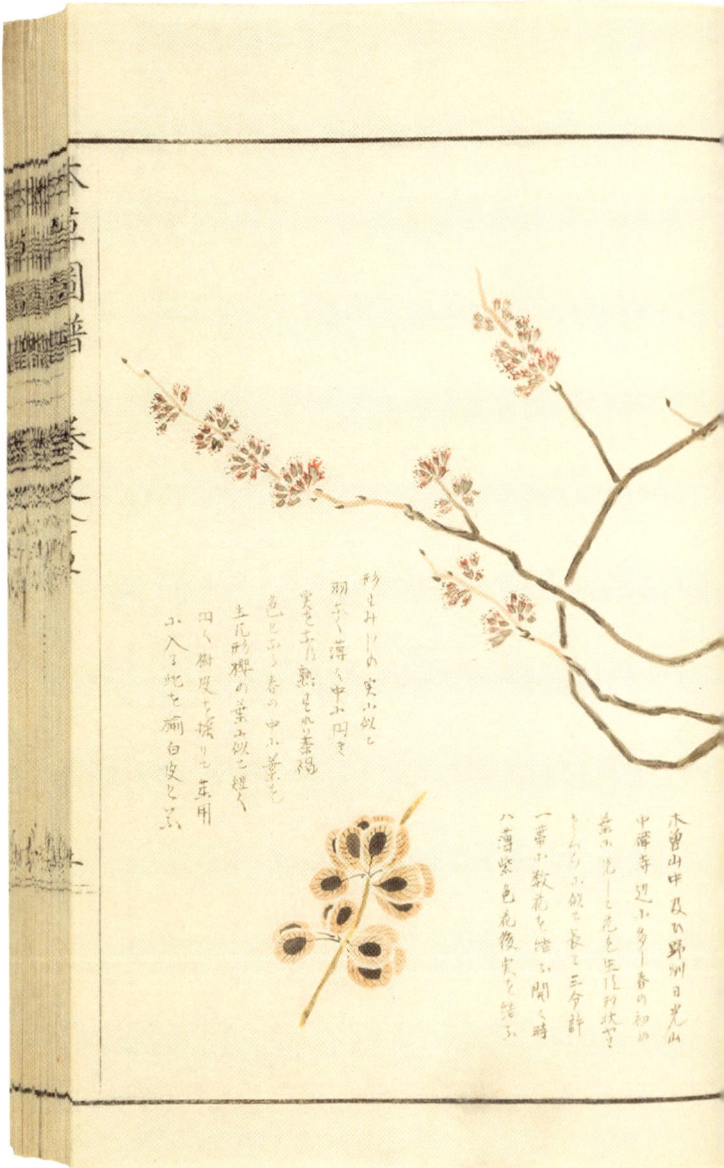

本草圖譜

木曾山中及ひ野州日光山
中禅寺辺に多し春の初め
条に先ちて花を生ず形状さ
ねかけに似て長さ三分許
一蒂に数花を簇り開く時
ハ薄紫色花後実を結ぶ

形もみじの実に似て
翅ふく薄く中に円き
実をふくむ熟すれば茶褐
色となる春の中に葉を
生ず形楓の葉に似て短く
円く樹皮を採りて薬用
に入る此を楡白皮と呼ぶ

榆树

又称家榆、白榆。榆科，榆属。落叶乔木，花紫褐色，早春三至四月先叶开放。翅果近圆形，俗称『榆钱』，四至六月成熟。广泛分布于我国北部地区，各地均有栽培。木材坚韧（有『榆木疙瘩』的比喻）、纹理清晰，是制作家具的名贵木材。其叶、幼果、树皮可食、药两用，有通便、治痈肿和滑胎之功效，还是重要的蜜源树种之一。

金陵十二钗正册

贾惜春

娑罗树

踏遍蓬山仗短筇

第五回中，贾宝玉在太虚幻境中聆听了“新制《红楼梦》十二支”曲，其中的【虚花悟】写的便是贾府四小姐贾惜春：

将那三春看破，桃红柳绿待如何？把这韶华打灭，觅那清淡天和。说什么，天上夭桃盛，云中香蕊多。到头来，谁把秋捱过？则看那，白杨村里人呜咽，青枫林下鬼吟哦。更兼着，连天衰草遮坟墓。这的是，昨贫今富人劳碌，春荣秋谢花折磨。似这般，生关死劫谁能躲？闻说道，西方宝树唤婆娑，上结着长生果。

贾惜春似乎是个和花草无关的人，因为她已“将那三春看破，桃红柳绿待如何？”。那些“天上夭桃”“云中香蕊”在其眼里不过都是“虚花”而已，她心头所在意的，只有那“西方宝树唤婆娑”。

婆娑，即娑罗树，在梵文里为“高远”的意思。

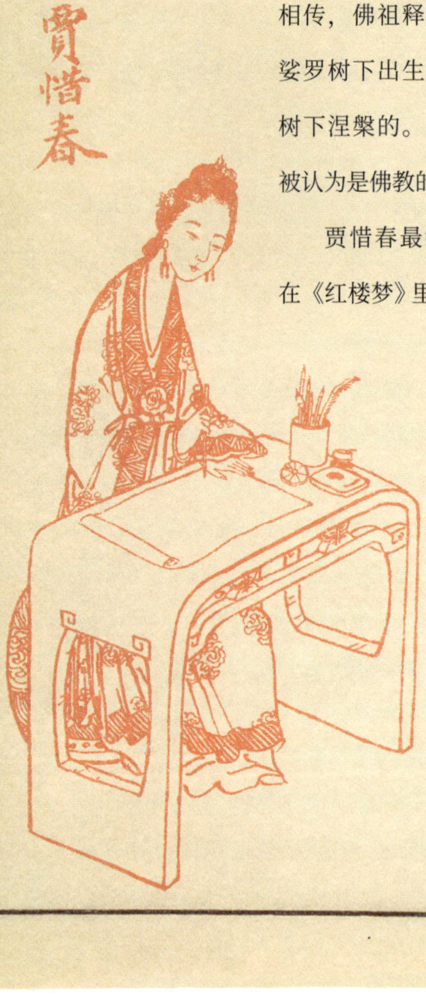

相传，佛祖释迦牟尼便是在娑罗树下出生，亦是在娑罗树下涅槃的。故而，娑罗树被认为是佛教的圣树。

贾惜春最终出家的命运在《红楼梦》里一直被强调：

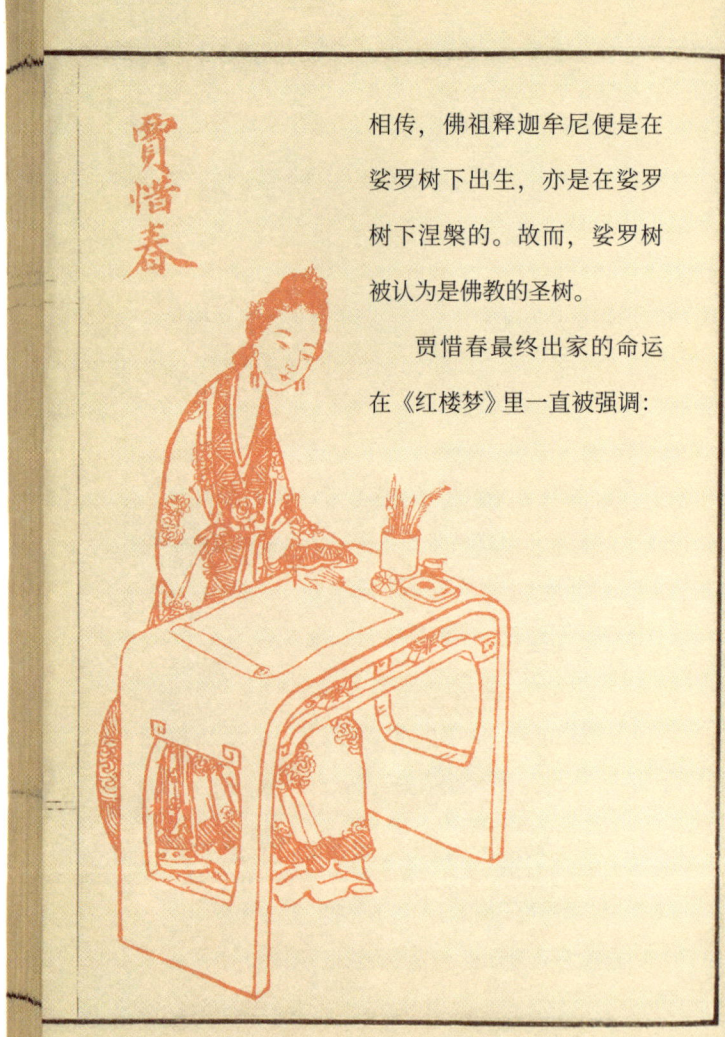

她的判词有“可怜绣户侯门女，独卧青灯古佛旁”之句；第七回“送宫花贾琏戏熙凤”里，贾惜春和水月庵的尼姑智能儿玩耍时便说“明儿也剃了头同他作姑子去”。

王国维先生曾认为，《红楼梦》中真正解脱的只有三个人——贾宝玉、贾惜春、紫鹃，因为他们最终都皈依了佛门。而在这三人之中，贾惜春和紫鹃的“解脱”是“观他人之痛苦”后得到的感悟。作为贾府的四小姐，贾惜春看破的“三春”便是她的三位姐姐：无论是福大的贾元春、懦弱的贾迎春，还是精明的贾探春，乃至于大观园诸芳，虽然一时娇艳，可终究“谁把秋捱过”。

大约正是看到了这些人悲惨的结局，故而在第百十二回“活冤孽妙尼遭大劫”时，贾惜春“死定下一个出家的念头”，无论家人如何相劝，都“执迷不解”。

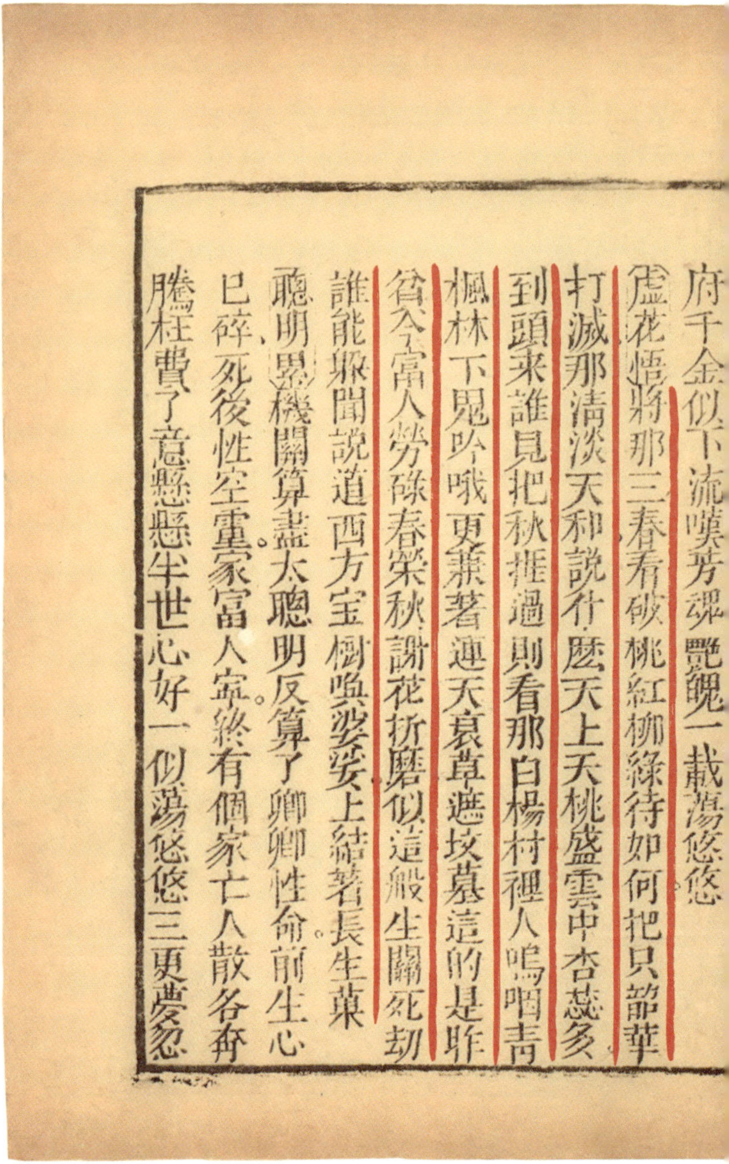

府千金似下流嘆芳魂艷魄一載蕩悠悠
虛花悟將那三春看破桃紅柳綠待如何把只韶華
打滅那清淡天和說什麼天上天桃盛雲中杏蕊多
到頭來誰見把秋捱過則看那白楊村裡人嗚咽青
楓林下鬼吟哦更兼著連天衰草遮墳墓這的是昨
貧今富人勞碌春榮秋謝花折磨似這般生關死劫
誰能躲聞說道西方寶樹喚婆娑上結著長生菓
聰明累機關算盡太聰明反算了卿卿性命前生心
已碎死後性空靈家富人寧終有個家亡人散各奔
騰枉費了意懸懸半世心好一似蕩悠悠三更夢忽

将那三春看破，桃红柳绿待如何？把只韶华打灭，那清淡天和。说什么，天上天桃盛，云中杏蕊多。到头来，谁见把秋捱过？则看那，白杨村里人呜咽，青枫林下鬼吟哦。更兼着，连天衰草遮坟墓。这的是，昨贫今富人劳碌，春荣秋谢花折磨。似这般，生关死劫谁能躲？闻说道，西方宝树唤婆娑，上结着长生果。

得個地久天長準折得幼年時坎坷形狀終久是雲散高唐水涸湘江這是塵寰中消長數應當何必枉悲傷

〔世難容〕氣質美如蘭才華馥比仙天生成孤癖人皆罕你道是啖肉食腥羶視綺羅俗厭却不知好高人愈妒過潔世同嫌可嘆這青燈古殿人將老孤負了紅粉朱樓春色闌到頭來依舊是風塵骯髒違心願好一似無瑕白玉遭泥陷又何須王孫公子嘆無緣

〔喜寃家〕中山狼無情獸全不念當日根由一味的驕奢淫蕩貪歡媾覷著那侯門艷質同蒲柳作踐的公

新增批评绣像红楼梦、文畬堂藏版，清嘉庆十六年（1811）东观阁刊本

娑罗树

又名七叶树，七叶树科，七叶树属。落叶乔木，高达二十五米，具树脂，掌状复叶，小叶五至七枚，顶生圆锥花序，花白色带红晕，花期五月。蒴果球形，内含种子一或二粒，形如板栗，九至十月成熟。原产我国长江流域各省。树体耸直，冠如华盖，开花时硕大的花序似一盏华丽的烛台，是世界著名的观赏树木。种子含淀粉，味似板栗可食用，还是名为娑罗子的中药，有理气解郁之效，故有时七叶树也被称为娑罗树。种子亦可榨油制作肥皂，木材细致、耐腐朽，可制作家具。

避嫌隙杜绝宁国府

第七十四回　惑奸谗抄检大观园　矢孤介杜绝宁国府

尤氏心内原有病，怕说这些话。方才听说有人议论，已是心中羞恼激射，只是在惜春分上不好发作，忍耐了大半天。今见惜春又说这句，因按捺不住，便问道：『怎么就带累了你了？你的丫头的不是，无故说我，我倒忍了这半日，你倒越发得了意，只管说这些话。你是千金小姐，我们以后就不亲近你，仔细带累了小姐的美名！即刻就叫人将入画带了过去！』

证同类宝玉失相知

第百十五回　惑偏私惜春矢素志　证同类宝玉失相知

惜春被那姑子一番话说得合在机上，也顾不得丫头们在这里，便将尤氏待他怎样，前儿看家的事说了一遍。并将头发指给他瞧道：『你打谅我是什么没主意恋火坑的人么？早有这样的心，只是想不出道儿来。』那姑子听了，假作惊慌道：『姑娘再别说这个话！珍大奶奶听见还要骂杀我们，撵出庵去呢！……』

金陵十二钗正册

李纨

老梅

竹篱茅舍自甘心

梅花品类繁多，红梅俏丽，白梅素雅，粉梅娇嫩，但李纨在行占花名的酒令时偏偏抽了一枝老梅。所谓“老”乃是经历风霜之意。李纨虽然年纪轻，但因为丧夫守寡，从此许多生活的美好与乐趣就离她而去。而花名签上的题字为“霜晓寒姿”，诗云：“竹篱茅舍自甘心”，这正是对李纨生活状态的写照，连她自己都说：“这劳什子竟有些意思。”

李纨在大观园中的居所是稻香村，按第十七回“大观园试才题对额”中所写，此处有“青山斜阻”，山怀中“隐隐露出一带黄泥筑就矮墙，墙头皆用稻茎掩护……里面数楹茅屋。外面却是桑、榆、槿、柘各色树稚新条，随其曲折，编就两溜青篱”。而寡居的李纨每日里在此处“侍亲养子，外则陪侍小姑等针黹诵读”，正可谓是“竹篱茅舍自甘心”。

但是，青春丧偶的李纨虽说过得“如槁木死灰一般”，可她和“二木头”贾迎春却不一样，心底里仍存着生活雅趣。大观园内的诗文雅集，李纨一向是积极参与的。贾探春要起诗社时，李纨一出场就自荐要当掌坛，并且提议以“咏白海棠”为题作诗。

贾母领着刘姥姥等人游览大观园，李纨撷了各色的折枝菊花送去，给众人妆点。“芦雪庭争联即景诗”时的那枝红梅花虽然是贾宝玉向妙玉讨来的，但出主意的人却是李纨。

由此可见，自从搬进大观园，李纨的生命渐渐萌发了一些朝气，就像一枝老梅，纵然枝干已经如蟠螭、僵蚓一般，却仍渴望能在枝头绽放出花朵来。

李纨的花名签上的注解是：“自饮一杯，下家掷骰。”于是李纨就自己吃了一杯酒，不管旁人的“废兴”。在这场花名签的游戏里，李纨算是“自娱自乐”，而她之于整个大观园的兴亡聚散似乎也不是那么重要，她只是默默守着自己的角落。

李紈

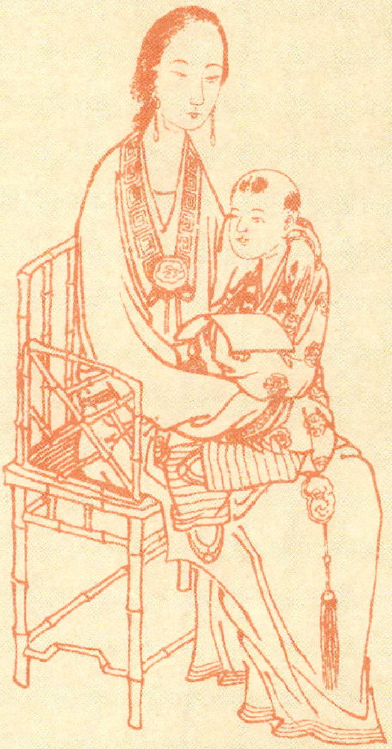

李氏摇了一摇，掣出一根来一看，笑道：『好极。你们瞧瞧，这行字竟有些意思。』众人瞧那签上，画着一枝老梅，是写着『霜晓寒姿』四字，那一面旧诗是：『竹篱茅舍自甘心。』

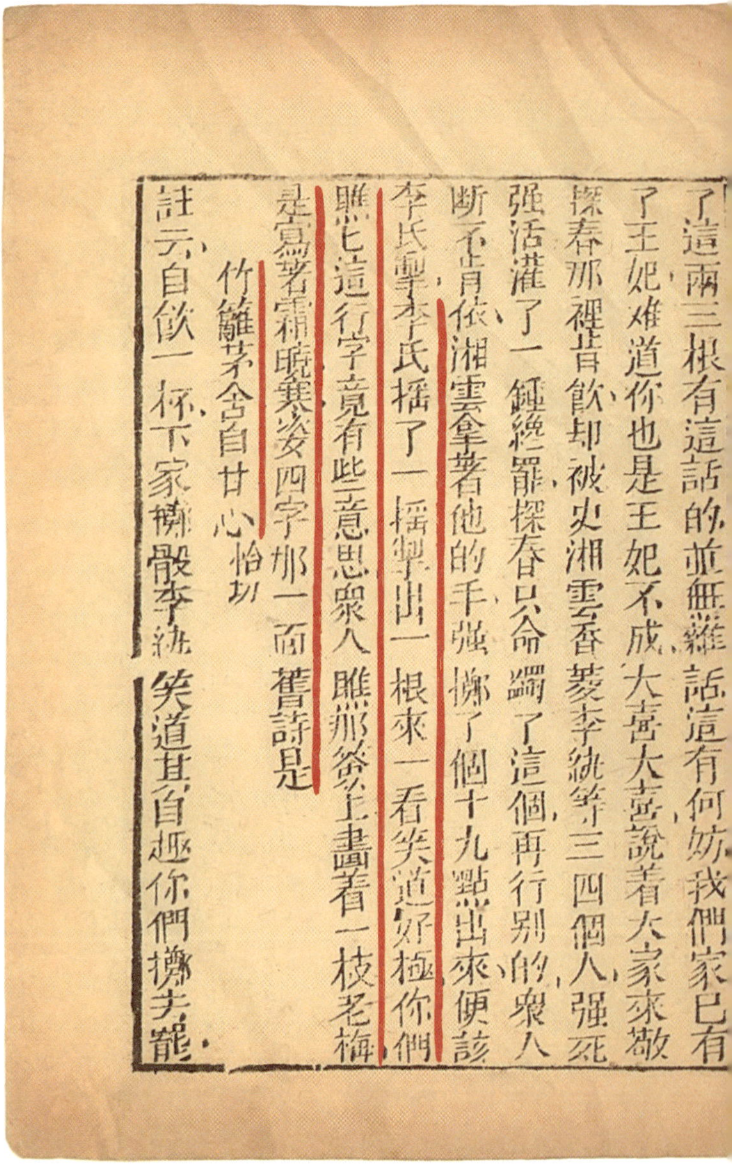

了這兩三根有這話的並無雜話這有何妨我們家已有
了王妃难道你也是王妃不成大喜大喜說着大家來敬
探春那裡肯飲却被史湘雲香菱李紈等三四個人强死
強活灌了一鍾纔罷探春只命蠲了這個再行別的衆人
斷不肯依湘雲拿著他的手强擲了個十九點出來便該
李氏掣李氏搖了一搖掣出一根來一看笑道好極你們
瞧〻這行字竟有些意思衆人瞧那簽上畫着一枝老梅
是寫著霜曉寒姿四字那一面舊詩是
竹籬茅舍自甘心 恰切
註云自飲一杯下家擲骰李紈笑道甚有趣你們擲去罷

無情也動人听了這曲子眼看着芳官不語湘雲忙一手奪了擲與寶釵寶釵又擲了一個十六點數到探春探春笑道還不知得個什麽伸手掣了一根出來自己一瞧便擲在桌上紅了臉笑道這東西不該行這令這原是外頭男人們行的令許多混話在上頭衆人不解襲人等忙拾了起來衆人看上面是一枝杏花那紅字寫着瑶池仙品四字詩云

日邊紅杏倚雲栽　預兆好

註云得此籤者必得貴婿大家恭賀一杯共同飲一杯衆人笑說道我們說是什麽呢這籤原是閨閣中取笑的除

新增批评绣像红楼梦，文畲堂藏版，清嘉庆十六年（1811）东观阁刊本

江梅 集解
やむい

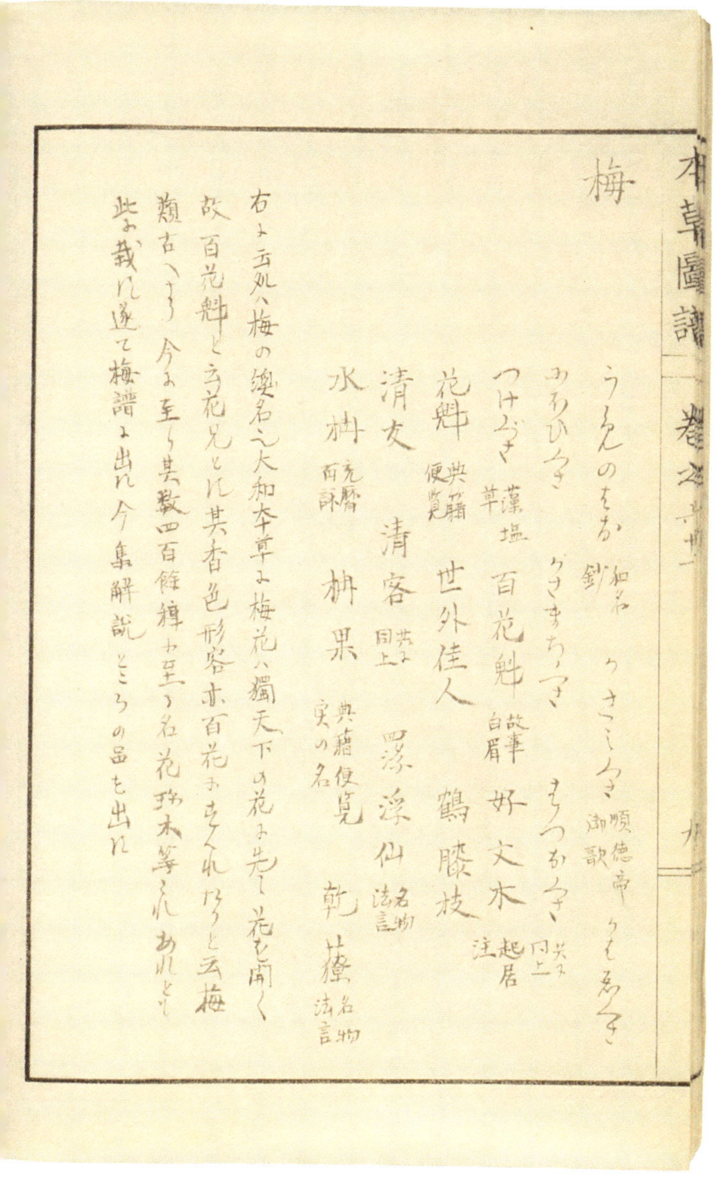
本草圖譜 巻之六十二

梅

うめのきな 和名鈔　うさこむき 順徳帝御歌　うもあくき

かわひらき　うさまちのつき　もつかふき 共ニ同上

つけふうき 藻塩草　百花魁 故事白眉　好文木 起居注

花魁 典籍便覧　世外佳人　鶴膝枝

清友　清客 共ニ同上　羅浮仙 名物法言

水柟 元曆百詠　柟果 典籍便覧 実の名　乾[illegible] 名物法言

右ニ云処ハ梅の總名之大和本草ニ梅花ハ獨天下の花ニ先て花を開く故百花魁と云花兄とも云其香色形容亦百花ニ秀れたりと云梅類古へより今ニ至り其數四百餘種ニ至り名花珍木等これあれとも此ニ載れ遂て梅譜ニ出れ今集解説ところの品を出れ

老梅

又名江梅，真梅种系中江梅型梅花品种的统称。花单瓣，呈红、白、粉等单色，萼非纯绿色。江梅中不仅有花瓣小、花丝长之花型优美的品种，还因其由果梅分化而来，故兼具观赏和食用价值。

金陵十二钗正册

王熙凤

食茱萸

细履幽畦掇芳辣

第三回中，二奶奶王熙凤第一次出场，人虽未至，但笑语先闻，令初入贾府的林黛玉不由纳罕，不知什么人敢如此放诞无礼。但是，贾府众人对王熙凤的放诞无礼反倒很喜欢，尤其是贾母，见王熙凤进来了，也不向林黛玉引见，只是笑道："你不认得他，他是我们这里有名的一个泼皮破落户儿，南省俗谓作'辣子'，你只叫他'凤辣子'就是了。"

贾母这一段打趣的话足以显示出太婆婆和孙媳妇之间的亲昵关系，"凤辣子"也必定是老祖宗常挂嘴边的人。

这里的辣子应当不是我们现在所常见的辣椒。今天的辣椒是明朝后期的舶来品，被称作番椒，直到清朝后期才作为食材被国人普遍接受，而《红楼梦》里的辣子，应当是食茱萸。

食茱萸气味香辛，是古人最常用的调味品，与花椒、姜并称"三香"。明代李时珍《本草纲目》中记载，食茱萸又称辣子，“捣滤取汁，入锻石搅成，名曰艾油，亦曰辣米油，始辛辣蜇口，入食物中用”。

辣味是一种感官刺激产生的热与痛的混合感觉，就像王熙凤其人，有时给人以热辣辣的欢喜，有时又让人恨得牙痒痒。

王熙凤之热，源自她泼辣开朗的性格，行事风风火火，待人八面玲珑，一张巧嘴，一时能哄得贾母、王夫人等长辈开心，一时又能打趣姐妹妯娌们。薛宝钗曾说林黛玉的一张嘴“叫人恼不是，喜欢又不是”，而这句话用在王熙凤身上也再合适不过。

王熙凤之痛，更多体现在对待下人的态度上。第六回“刘姥姥一进荣国府”时，周瑞家的向刘姥姥介绍王熙凤，夸了她种种伶俐能干，“有一万个心眼子”，但只有一件让人有些不舒坦，就是“待下人未免太严了些”。

王熙凤“协理宁国府”时责罚下人毫不留情，“弄权铁槛寺”时对他人生死漠不关心。“计赚尤二姐”时，王熙凤更是辣手狠毒。贾琏的小厮兴儿说王熙凤“明是一盆火，暗是一把刀”，也正是王熙凤热与痛的印证。

黛玉连忙起身接见。贾母笑道：『你不认得他，他是我们这里有名的一个泼辣货，南京所谓「辣子」，你只叫他「凤辣子」就是了。』

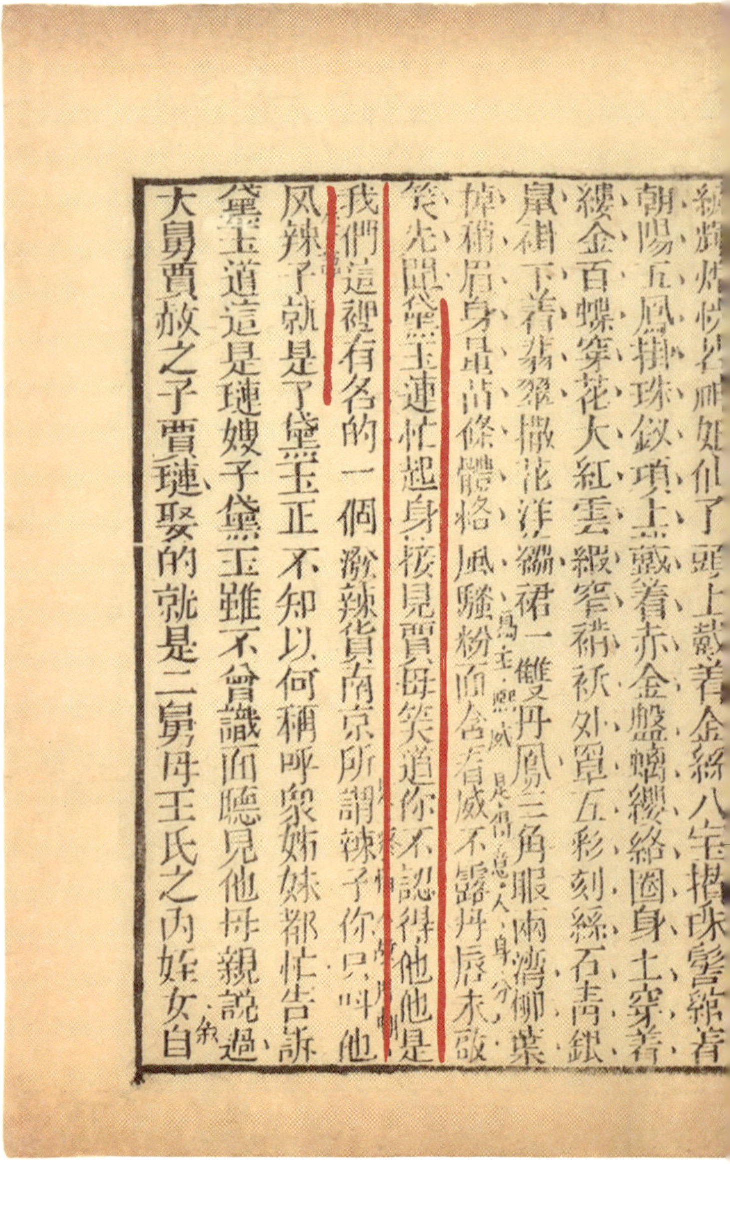

綉辉煌恍若神妃仙子頭上戴着金絲八寶攢珠髻綰着
朝陽五鳳掛珠釵項上戴着赤金盤螭瓔珞圈身上穿着
縷金百蝶穿花大紅雲緞窄褃襖外罩五彩刻絲石青銀
鼠褂下着翡翠撒花洋縐裙一雙丹鳳三角眼兩彎柳葉
掉梢眉身量苗條體格風騷粉面含春威不露丹唇未啟
為主熙鳳是得意人身分
笑先聞黛玉連忙起身接見賈母笑道你不認得他他是
我們這裡有名的一個潑辣貨南京所謂辣子你只叫他
鳳辣子就是了黛玉正不知以何稱呼衆姊妹都忙告訴
黛玉道這是璉嫂子黛玉雖不曾識面聽見他母親說過
大舅賈赦之子賈璉娶的就是二舅母王氏之內姪女自

了一個癩頭和尚說要化我去出家我父母固是不從他又說既捨不得他但只怕他的病一生也不能好的若要（黛玉若果能如此語便可不必以眼淚還人矣）好時除非從此以後總不許見哭聲除父母之外凡有外（然無奈黛玉必以眼淚還人也情之一關誰能打破）親一槩不見方可平安了此一生這和尚瘋瘋癲癲說了這些不經之談也沒人理他如今還是吃人參養榮丸賈母道這正好我這裡正配丸藥呢叫他們多配一料就是（如聞其聲鳳姐初次出來更另是一種風調）了一語未休只聽後院中有笑聲說我來遲了不曾迎接遠客黛玉思忖道這些人個個皆是斂聲屏氣如此這來者是誰這樣放誕無禮心下想時只見一羣媳婦了鬟擁着一個麗人從後房進來這個人打扮與姑娘們不同彩

本草図譜

巻之六十

重圓閲蔵

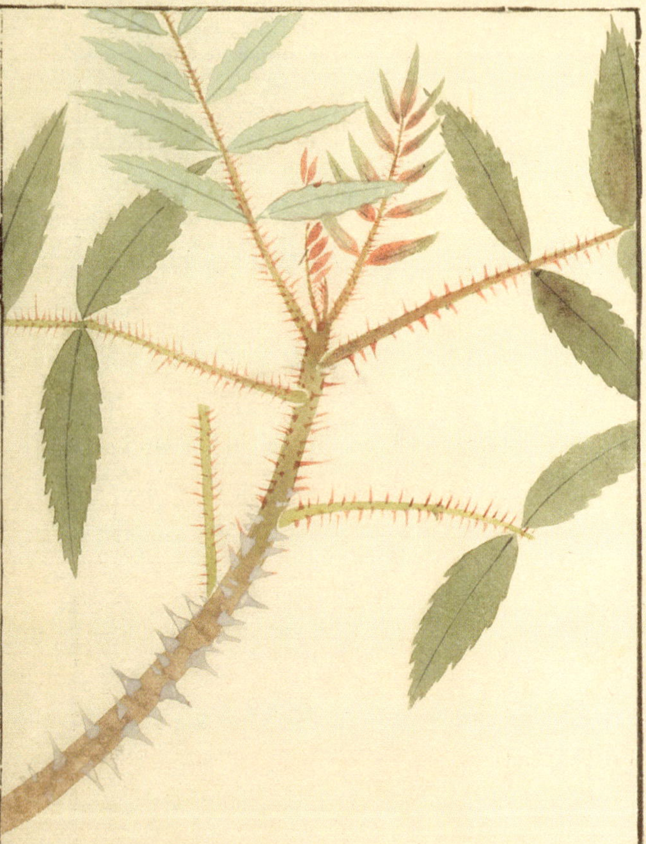

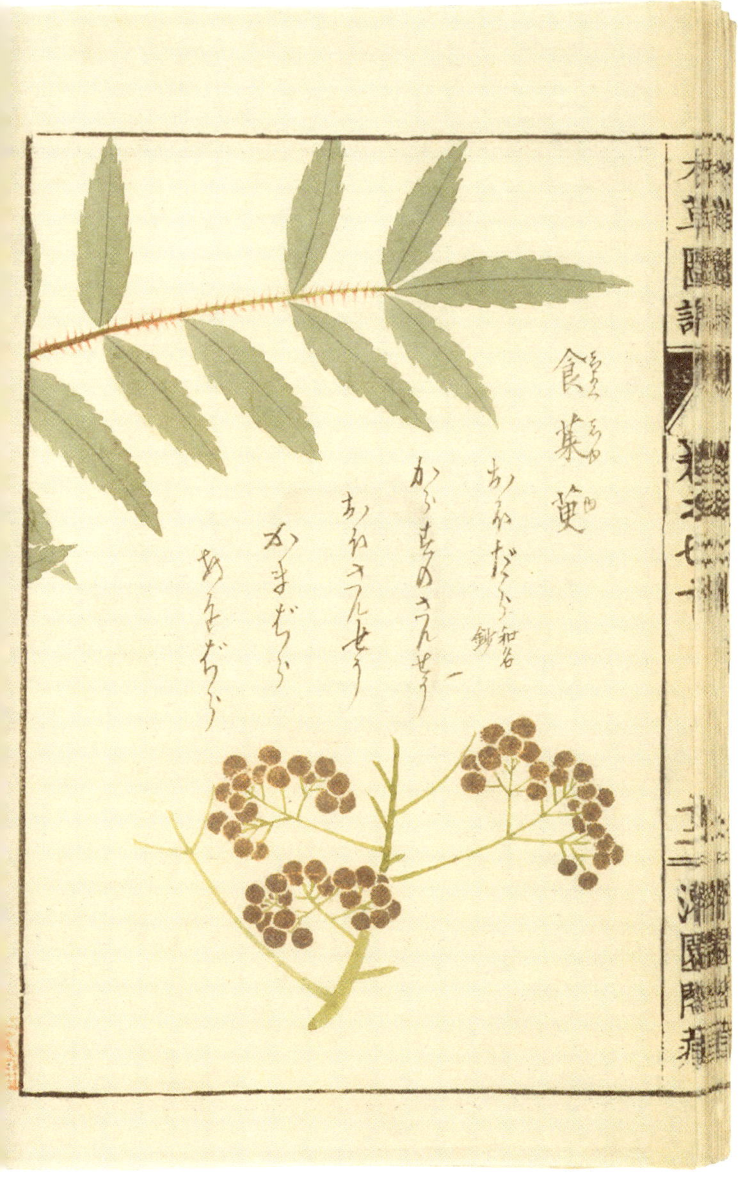

食茱萸

又称椿叶花椒。芸香科，花椒属。落叶乔木，高达十五米，茎干密生尖刺，羽状复叶，小叶密布油腺点，有芳香味，幼叶常呈红色，故又名『红刺楤』。圆锥花序，花小，黄白色，花期八至九月。果实具辛香气味，十至十二月成熟。生长快，是优良的庭院绿化树种。果实是重要的调味品，药用有温中、祛湿、杀虫、止痛之功效。

王熙凤正言弹妒意

第二十回　王熙凤正言弹妒意　林黛玉俏语谑娇音

赵姨娘见他这般，因问：『又是那里垫了踹窝来了？』贾环便说：『同宝姐姐顽的……』赵姨娘啐道：『谁叫你上高台盘去了？下流没脸的东西！那里顽不得？谁叫你跑了去讨没意思！』

正说着，可巧凤姐在窗外过，都听在耳内。便隔窗说道：『大正月里，怎么了？兄弟们小孩子家，一点半点儿错了，你只教导他，说这样话做什么？……』

见熙凤贾瑞起淫心

第十一回　庆寿辰宁府排家宴　见熙凤贾瑞起淫心

凤姐儿正自看园中的景致，一步步行来赞赏。猛然从假山石后走过一个人来，向前对凤姐儿说道：『请嫂子安。』凤姐儿猛然见了，将身子望后一退，说道：『这是瑞大爷不是？』贾瑞说道：『嫂子连我也不认得了？不是我是谁！』

变生不测凤姐泼醋

第四十四回　变生不测凤姐泼醋　喜出望外平儿理妆

凤姐听了，已气的浑身发软，忙立起来一径来家。刚至院门，只见又有一个小丫头在门前探头儿，一见了凤姐，也缩头就跑。凤姐儿提着名字喝住。……说着也扬手一下打的那丫头一个趔趄，便蹑手蹑脚的走至窗前。往里听时，只听里头说笑。

王熙凤协理宁国府

第十三回　秦可卿死封龙禁尉　王熙凤协理宁国府

可巧这日非正经日期，亲友来的少，里面不过几位近亲堂客，邢夫人、王夫人、凤姐并合族中的内眷陪坐。闻人报：『大爷进来了。』唬的众婆娘唿的一声，往后藏之不迭，独凤姐款款站了起来。

金陵十二钗正册

贾巧姐

柚子

乡思不堪悲橘柚

刘姥姥二进荣国府时，贾母起了兴致，领着众人游赏大观园，贾巧姐也被奶妈抱进了园子里。彼时，贾巧姐的手中“抱着一个大柚子”，而刘姥姥的外孙子板儿则“抱着一个佛手”。贾巧姐见了便要板儿的佛手，急得哭了，众人没有法子，只得“把柚子与了板儿，将板儿的佛手哄过来与他才罢”。

晋代郭璞《尔雅注疏》里称柚子“似橙，实酢”，意思是柚子与橙子十分相像，但是果实是酸的。而《唐本草》里则说有一种柚子“皮厚味甘……其肉亦如橘，有甘有酸”。元朝记述广州一带社会风貌的《南海志》里则记载道：“柚子，其花甚香，实大而圆，皮甚厚。”

虽然古人通常将柚子与橙子、橘子归为同属，但其主要功能还是用于观赏把玩，与佛手乃是一类。清朝的《云南风土记》里便说：“柚子大七八斤，甘香如佛手，而皮不苦辣。”

在板儿眼中，贾巧姐手中的柚子“又香又圆”，就好像贾巧姐当时的境况，生活在“膏粱锦绣之中”，是个“千金万金的小姐”。也正是因此，贾巧姐太过娇嫩，时常生病，故而王熙凤才求刘姥姥为她取个名字，用贫苦压一压贵气，好保佑贾巧姐“遇难成祥，逢凶化吉”。而贾巧姐在贾家败落之后的命运亦如柚子的果实之味，虽然酸苦，却亦有回甘。

关于《红楼梦》中这一段贾巧姐与板儿互换柚子、佛手的文字，脂批本曾连续批注了两个“伏线千里”，并道：“柚子即今香团之属也，应与缘通。”认为此处正是贾巧姐在家亡人散后被刘姥姥所救，嫁给板儿的伏笔。

窃以为百二十回本里安排贾巧姐嫁与刘姥姥村上一个“极富的人家”的结局，不仅断掉了贾巧姐与板儿的这一段千里缘通，更与第五回“金陵十二钗正册”中“荒村野店”“美人纺绩”的预示不相符。

巧姐

來妙玉忙接了進去眾人至院中見花木繁盛賈母笑道
倒底是他們修行人沒事常常修理比別處越發好看一
面說一面便往東禪堂來妙玉笑往裡讓賈母道我們纔
都吃了酒肉你這裡頭有菩薩沖了罪過我們這裡坐坐
把你的好茶拿來我們吃一盃就去了寶玉留神看他是
怎么行事只見妙玉親自捧了一个海棠花式雕漆填金
雲龍獻壽的小茶盤裡面放一個成窯五彩小蓋鍾捧與
賈母賈母道我不吃六安茶妙玉笑說知道這是老君眉
賈母接了又問是什么水妙玉道是舊年蠲的雨水賈母
便吃了半盞笑着遞與劉老老說你嚐嚐這個茶劉老老

忽见奶子抱了大姐儿来，大家哄他顽了一会。那大姐儿因抱着一个大柚子玩，忽见板儿抱着一个佛手，大姐便要。丫鬟哄他取去，大姐儿等不得，便哭了。众人忙把柚子给了板儿，将板儿的佛手哄过来与他才罢。

的揀了一兩樣就筭了、劉老老原不曾吃過這些東西、且
都做的小巧不顯堆垛的、他和板兒每樣吃了些就去了
半盤了、剩的鳳姐又命攢了兩盤並一個攢盒與文官等
吃去忽見奶子抱了大姐兒來大家哄他頑了一會那大
姐兒因抱著一個大柚子頑、忽見板兒抱着一个佛手大
姐便要丫環哄他取去大姐兒等不得便哭了、衆人忙把
柚子給了板兒將板兒的佛手哄過來與他纔罷那板兒
因頑了半日佛手此刻又兩手抓着些菓子吃又忽見這
個柚子又香又圓更覺好頑、且當毬踢着頑去也就不要
佛手了、當下賈母等吃過了茶、又帶了劉老老至櫳翠庵

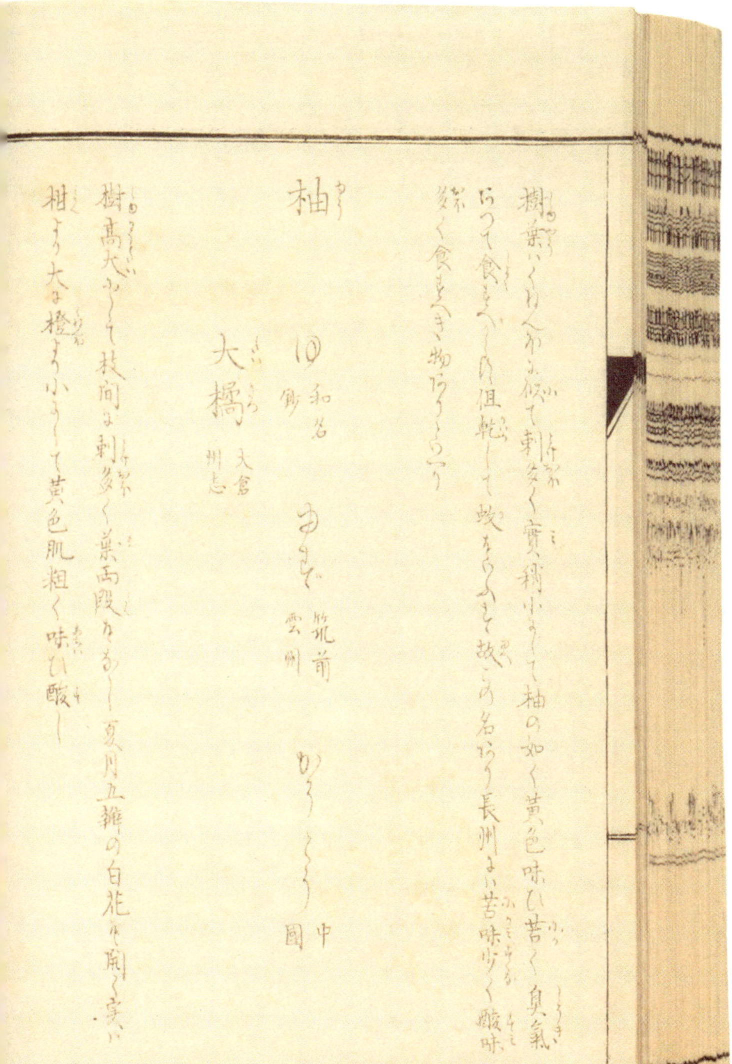
樹葉ハくねんぼに似て刺多く實稍小にして柚の如く黄色味ひ苦く臭氣ありて食すべからず但乾して蚊をふすぶ故に此名あり長州にて苦味少く酸味多く食すべき物ありと云り

柚 和名 鈔 ゆ 筑前 雲州 ゆず 中國 かうじ

大橘 大倉州志

樹高大にして枝間に刺多く葉両段なるし夏月五瓣の白花を開く實ハ柑より大きく橙より小にして黄色肌粗く味ひ酸し

柚

又名文旦。芸香科，柑橘属。常绿小乔木，高五至十米，花白色，单生或簇生，甜香扑鼻，花期三月至四月。果实大，球形或梨形，果皮厚，浅黄色，密生油腺，九至十月成熟。原产亚洲南部，我国栽培已久。柚是常绿香花树种，观赏和经济价值极高。味甘、酸，性寒，有化食、消痰、去火等功效，果肉中富含多种维生素及类胰岛素等成分，有降血糖等保健功能，其花、叶、果皮还可提取芳香油。

评女传巧姐慕贤良

第九十二回　评女传巧姐慕贤良　玩母珠贾政参聚散

宝玉道：『你认了多少字了？』巧姐儿道：『认了三千多字，念了一本女孝经，半个月头里又上了列女传。』宝玉道：『你念了懂得吗？你要不懂，我倒是讲讲这个你听罢。』贾母道：『做叔叔的也该讲给侄女儿听听。』

记微嫌舅兄欺弱女

第百十八回　记微嫌舅兄欺弱女　惊谜语妻妾谏痴人

正说着，平儿过来瞧宝钗，并探听邢夫人的口气。王夫人将邢夫人的话说了一遍。平儿呆了半天，跪下求道：『巧姐儿终身全仗着太太。若信了人家的话，不但姑娘一辈子受了苦，便是琏二爷回来怎么说呢？』王夫人道：『你是个明白人，起来，听我说。巧姐儿到底是大太太孙女儿，他要作主，我能够拦他么？』

金陵十二钗正册

秦可卿　木瓜

始信烟脂溪水媚

第五回中，因宁国府内梅花盛开，尤氏特请“贾母、邢夫人、王夫人等赏花”。酒宴过后，贾宝玉一时困倦，秦可卿便领他到自己房里睡中觉。贾宝玉走进房中，只见墙上挂着“唐伯虎画的《海棠春睡图》”，“案上设着武则天当日镜室中设的宝镜，一边摆着飞燕立着舞过的金盘，盘内盛着安禄山掷过伤了太真乳的木瓜”。

这里所说的木瓜并非今日我们常吃的水果，而是一种蔷薇科木瓜属的植物，其果实味道苦涩，可以用作摆设观赏，亦可用水煮和糖渍后食用，有和胃化湿、滋脾益肺的功效。

自古以来，木瓜就是“男女相互赠答说”之物，《诗经》名篇《木瓜》里就有“投我以木瓜，报之以琼琚”之句。而此处所谓“安禄山掷过伤了太真乳的木瓜”乃是从历代野史稗记中演绎出来的。

《唐史演义》里曾写安禄山与杨贵妃偷情时曾将

其胸前抓伤，杨贵妃因为担心被唐明皇看破，便制作了一种无带内衣“诃子”来遮掩，其情香艳至极。在《开元天宝遗事》《杨太真外传》《梧桐雨》等小说杂剧中，作者们也或多或少渲染了安禄山与杨贵妃的私情。而曹雪芹于《红楼梦》中又演绎出的这个“伤了太真乳的木瓜”，恰恰是对秦可卿与贾珍“爬灰”的隐射。

秦可卿“生的袅娜纤巧，行事又温柔和平”，在贾母眼里是“众孙媳中第一个得意之人”。然而，“擅风情，趁月貌，便是败家的根本”，秦可卿的美貌却造成了她悲剧的命运。

《红楼梦》第七回“宴宁府宝玉会秦钟”里，曹雪芹借老仆人焦大之口揭穿了宁国府“爬灰的爬灰，养小叔子的养小叔子”的肮脏，而脂批本中就明确指出曹雪芹因为“不忍下笔”，故而删去了“秦可卿淫丧天香楼”一节。第五回中“金陵十二钗正册”秦可卿的判词“情天情海幻情身，情既相逢必主淫”，也暗示了她陷于“淫乱”的结局。

说着大家来至秦氏房中。刚至房中，便有一股细细的甜香袭人。宝玉便觉得眼饧骨软，连说『好香！』入房向壁上看时，有唐伯虎画的海棠春睡图，两边有宋学士秦太虚写的一对联云：『嫩寒锁梦因春冷，芳气袭人是酒香。』案上设着武则天当日镜室中设的宝镜，一边摆着赵飞燕立着舞的金盘，盘内盛着安禄山掷过伤了太真乳的木瓜。

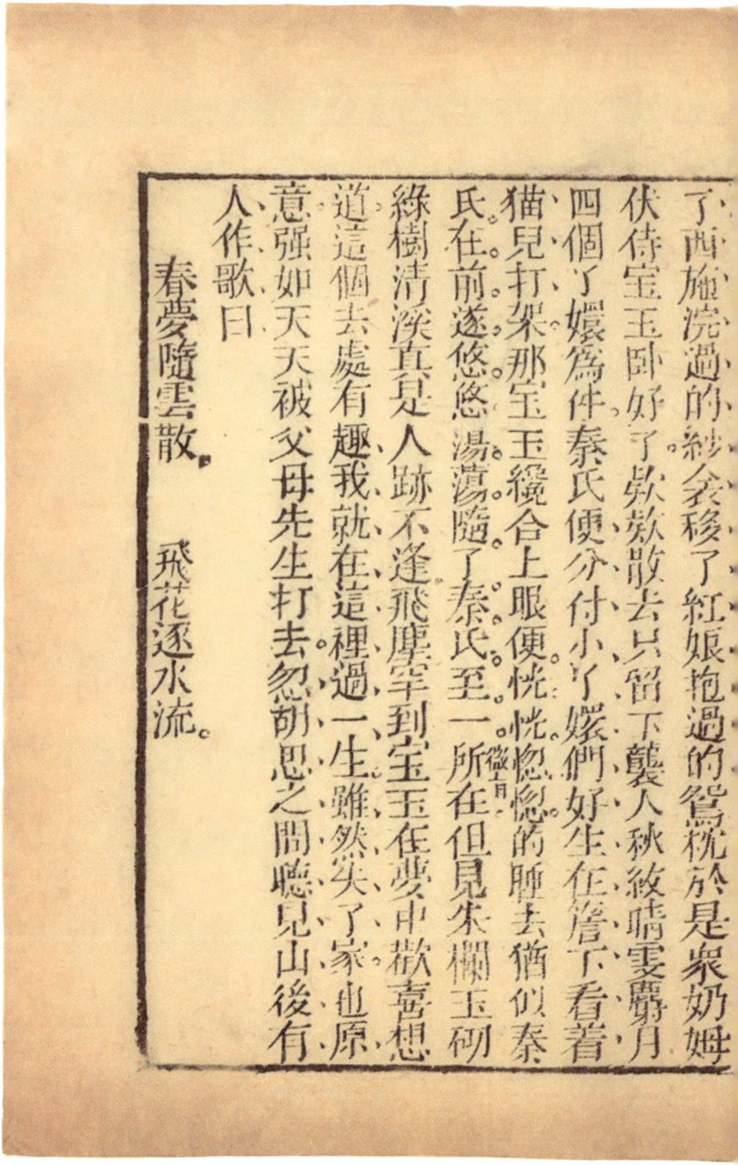
了、西施浣過的紗衾、移了紅娘抱過的鴛枕。於是衆奶姆
伏侍宝玉卧好了、欵欵散去、只留下襲人、秋紋、晴雯、麝月
四個丫嬛為伴。秦氏便分付小丫嬛們、好生在簷下看着
猫兒打架。那宝玉纔合上眼、便恍恍惚惚的睡去、猶似秦
氏在前、遂悠悠蕩蕩、隨了秦氏至一所在、但見朱欄玉砌、
綠樹清溪、真是人跡不逢、飛塵罕到。宝玉在夢中歡喜、想
道、這個去處有趣、我就在這裡過一生、雖然失了家也原
意、強如天天被父母先生打去。忽胡思之間、聽見山後有
人作歌曰
春夢隨雲散。飛花逐水流。

去見的日子有呢說着大家來至秦氏房中剛至房中便
有一股細細的甜香襲人宝玉便覺得眼餳骨軟連說好（微旨）（微旨）
香入房向壁上看時有唐伯虎畫的海棠春睡圖兩邊有
宋學士秦太虛寫的一對聯云

嫩寒鎖夢因春冷　芳氣襲人是酒香

案上設着武則天當日鏡室中設的宝鏡一邊擺着趙飛
燕立着舞的金盤盤內盛着安祿山擲過傷了太眞乳的
木瓜上面設着寿昌公主於含章殿下臥的宝榻懸的是（叙法、諧有、微旨）
同昌公主製的連珠帳宝玉含笑道這裡好這裡好秦氏
笑道我這屋子大約神仙也可以住得的說着親自展開

新增批评绣像红楼梦，文畲堂藏版，清嘉庆十六年（1811）东观阁刊本

本草圖譜　巻之六十

八

木瓜

蔷薇科，木瓜属。落叶小乔木，高五至十米。花单生，粉红色，花期四至五月。果实椭圆形，淡黄色，具芳香，九至十月成熟。原产中国，各地广泛栽培。树姿优美，春花烂漫，秋果满树，香气袭人，是重要的花果兼观赏型园林树木，还可制作盆景。果实味涩，经蒸煮或糖渍后可食用，入药有解酒、祛痰、顺气、止痢的功效。其木材坚硬，可作床柱之用。

大观园月夜警幽魂

第百零一回　大观园月夜警幽魂　散花寺神签占异兆

凤姐听了，此时方想起来是贾蓉的先妻秦氏，便说道：『嗳呀，你是死了的人哪，怎么跑到这里来了呢？』啐了一口，方转回身，脚下不防一块石头绊了一跤，犹如梦醒一般，浑身汗如雨下。虽然毛发悚然，心中却也明白，只见小红丰儿影影绰绰的来了。

赴家宴宝玉会秦钟

第七回　送宫花贾琏戏熙凤　宴宁府宝玉会秦钟

一时摆上茶果，宝玉便说：『我两个又不吃酒，把果子摆在里间小炕上，我们那里坐去，省得闹你们。』于是二人进里间来吃茶。秦氏一面张罗与凤姐摆酒果，一面忙进来嘱宝玉道：『宝叔，你侄儿倘或言语不防头，你千万看着我，不要理他。他虽腼腆，却性子左强，不大随和些是有的。』

内府帑银行商薛公之后

薛宝琴

红梅

前身定是瑶台种

芦雪庭的诗会是以贾宝玉的《访妙玉乞红梅》诗作结的，故而人们更容易将栊翠庵的红梅与妙玉联系在一起。然而，在这一场“琉璃世界白雪红梅”的诗歌盛会里，真正让红梅绽放异彩的却是薛宝琴。

就在贾宝玉讨要红梅的时候，众人便商量着请邢岫烟、李纹和薛宝琴分别“用红梅花三个字作韵”写一首七律诗。薛宝琴虽然在众人中年纪最小，却才思敏捷，所作的诗被评为最佳。

疏是枝条艳是花，春妆儿女竞奢华。闲庭曲槛无余雪，流水空山有落霞。

幽梦冷随红袖笛，游仙香泛绛河槎。前身定是瑶台种，无复相疑色相差。

薛宝琴在诗中以“余雪”“落霞”形容白梅、红梅，认为不要因红梅“春妆奢华”、形态娇艳就怀疑她本是瑶台仙种，其自有清高品格。

这是薛宝琴进入大观园后第一次展露诗才。前番联即景诗，史湘云因为一块鹿肉夺冠，为了不使薛宝琴逊色，曹雪芹特意安排这一段“咏红梅花”的情节，并在后文中一再突出薛宝琴的诗词声调浑壮，不同常人。

在历来的《红楼梦》人物图谱中，对薛宝琴的描画必是“白雪红梅”的景象。芦雪庭欢宴结束时，薛宝琴随贾宝玉上栊翠庵求红梅。她身穿贾母所送的凫靥裘，遥遥立在山坡上，“四面粉妆银砌”，身后一个丫鬟抱着一瓶红梅，两相映衬，俨然是仇十洲的《双艳图》。可贾母还是觉得，薛宝琴“雪下折梅比画儿上还好”。

薛宝琴是大观园中唯一一个真正外来的女子，她跟着父母四海经商，“四山五岳”“西海沿子”“天下十停走了有五六停了”，所见世面远远超出薛宝钗、林黛玉这些传统的闺阁女子。

故而，一向不主张替贾宝玉早些说亲的贾母在见到薛宝琴后，竟有些按捺不住，“细问他的年庚八字并家内景况”，有心“要与宝玉求配”。甚至连薛宝钗都生出了一丝丝醋意，自叹“我就不信我那些儿不如你”。

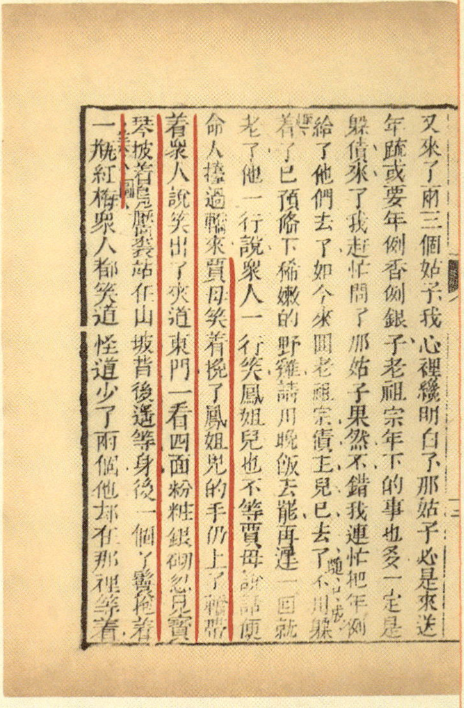
又來了兩三個姑子我心裡纔明白了那姑子必是來送年疏或要年例香例銀子老祖宗年下的事也多一定是躲債來了我赶忙問了那姑子果然不錯我連忙把年例給了他們去了如今來回老祖宗債主兒已去了不用躲着了已預備下稀嫩的野雞請用晚飯去罷再遲一回就老了他一行說衆人一行笑鳳姐兒也不等賈母說話便命人擡過轎來賈母笑着挽了鳳姐兒的手仍上了轎帶着衆人說笑出了夾道東門一看四面粉粧銀砌忽見寶琴披着鳧靨裘站在山坡背後遥等身後一個丫鬟抱着一瓶紅梅衆人都笑道怪道少了兩個他却在那裡等着

《新增批评绣像红楼梦》，文畲堂藏版，清嘉庆十六年（1811）东观阁刊本

贾母笑着，搀了凤姐儿的手，仍上了轿，带着众人，说笑出了夹道东门。一看四面粉妆银砌，忽见宝琴披着凫靥裘站在山坡背后遥等，身后一个丫鬟抱着一瓶红梅。

一種　えびらうめ

菅家愛せられし所にて太宰府に二品あり一ハ此物にして單瓣淡紅色蕾及ひ瓣の先紅色なり一ハ常の野梅なり

红梅

真梅、杏梅、樱李梅种系中红、粉色梅花品种的统称，主要代表是真梅种系中的宫粉型和朱砂型（按日本梅花品种分类则属红梅系，由野梅品种群变化而来）。从古至今，红梅深受人们喜爱，是坚韧不拔、不屈不挠精神和品质的象征。

薛小妹新编怀古诗

第五十一回　薛小妹新编怀古诗　胡庸医乱用虎狼药

众人闻得宝琴将素昔所经过各省内的古迹为题，作了十首怀古绝句，内隐十物，皆说这自然新巧。都争着看时，只见写道是……

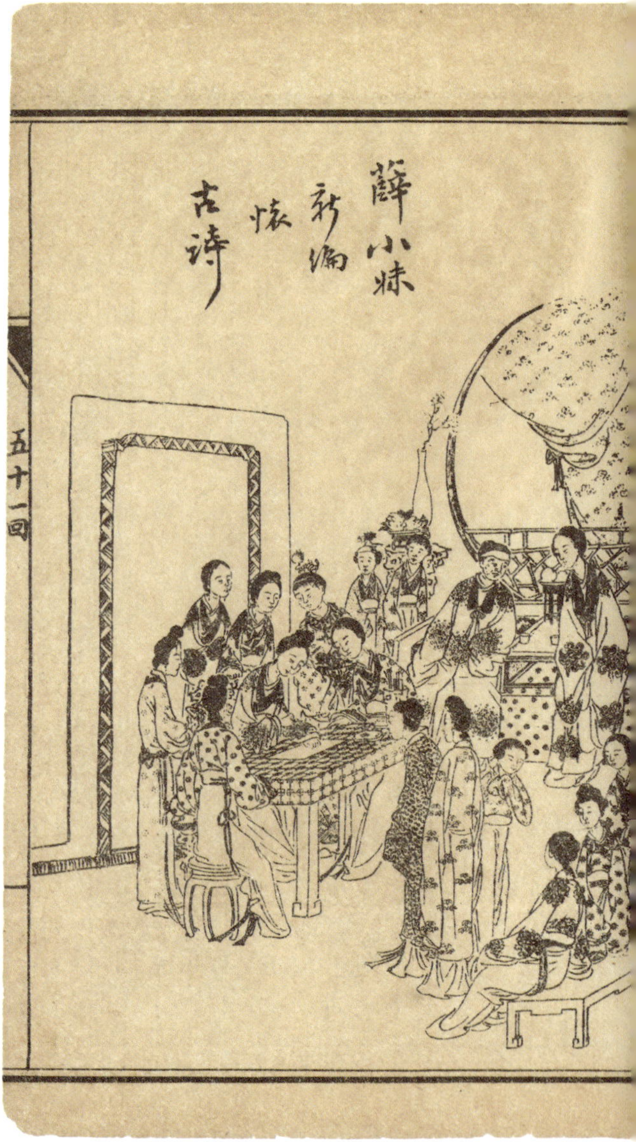

脂粉香娃割腥啖膻

第四十九回　琉璃世界白雪红梅　脂粉香娃割腥啖膻

说着，只见宝琴披着凫靥裘站在那里笑。湘云笑道：『傻子，过来尝尝。』宝琴笑说：『怪脏的。』宝钗道：『你尝尝去，好吃的。你林姐姐弱，吃了不消化，不然他也爱吃。』宝琴听了，便过去吃了一块，果然好吃，便也吃起来。

贾赦妻邢氏内侄女

邢岫烟

杏子

绿叶成荫子满枝

因为“慧紫鹃情辞试莽玉”，贾宝玉发了呆病，待到病体痊愈可以出门时，已是“柳垂金线，桃吐丹霞”，但却把杏花辜负了。贾宝玉看着“一株大杏树，花已全落，叶稠阴翠，上面已结了豆子大小的许多小杏”，不由得想到了邢岫烟已经定亲，“不过两年，便也要‘绿叶成荫子满枝’了”。

贾宝玉对邢岫烟的感慨无非是害怕筵散花谢，大观园从此“又少了一个好女儿”，而邢岫烟确实算得上是一个好女儿。

邢岫烟是邢夫人的侄女儿，其父母都是“酒糟透了的人”。所以，最初贾母提出将邢岫烟留在大观园居住时，王熙凤心里打了个小算盘，把邢岫烟送到了贾迎春那里，万一日后“有些不遂意的事，纵然邢夫人知道了，与自己无干”。

然而，王熙凤天长日久“冷眼敁敪”下来，却发现邢岫烟的“心性行为，竟不像邢夫人及他的父母一样，却是温厚可疼的人”。于是，原本心存戒备的琏二奶奶开始格外照顾邢岫烟，“比别的姊妹多疼他些”。第九十回“失绵衣贫女耐嗷嘈”里，王熙凤更因见邢岫烟受人欺压而为其出头，又“叫平儿取了一件大红洋绉的小袄儿，一件松花色绫子一斗珠儿的小皮袄，一条宝蓝盘锦镶花绵裙，一件佛青银鼠褂子”送给邢岫烟。

同样，薛姨妈也是看中了邢岫烟“钗荆裙布”的品行，知道她是“有廉耻有心计儿的，又守得贫，耐得富”，与侄子薛蝌“恰是一对天生地设的夫妻”，于是便托王熙凤和贾母，促成了这段姻缘。

《红楼梦》第五十回“芦雪庭争联即景诗”中，邢岫烟曾作咏红梅花的诗中有一句“看来岂是寻常色，浓淡由他冰雪中”恰是其自身的写照——虽然出身贫寒，却自有一种淡然洒脱。

当然，邢岫烟闲云野鹤般的气质是“原来有来历”的。第六十三回“寿怡红群芳开夜宴”中交代了邢岫烟和妙玉的一段前缘，邢岫烟认的字都是妙玉所教，二人“又是贫贱之交，又有半师之分”。不同的是，相对于妙玉的放诞诡僻，邢岫烟更显淡泊温和，是大观园里不同俗流的一种人物。

在贾宝玉眼里，如此美好的女儿自然是不该嫁人的，可这却也只是贾宝玉的私心。事实上，邢岫烟嫁与薛蝌也并非什么悲伤之事。薛蝌是“秉性忠厚”的人，二人在来京途中“曾有一面之遇”，“心中也皆如意”。按第百十八回“记微嫌舅兄欺弱女”中对邢岫烟的交代，她嫁给薛蝌后乃是“和和顺顺的过日子”，这不正是古往今来无数女子所渴望的岁月静好吗？窃以为，邢岫烟当同薛宝琴一样，不会出现在那些“薄命司”“痴情司”“朝啼司”“夜怨司”的十二钗册子里。

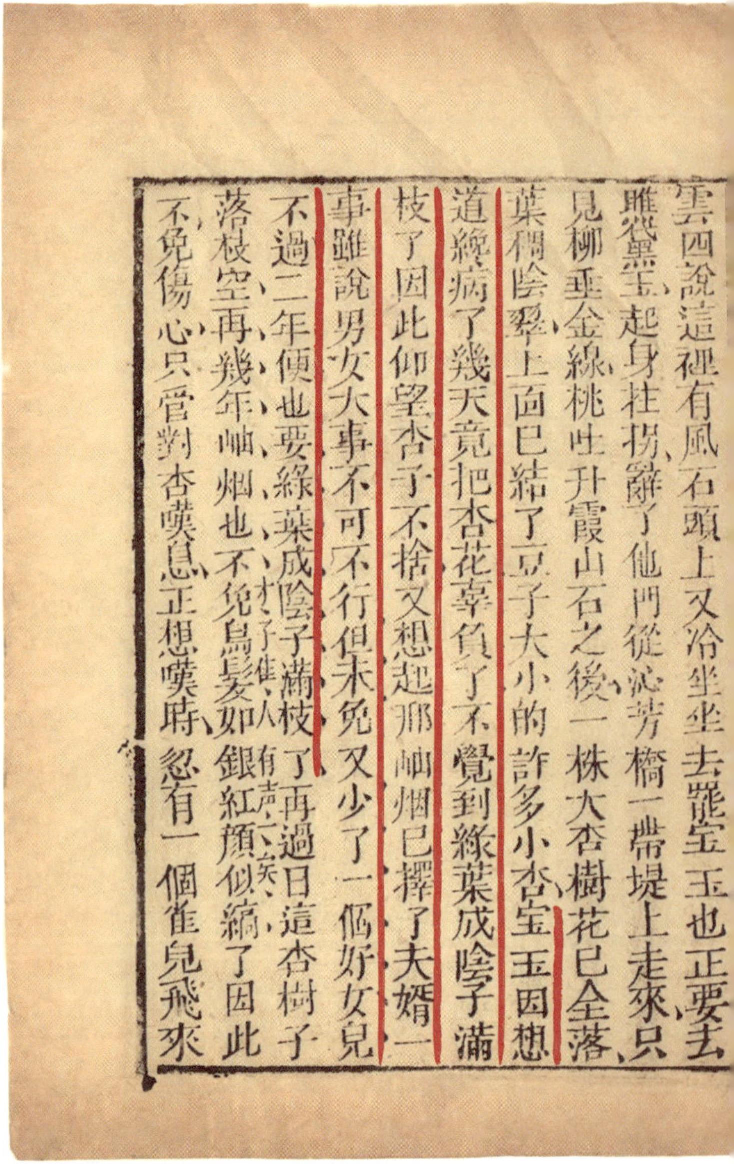
雲因說這裡有風石頭上又冷坐坐去罷寶玉也正要去
瞧黛玉起身拄拐辭了他們從沁芳橋一帶堤上走來只
見柳垂金線桃吐丹霞山石之後一株大杏樹花已全落
葉稠陰翠上面已結了豆子大小的許多小杏寶玉因想
道能病了幾天竟把杏花辜負了不覺倒綠葉成陰子滿
枝了因此仰望杏子不捨又想起邢岫烟已擇了夫婿一
事雖說男女大事不可不行但未免又少了一個好女兒
不過二年便也要綠葉成陰子滿枝了再過日這杏樹子
才子佳人有声亦矣
落枝空再幾年岫烟也不免烏髮如銀紅顏似槁了因此
不免傷心只管對杏嘆息正想嘆時忽有一個雀兒飛來

《新增批评绣像红楼梦》，文畲堂藏版，清嘉庆十六年（1811）东观阁刊本

宝玉因想道：『能病了几天，竟把杏花辜负了！不觉倒「绿叶成荫子满枝」了！』因此仰望杏子不舍。又想起邢岫烟已择了夫婿一事，虽说是男女大事，不可不行，但未免又少了一个好女儿。不过二年，便也要『绿叶成荫子满枝』了。

杏

蔷薇科，杏属（李属）。落叶乔木，高达十米。花单生或二至三朵同生，淡粉红色或白色，早春三至四月先叶开放，果实球形，果皮白色、黄色或黄红色，果肉味甜多汁，果熟期六至七月。杏树原产我国新疆维吾尔自治区，是中国最古老的果树之一。世界各地均有栽培，为重要的经济树种。果实营养极为丰富，可鲜食或加工成果酱和果脯等，种子（苦杏仁）味苦、微温、小毒，可药用，有止咳平喘、润肠通便等功效。杏树木质坚硬，可做家具。

占旺相四美钓游鱼

第八十一回　占旺相四美钓游鱼　奉严词两番入家塾

宝玉轻轻的走在假山背后听着。只听一个说道：『看他洑上来不洑上来。』好似李纹的语音。一个笑道：『好，下去了。我知道他不上来的。』这个却是探春的声音。一个又道：『是了。姐姐你别动，只管等着，他横竖上来。』一个又说：『上来了。』这两个是李绮邢岫烟的声儿。

失绵衣贫女耐嗷嘈

第九十回　失绵衣贫女耐嗷嘈　送果品小郎惊叵测

只见邢岫烟赶忙出来，迎着凤姐陪笑道：『这使不得，没有的事，事情早过去了。』凤姐道：『姑娘，不是这个话。倒不讲事情，这名分上太岂有此理了。』岫烟见婆子跪在地下告饶，便忙请凤姐到里边去坐。

皇商夏家之女　薛蟠之妻

夏金桂

桂花

可怜天上桂花孤

这一回，“呆霸王”薛蟠终于娶了亲。薛家乃是“领着内帑钱粮，采办杂料”的皇商，而与之结亲的也是“同在户部挂名行商”的大户——桂花夏家。文中乃是借香菱之口道出夏家的根基：“其余田地不用说，单有几十顷地独种桂花，凡这长安城里外桂花局俱是他家的，连宫里一应陈设盆景亦是他家贡奉。”而夏家“非常的富贵”也都应在了夏金桂这位小姐的名字上。

桂花开时花细如粟，其香气清可荡涤，浓可致远，深受人们喜爱。而夏金桂确实也是这么看待自己的，她从小把自己“尊若菩萨”，而视他人“秽如粪土”。因为她的闺名叫作金桂，故而不许下人平时说话带出“金”“桂”二字来，“凡有不留心误道一字者，他便定要苦打重罚才罢”。夏金桂对自己的看重，非但没有半点桂花的清雅高洁之气，反而只剩下骄矜。

夏金桂之所以如此，是因为“父亲去世的早，又无同胞弟兄”，她被寡母娇宠坏了，养成了个“盗跖的性情”。《庄子·盗跖》篇里说，盗跖是个“贪得忘亲，不顾父母兄弟”的人，夏金桂便把这脾性全都用在了薛家。

嫁入薛家之后，夏金桂便一心想“拿出威风来”，不但制服了薛蟠，更折磨香菱，大庭广众之下和薛姨妈顶嘴，毫无规矩可言。风声传到外面，连袭人都害怕自己成了“香菱的后身”，脑门儿一热跑到林黛玉处探听口风。这便有了第八十二回“病潇湘痴魂惊恶梦”里关于妻妾之争最经典的一句评价：“但凡家庭之事，不是东风压了西风，就是西风压了东风。”

夏金桂因为“桂花曾有广寒嫦娥之说”，故而改称桂花为“嫦娥花”，以此又寓自己身份。然而，“嫦娥应悔偷灵药，碧海青天夜夜心”。自古以来，嫦娥都是闺怨孤凄的象征，而这大概也是曹雪芹对夏金桂最终结局的暗示。

第八十三回

闹闺阃薛宝钗吞声

母女同至金桂房门口，听见里头正还嚷哭不止。薛姨妈道：『你们是怎么着，又这样家翻宅乱起来，这还像个人家儿吗！矮墙浅屋的，难道都不怕亲戚们听见笑话了么？』金桂屋里接声道：『我倒怕人笑话呢！只是这里扫帚颠倒竖，也没有主子，也没有奴才，也没有妻，没有妾，是个混帐世界了。……』

夏金桂自以为高贵，却最终难逃悲剧命运。即便不似《红楼梦》后四十回中所写“施毒计金桂自焚身”，也应是空房独守，余生孤寂。

宝玉笑道：『如何又称为「桂花夏家」？』香菱道：『本性夏，非常的富贵。其余田地不用说，单有几十顷地独种着桂花，凡这长安那城里外桂花局俱是他家的，连宫里一应陈设盆景亦是他家贡奉，因此才有这个混号。……』

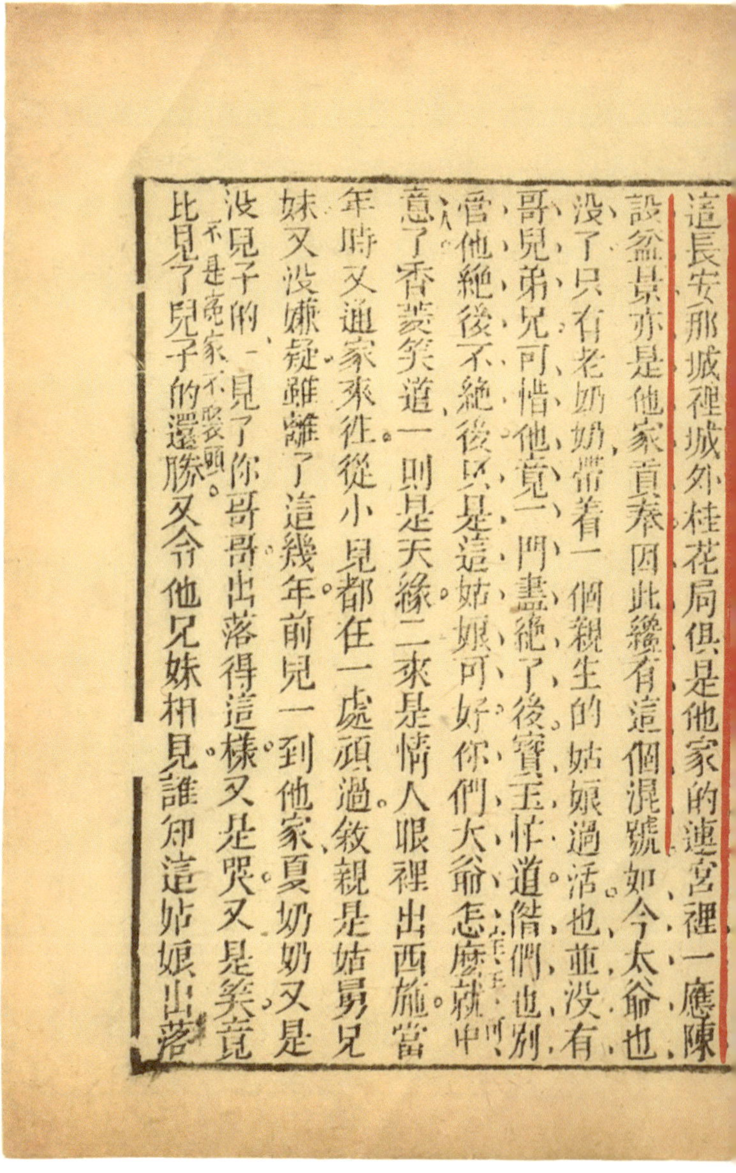

這長安那城裡城外桂花局俱是他家的連宮裡一應陳
設盆景亦是他家貢奉因此纔有這個混號如今太爺也
沒了只有老奶奶帶着一個親生的姑娘過活也並沒有
哥兒弟兄可惜他竟一門盡絕了後寶玉忙道偺們也別
管他絕後不絕後只是這姑娘可好你們大爺怎麼就中
意了香菱笑道一則是天緣二來是情人眼裡出西施當
年時又通家來往從小兒都在一處頑過敘親是姑舅兄
妹又沒嫌疑離了這幾年前兒一到他家夏奶奶又是
沒兒子的一見了你哥哥出落得這樣又是哭又是笑竟
比見了兒子的還勝又令他兄妹相見誰知這姑娘出落

是那一家的只聽見吵嚷了這半年今兒又說張家的好明兒又要李家的後兒又議論王家的（薛蟠娶親事文竟描落）這些人家的女兒他也不知造了什麼罪叫人家好端端的議論香菱道如今定了可以不用拉扯別家了寶玉忙問道定了誰家的香菱道因你哥哥上次出門時順路到了個親戚家去這門親原是老親且又和我們是同在戶部掛名行商也是數一數二的大門戶前日說起來你們兩府都也知道的合京城裡上至王侯下至買賣人都稱他家是桂花夏（致謂甚俗）家寶玉忙笑道如何又稱為桂花夏家香菱道本姓夏非常的富貴其餘田地不用說單有幾十頃地種著桂花几

〈新增批评绣像红楼梦〉，文盛堂藏版，清嘉庆十六年（1811）东观阁刊本

本草圖譜
巻之
もくせい

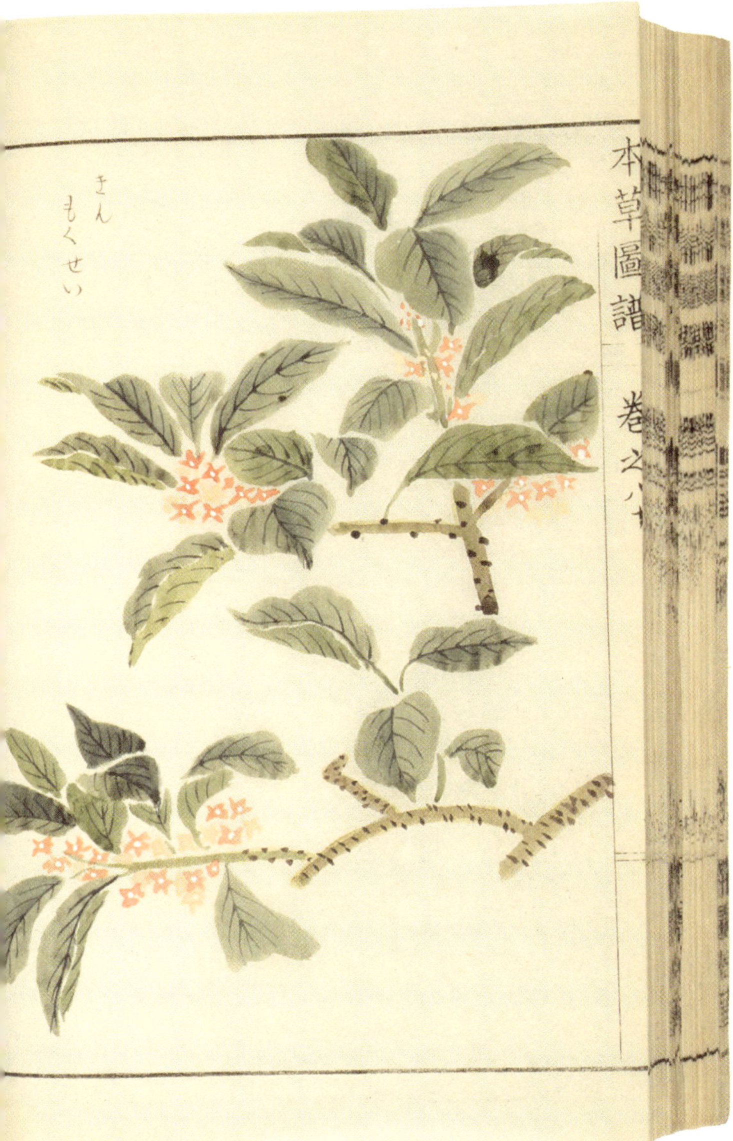

桂

木犀科，木犀属。又名岩桂等。常绿灌木或小乔木，聚伞花序着花多朵，花淡黄、黄或橘红色，浓香，花期九至十月。园林中常与玉兰、海棠、牡丹同植庭前，取「玉堂富贵」之意，是集绿化、美化于一体的珍贵园林树种。花、果及根均可入药，有散寒破结、化痰止咳、去痛等功效。花可鲜食、酿酒或制茶，提取的芳香油是香料工业的重要原料。

薛文龙悔娶河东吼

第七十九回　薛文龙悔娶河东吼　贾迎春误嫁中山狼

一日薛蟠酒后，不知要行何事，先与金桂商议。金桂执意不从，薛蟠忍不住便发了几句话，赌气自行了。金桂便哭的如醉人一般，茶汤不进，装起病来，请医疗治。医生又说：『气血相逆，当进宽胸顺气之剂。』薛姨娘恨的骂了薛蟠一顿……

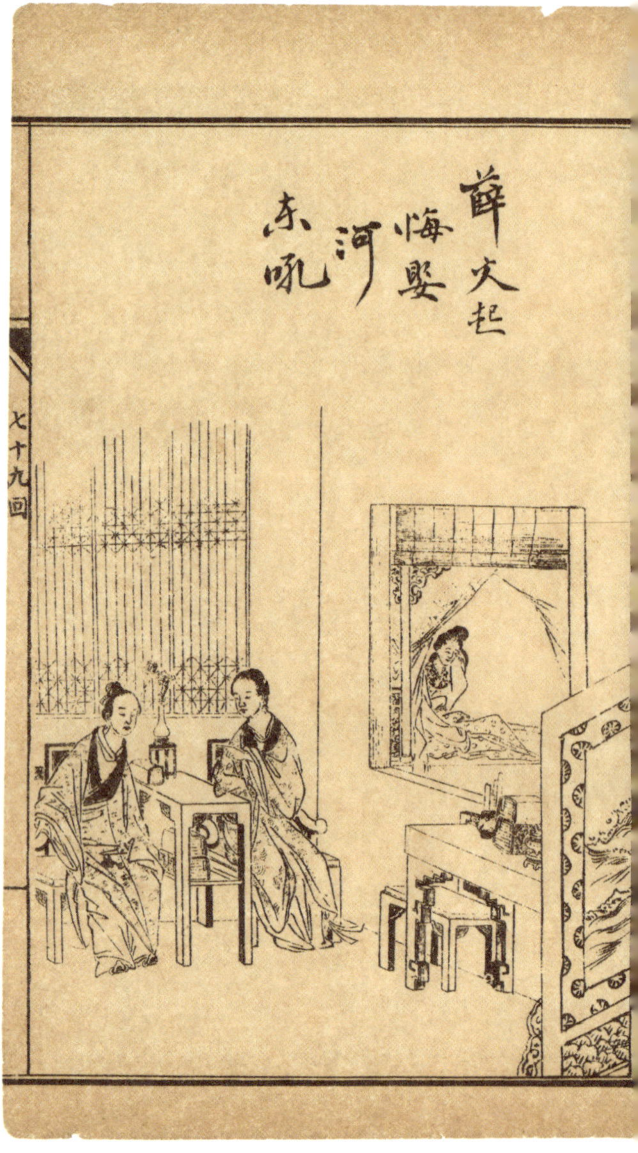

施毒计金桂自焚身

第百零三回　施毒计金桂自焚身　昧真禅雨村空遇旧

昨儿晚上，又叫宝蟾去做了两碗汤来，自己说同香菱一块儿喝，隔了一会子，听见他屋里闹起来，宝蟾急的也乱嚷着，以后香菱也嚷着，扶着墙出来叫人。我忙着看去，只见媳妇鼻子眼睛里都流出血来，在地下乱滚，两手在心口乱抓，两脚乱蹬，把我就吓死了！问他也说不出来，只管直嚷，闹了一回就死了。

金陵十二钗副册

香菱

并蒂莲

连理枝头花正开

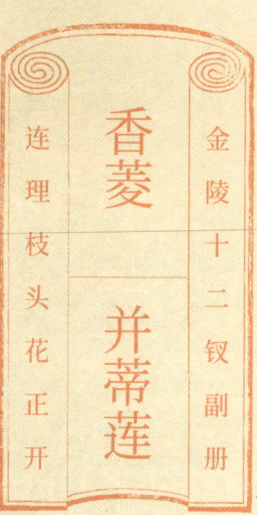

香菱在占花名酒令中所得之签乃是并蒂花，题着“联春绕瑞”四字，所写诗句为“连理枝头花正开”。

花开并蒂是植物界常见的一种现象，乃是两朵花开在同一花茎上，人们常以此比喻夫妻恩爱。古人诗词中最爱吟咏的莫过于并蒂莲花，而香菱的本名恰为英莲。第五回“金陵十二钗副册”里，香菱的判词中也称之为“根并荷花一茎香”。

《尔雅 · 释草》记载，荷称芙蕖，“其华菡萏，其实莲”。而在后世的文学作品中，芙蕖、菡萏、荷、莲之意已然相通，都被用来形容这种“出淤泥而不染，濯清涟而不妖”的水中花。而作为《红楼梦》中第一个出场的女性人物，香菱便也带着些不同俗流的气韵。

香菱幼年遭人拐卖，最终落在了呆霸王薛蟠的手中，成了一个侍妾，似与袭人、晴雯是一类人物。但在《红楼梦》第四十八回“慕雅女雅集苦吟诗”中，香菱因薛蟠出远门而搬入大观园陪伴薛宝钗。

至此，香菱心心念念的愿望终于得以实现，求着薛宝钗“趁着这个工夫”教她作诗。贾宝玉为此感叹：“我们成日叹说，可惜他这么个人竟俗了，谁知到底有今日。”

有意思的是，在贾宝玉生日这天，香菱所得之花都与“并蒂”相关。第六十二回“呆香菱情解石榴裙”中，香菱与几个小丫头斗草，豆官出了一个“姐妹花”，香菱便对了一个“夫妻蕙”，并自己解释道：“上下结花者为兄弟蕙，有并头结花者为夫妻蕙。”结果却被豆官打趣香菱这是想薛蟠了，二人厮打起来，滚在水洼子里，弄脏了石榴裙。

然而，并蒂莲、夫妻蕙隐喻的恰恰是香菱嫁与薛蟠的婚姻不幸。薛蟠娶了夏金桂之后，受其挑唆，每每对香菱拳脚相加，致使香菱身心俱伤，“酿成干血之症”。虽然百二十回本《红楼梦》中最终写了香菱早逝，但却是被薛蟠扶正后难产而死，与其判词画册上“水消泥淤，莲枯藕败”的寓意仍有差别。

第四回

薄命女偏逢薄命郎

门子道：「……若卖与第二个人还好，这薛公子的浑名人称「呆霸王」，最是天下第一个弄性尚气的，而且使钱如土，遂打了个落花流水，生拖死拽，把个英莲拖去，如今也不知死活。这冯公子空喜一场，一念未遂，反花了钱，送了命，岂不可叹！」

香菱便掣了一根并蒂花，题着『联春绕瑞』，那面写着一句旧诗，道是：『连理枝头花正开。』注云：『共贺掣者三杯，大家陪饮一杯。』

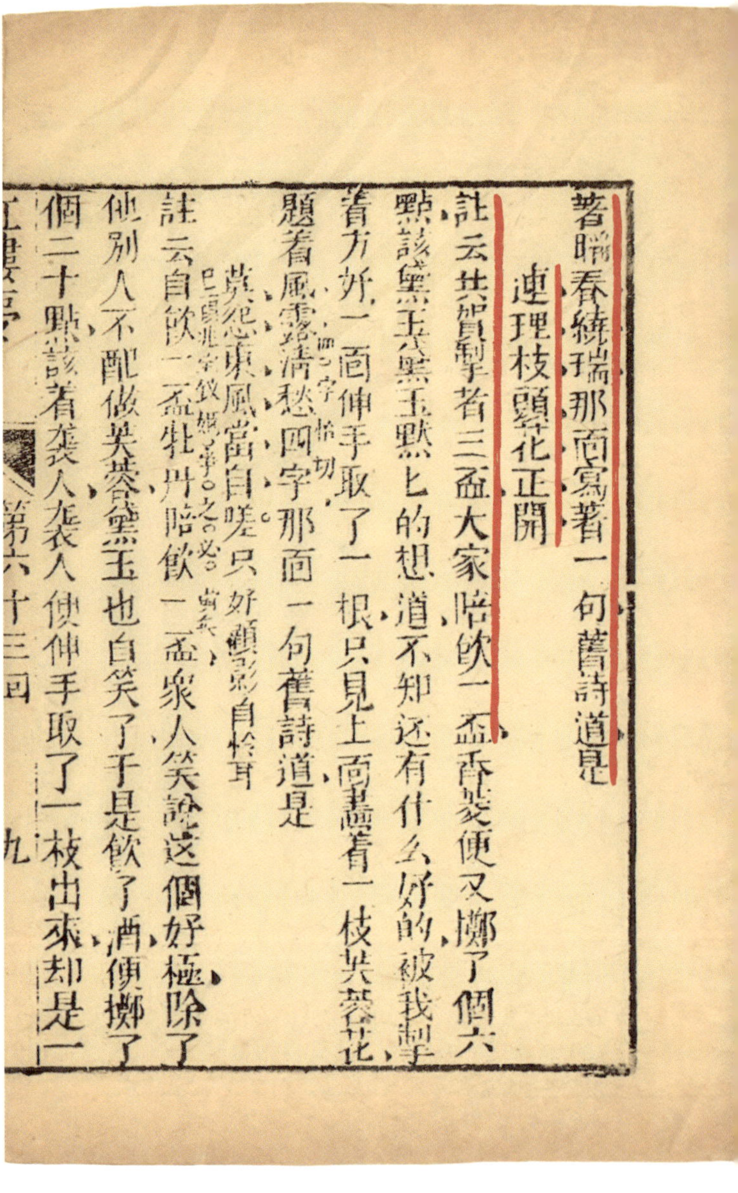
著聯春繞瑞那面寫著一句舊詩道是
連理枝頭花正開
註云共賀掣者三盃大家陪飲一盃香菱便又擲了個六
點該黛玉黛玉默默的想道不知还有什么好的被我掣
着方好一面伸手取了一根只見上面畫着一枝芙蓉花
題着風露清愁四字那面一句舊詩道是
四字恰切
莫怨東風當自嗟 只好顧影自怜耳
已寫兆字釵擬事之必需矣
註云自飲一盃牡丹陪飲一盃衆人笑說這個好極除了
他別人不配做芙蓉黛玉也自笑了于是飲了酒便擲了
個二十點該着襲人襲人便伸手取了一枝出來却是一
紅樓夢 第六十三回 九

是上家寶玉是下家二人斟了兩盃只得要飲寶玉先飲了半杯瞅人不見遞與芳官芳官即便端起來一仰脖喝了黛玉只管和人說話將酒全折在漱盂內了湘雲便抓起骰子來一擲個九點數去該麝月麝月便掣了一根出來大家看時這面是一枝荼蘼花題著韶華勝極四字那边寫着一句舊詩道是

開到荼蘼花事了

註云在席各飲三盃送春麝月問怎麽講寶玉皺眉忙將籤藏了說咱們且喝酒說着大家吃了三口以充三盃之數麝月一擲個十點該香菱香菱便掣了一根並蒂花題

新增批评绣像红楼梦，文畬堂藏版，清嘉庆十六年（1811）东观阁刊本

本草圖譜

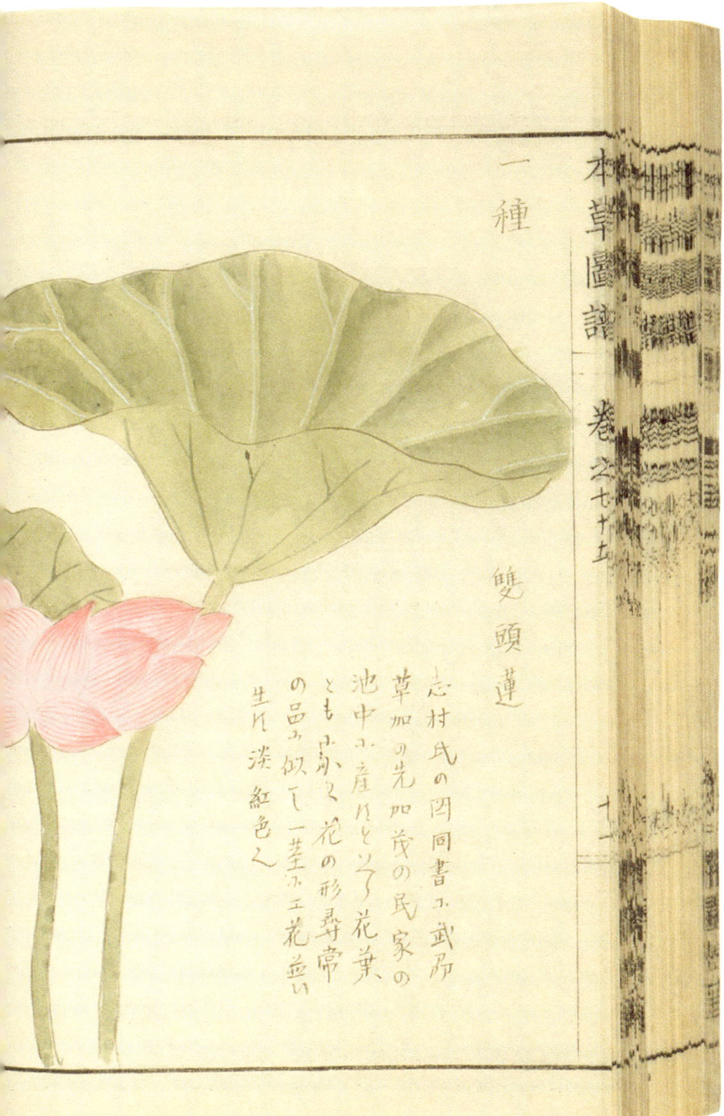

并蒂莲

按照中国荷花品种分类系统，并蒂莲是中国莲种系，大、中花群，千瓣类中『千瓣莲』品种的一种变异现象，即在荷花花芽分化时，受环境影响在花茎顶端形成两个花蕾，因两个花蒂相连于一个花茎之上而得名，又称并头莲、合欢莲。自古有『花中君子』之称，为荷花中的极品，被视为吉祥、喜庆的征兆，寓意夫妻恩爱、美满幸福等。

破好事香菱结深恨

第一百回　破好事香菱结深恨　悲远嫁宝玉感离情

金桂也看出来了，那里容得，早已走过来一把拉住。薛蝌急了道：『嫂子放尊重些。』说着浑身乱颤。金桂索性老着脸道：『你只管进来，我和你说一句要紧的话。』正闹着，忽听背后一个人叫道：『奶奶，香菱来了。』把金桂唬了一跳，回头瞧时，却是宝蟾掀着帘子看他二人的光景，一抬头见香菱从那边来了，赶忙知会金桂。

慕雅女雅集苦吟诗

第四十八回　滥情人情误思游艺　慕雅女雅集苦吟诗

且说香菱见过众人之后，吃过晚饭，宝钗等都往贾母处去了，自己便往潇湘馆中来。此时黛玉已好了大半，见香菱也进园来住，自是欢喜。香菱因笑道：『我这一进来了，也得了空儿，好歹教给我作诗，就是我的造化了！』

王熙凤陪嫁丫鬟　贾琏之妾

平儿　玉簪

玉簪堕地无人拾

第四十四回“变生不测凤姐泼醋”是《红楼梦》中一场乐极生悲的大戏，而戏中最委屈的人莫过于平儿。当此之时，护花使者贾宝玉挺身而出，命丫鬟们替平儿梳洗理妆。待平儿洗了脸要擦脂粉时，“宝玉忙走至妆台前，将一个宣窑瓷盒揭开，里面盛着一排十根玉簪花棒儿，拈了一根递与平儿”。

明末清初词人曹溶所著《倦圃莳植记》中记载，玉簪花“俟含蕊时，纳粉少许，凌晨傅面，犹能助妆，不特汉宫搔头堪副月旦也”。

这大约就是贾宝玉递与平儿的玉簪花棒儿的出处，那花棒里盛的不是铅粉，而是将紫茉莉花种“研碎了兑上香料制的”，这香粉“轻白红香，四样俱美，摊在面上也容易匀净，且能润泽肌肤”，将平儿妆扮得“鲜艳异常，且又甜香满颊”。

依曹溶之言，以玉簪花“作养脂粉”是极有雅趣的事情，而这一雅趣被曹雪芹援引至《红楼梦》

中，帮助贾宝玉在平儿面前尽了心，是“今生意中不想之乐也”。

李时珍《本草纲目》中说“玉簪处处人家栽为花草”，因其性喜阴凉，常点缀于山石之旁，屋宇之后；亦可盆栽置于屋内，抑或放在廊下，总能适宜。这玉簪花恰似平儿其人，随着王熙凤陪嫁到贾家，“独自一人，供应贾琏夫妇二人。贾琏之俗，凤姐之威”，她皆能周全妥帖，总无不宜之处。李纨曾感叹平儿“可惜这么个好体面模样儿，命却平常，只落得屋里使唤”。贾宝玉也心疼平儿无辜遭贾琏夫妇荼毒，说她“也就薄命的很了”。然而，平儿自己对此却并不介意，“俏平儿”也从不愿争春，不把那些争风吃醋的事儿放在心上。

红楼诸芳里，平儿是个“极聪明极清俊的上等女孩儿”，虽然跟着王熙凤办事，却懂得该放手时须放手。从“情掩虾须镯”到茯苓霜失窃时“判冤决狱”，平儿行为处事“远愁近虑，不亢不卑”，连薛宝钗都深为赞叹。其人其心，正应了黄庭坚的诗《玉簪》里的一句：“玉簪堕地无人拾，化作东南第一花。”

第百零六回

王熙凤致祸抱羞惭

王熙凤致祸抱羞惭

平儿守着凤姐哭泣，秋桐在耳房中抱怨凤姐。贾琏走近旁边，见凤姐奄奄一息，就有多少怨言，一时也说不出来。平儿哭道：『如今事已如此，东西已去不能复来。奶奶这样，还得再请个大夫瞧瞧才好啊。』

平儿听了有理，便去找粉，只不见粉。宝玉忙走至妆台前，将一个宣窑瓷盒揭开，里面盛着一排十根玉簪花棒儿，拈了一根递与平儿。

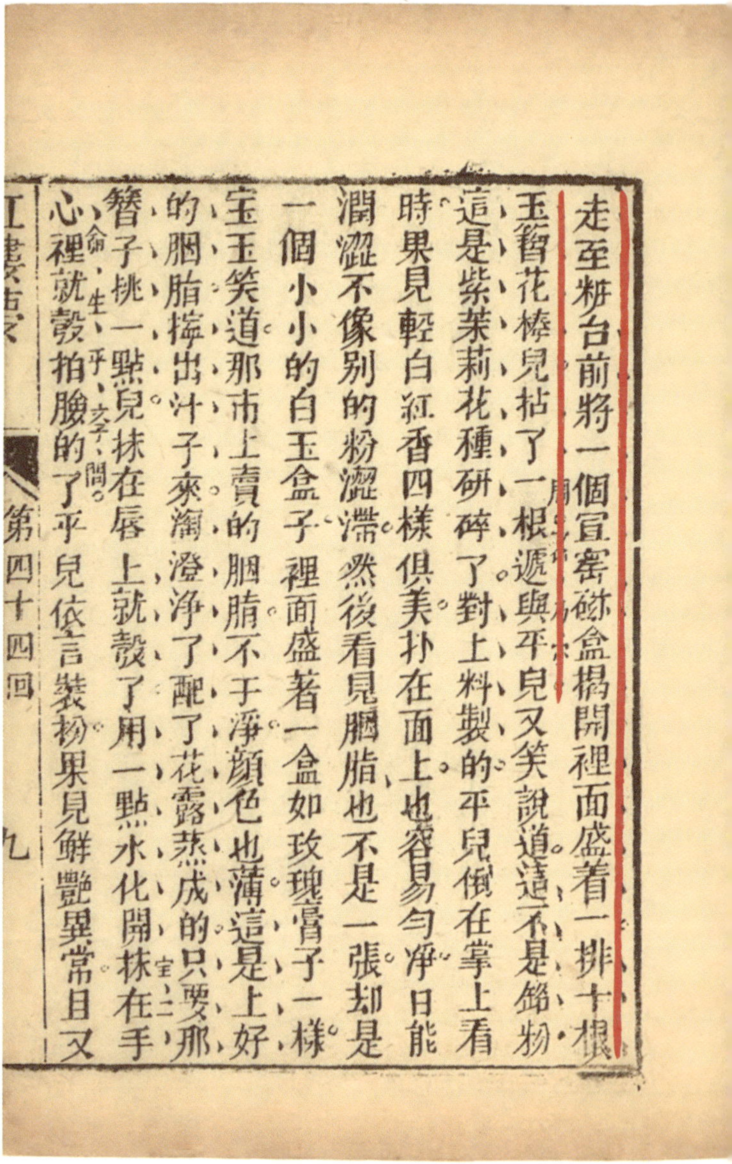
走至粧台前將一個宣窰磁盒揭開裡面盛着一排十根
玉簪花棒兒拈了一根遞與平兒又笑說道這不是鉛粉
這是紫茉莉花種研碎了對上料製的平兒倒在掌上看
時果見輕白紅香四樣俱美扑在面上也容易勻淨且能
潤澤不像別的粉澀滯然後看見胭脂也不是一張却是
一個小小的白玉盒子裡面盛著一盒如玫瑰膏子一樣
宝玉笑道那市上賣的胭脂不干淨顏色也薄這是上好
的胭脂擰出汁子來淘澄淨了配了花露蒸成的只要那
簪子挑一點兒抹在唇上就彀了用一點水化開抹在手
心裡就彀拍臉的了平兒依言裝粉果見鮮艷異常且又

紅樓夢　第四十四回　九

了下來拿些燒酒噴了熨一熨把頭也另梳一梳一面說一面吩咐了小丫頭子們打洗臉水燒熨斗來平兒素昔只聞人說寶玉專能和女孩們接交寶玉素日因平兒是賈璉的愛妾又是鳳姐兒的心腹故不肯和他厮近因不能盡心也常爲恨事平兒如今見他這般心中也暗暗的敁敠果然話不虛傳色色想的週到又見襲人特特的開了箱子拿出兩件不大穿的衣服忙來洗了臉宝玉一傍笑劝道姐姐还該擦上些脂粉不然倒像是和鳳姐姐賭氣了似的况且又是他的好日子而且老太太又打發了你

甚、底、相○平

人來安慰你平兒听了有理便去找粉只不見粉宝玉忙

新增批评绣像红楼梦，文畲堂藏版，清嘉庆十六年（1811）东观阁刊本

本草圖譜
卷之廿三
玉簪
十三

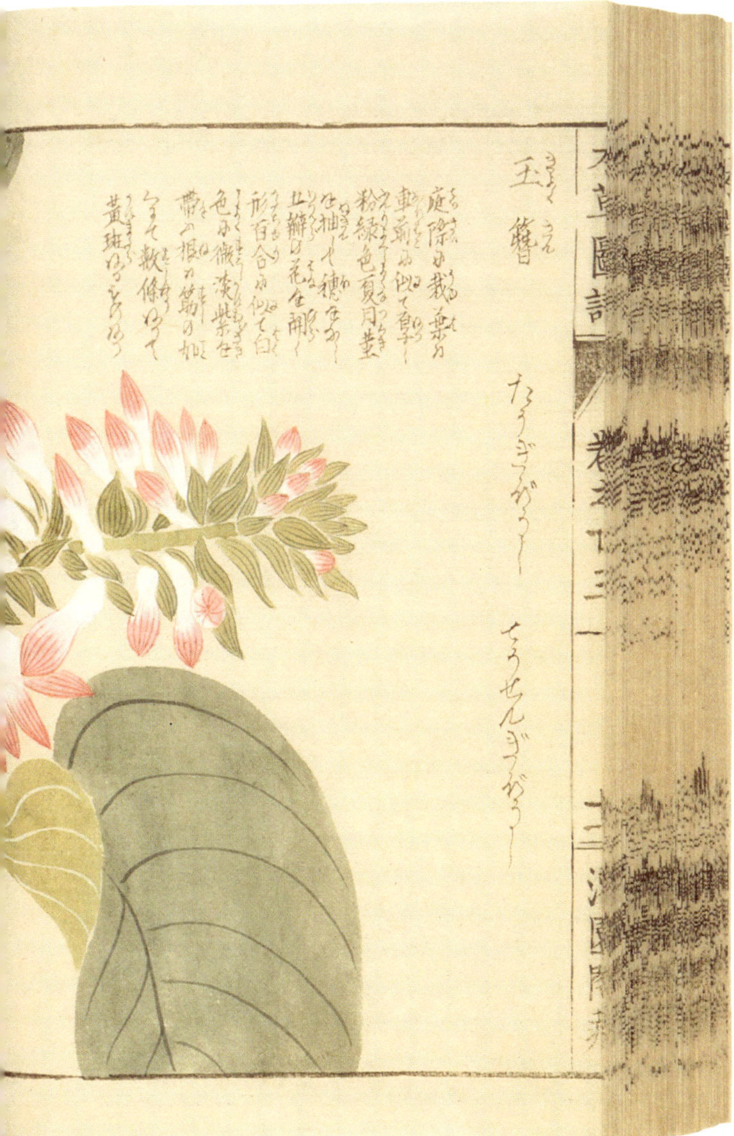

玉簪

又名玉春棒、白玉簪等。百合科，玉簪属。多年生草本植物，高五十至七十厘米，顶生总状花序，具细长的花被筒，形似簪，花白色，具芳香，花期七月至九月。原产中国，世界各地均有栽培。其花香叶美，性强健，常种植于林荫下、建筑物或庭院背阴处，是极佳的园林绿化材料。全草和根茎均可入药，有清咽、利尿、消肿止痛等功效。鲜花含芳香油，可提制芳香浸膏。

俏平儿情掩虾须镯

第五十二回　俏平儿情掩虾须镯　勇晴雯病补雀金裘

麝月道：『这小蹄子也见过些东西，怎么这么眼皮子浅。』平儿道：『究竟这镯子能多少重，原是二奶奶说的，这叫做「虾须镯」，倒是这颗珠子还罢了。晴雯那蹄子是块爆炭，要告诉了他，他是忍不住的。一时气了，或打或骂，依旧嚷出来不好，所以单告诉你留心就是了。』

喜出望外平儿理妆

第四十四回　变生不测凤姐泼醋　喜出望外平儿理妆

平儿素昔只闻人说宝玉专能和女孩儿们接交；宝玉素日因平儿是贾琏的爱妾，又是凤姐儿的心腹，故不肯和他相近，因不能尽心，也常为恨事。平儿今见他这般，心中也暗暗的敁敠：果然话不虚传，色色想的周到。又见袭人特特的开了箱子，拿出两件不大穿的衣裳来与他换，便赶忙的脱下自己的衣服，忙去洗了脸。

金陵十二钗又副册

袭人

桃花

桃红又是一年春

行占花名酒令时，袭人是最后一个抽签的人，所得乃是桃花。桃花是中国最常见的观赏花木，虽然品类繁多，但花色以红、粉为主，姿态娇娆，十分可人，自古便是诗词吟咏的对象。

清代姚际恒《诗经通论》中曾有这样的评论：“桃花色最艳，故以取喻女子，开千古词赋咏美人之祖。”这里说的便是《诗经 · 周南 · 桃夭》篇：“桃之夭夭，灼灼其华。之子于归，宜其室家。”以桃花比喻美丽的女子，称赞她出嫁之后将会是贤惠的妻子，这也是袭人花名签中所包含的意蕴。

《红楼梦》第三回“林黛玉抛父进京都”里初次交代袭人的来历，便说她“本姓花”，贾宝玉因为陆游曾有“花气袭人知昼暖”的诗句，为她改名袭人。而袭人的生日乃是与林黛玉同日——二月十二，百花生日花朝节。这些都是对袭人“似桂如兰”的美人气质的补充。

袭人的桃花签上题着“武陵别景”四字，所引用的诗句乃“桃红又是一年春”，恰恰是隐喻袭人最终未能成为贾宝玉的妾室而嫁与琪官的结局。

《红楼梦》第六回“贾宝玉初试云雨情”中曾明确写道，袭人因为“素知贾母已将自己与了宝玉”，故而与贾宝玉偷吃了禁果。及至第三十六回“绣鸳鸯梦兆绛芸轩”时，王夫人悄悄将袭人的月例提升至姨娘的级别，薛宝钗、林黛玉等人还特意去向袭人道喜，众人皆已认定袭人的姨娘身份。

正是因此，袭人最后离开贾府嫁给琪官往往被认作是改嫁失节之举，故而第百二十回“贾雨村归结红楼梦”里用春秋时因亡国而被迫改嫁的息夫人来比拟袭人，“千古艰难惟一死，伤心岂独息夫人”，而息夫人恰恰又被世人称作“桃花夫人”！

不过，曹雪芹却不认为袭人的这个结局是悲伤的，因为在第五回所提及的“金陵十二钗又副册”里，袭人的判词乃是“堪羡优伶有福，谁知公子无缘”，可知蒋玉菡娶了袭人，正是桃之夭夭，宜室宜家。

第百十七回

阻超凡佳人双护玉

那宝玉更加生气，用手来掰开了袭人的手，幸亏袭人忍痛不放。紫鹃在屋里听见宝玉要把玉给人，这一急比别人更甚，把素日冷淡宝玉的主意都忘在九霄云外了，连忙跑出来帮着抱住宝玉。

袭人便伸手取了一枝出来，却是一枝桃花，题着『武陵别景』四字，那一面写着旧诗道是：『桃红又见一年春。』

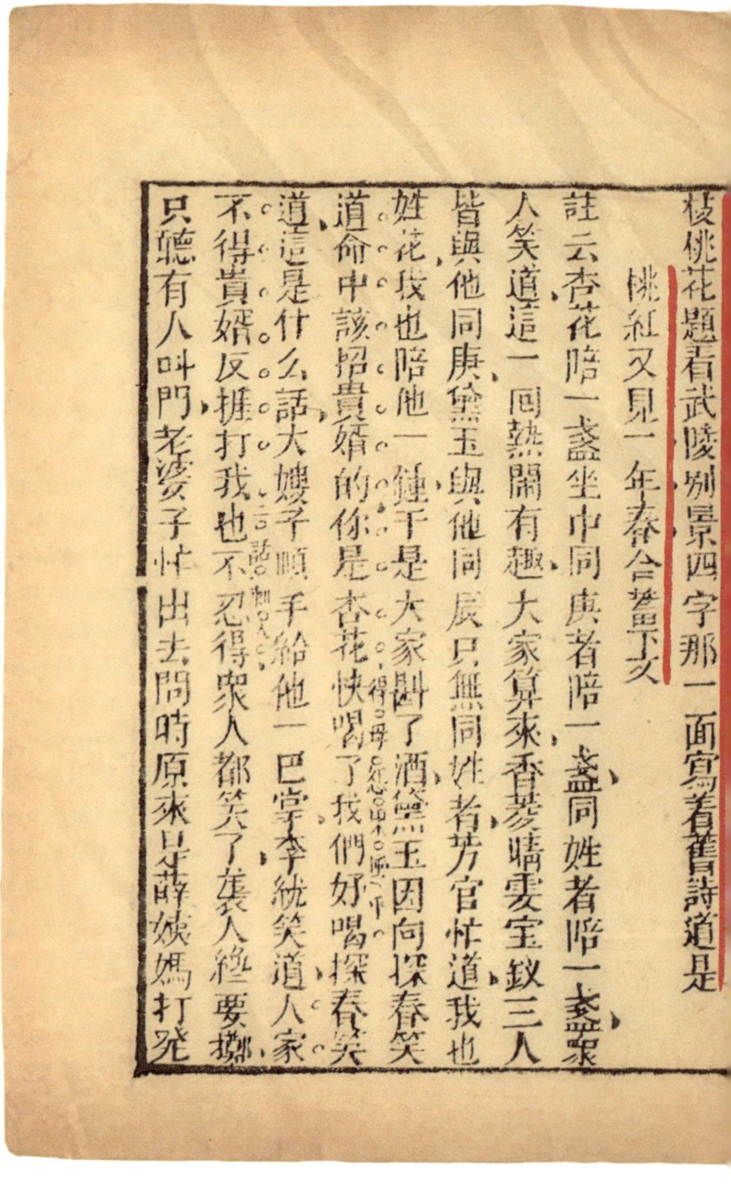
枝桃花題着武陵别景四字那一面寫着舊詩道是
桃紅又見一年春合籤下文
註云杏花陪一盞坐中同庚者陪一盞同姓者陪一盞衆
人笑道這一回熱鬧有趣大家算來香菱晴雯寶釵三人
皆與他同庚黛玉與他同辰只無同姓者芳官忙道我也
姓花我也陪他一鍾于是大家斟了酒黛玉因向探春笑
道命中該招貴婿的你是杏花快喝了我們好喝探春笑
道這是什么話大嫂子順手給他一巴掌李紈笑道人家
不得貴婿反挨打我也不忍得衆人都笑了襲人纔要擲
只聽有人叫門老婆子忙出去問時原來是薛姨媽打發

著聯春繞瑞那面寫著一句舊詩道是

連理枝頭花正開

註云共賀掣者三盃大家陪飲一盃香菱便又擲了個六點該黛玉黛玉默默的想道不知还有什么好的被我掣着方好一面伸手取了一根只見上面畫着一枝芙蓉花題着風露清愁四字四字恰切那面一句舊詩道是

莫怨東風當自嗟只好顧影自怜耳已寫出寶釵娘子之之必寓矣

註云自飲一盃牡丹陪飲一盃衆人笑說這個好極除了他別人不配做芙蓉黛玉也自笑了于是飲了酒便擲了個二十點該着襲人襲人便伸手取了一枝出來却是一

新增批评绣像红楼梦，文畲堂藏版，清嘉庆十六年（1811）东观阁刊本

本草圖譜
一種
花單瓣紅色の物
一種
花千葉紅色のもの

桃

蔷薇科，李属。落叶小乔木。桃原产于中国，有数千年栽培历史，经长期的人工培育，分成了食用桃和观赏桃两大类。观赏桃是桃的变种，统称碧桃。其花艳丽、繁密，先花后叶，使桃红柳绿成为阳春三月的象征。碧桃是极佳的春季观赏花木，最适宜庭院栽植。矮生的变种可盆栽或制作盆景。桃花还是传统的插花材料。

贾宝玉初试云雨情

第六回　贾宝玉初试云雨情　刘姥姥一进荣国府

宝玉亦素喜袭人柔媚娇俏，遂强袭人同领警幻所训云雨之事。袭人素知贾母已将自己与了宝玉的，今便如此，亦不为越理，遂和宝玉偷试一番，幸得无人撞见。

死缠绵潇湘闻鬼哭

第百零八回　强欢笑蘅芜庆生辰　死缠绵潇湘闻鬼哭

袭人见他往前急走，只得赶上，见宝玉站着，似有所见，如有所闻，便道：『你听什么？』宝玉道：『潇湘馆倒有人住么？』袭人道：『大约没有人罢。』宝玉道：『我明明听见有人在内啼哭，怎么没有人？』

金陵十二钗又副册

晴雯

金凤花

费尽司花染作工

一篇《芙蓉女儿诔》，让晴雯拥有了“芙蓉女儿”之名，故而许多人认为木芙蓉当是晴雯的象征花。但在林黛玉一篇中即讨论过木芙蓉真正比拟的并非晴雯，而是黛玉。可以比拟晴雯的花草，窃以为是金凤花。

第五十一回中写到晴雯受冻得了伤寒，贾宝玉悄悄命人请大夫进来替她看病。“老嬷嬷放下暖阁上的大红绣幔，晴雯从幔中单伸出手去。那太医见这只手上有两根指甲，足有三寸长，尚有金凤仙花染的通红的痕迹”。

在整部《红楼梦》中，关于指甲的描写便只在晴雯之处。她左手上的两根指甲是专门养长的，足有三寸，犹如葱管，用金凤花染得通红。

此处的金凤花乃是凤仙花的一种，而我国自古以来便有用凤仙花染指甲的风俗。宋代周密《葵辛杂识续集》中如此记载道：“凤仙花红者用叶捣碎，入明矾少许在内，先洗净指甲，然后以此敷甲上，用片帛缠定过夜。”如此连染三五次，指甲“色若胭脂，洗涤不去”，可以保留好几个月。

古时候，女子的指甲和头发一样，都是可以作为定情信物的。《红楼梦》第二十一回“俏平儿软语救贾琏”中，王熙凤就命平儿好好检查贾琏的衣服铺盖，看有无头发、指甲这些“相厚的丢下的东西”。

及至第七十七回“俏丫鬟抱屈夭风流”时，晴雯因为被王夫人认定是狐狸精，毫不留情地撵出府去，晴雯心中存了一段后悔之意，故而在临死前将自己的两根长指甲“齐根咬下”，“又回手扎挣着，连揪带脱，在被窝内将贴身穿着的一件旧红绫小袄儿脱下”，一同交给宝玉，做个念想。她还让贾宝玉脱下袄儿给自己穿上，好带进棺材里，甚至明确说道：“今日这一来，我就死了，也不枉担了虚名！”

由此可知，这两段被金凤花染得通红的指甲，才是真正连接晴雯与贾宝玉的“私弊之物”。而凤仙花还有个俗名叫急性子，乃是因为其结子成熟之时“触之即裂，皮卷如拳”。这一点，恰恰符合了晴雯的“爆炭”性格。

第七十七回

俏丫鬟抱屈夭风流

宝玉及到了怡红院，只见一群人在那里。王夫人在屋里坐着，一脸怒色，见宝玉也不理。晴雯四五日水米不曾沾牙，恹恹弱息，如今现从炕上拉了下来，蓬头垢面的，两个女人才架起来去了。

金凤花

又名凤仙花，凤仙花科，凤仙花属。一年生草本，高二十至八十厘米，花单生或两至三朵簇生，粉红、大红等色，花期七至十月。蒴果易弹裂散失种子，故称急性子。原产南亚，我国栽培已久，常栽植于庭院观赏。全株入药，有活血通经、软坚消积等功效。花的汁液为传统染料，民间常用其染指甲，故又名指甲花。

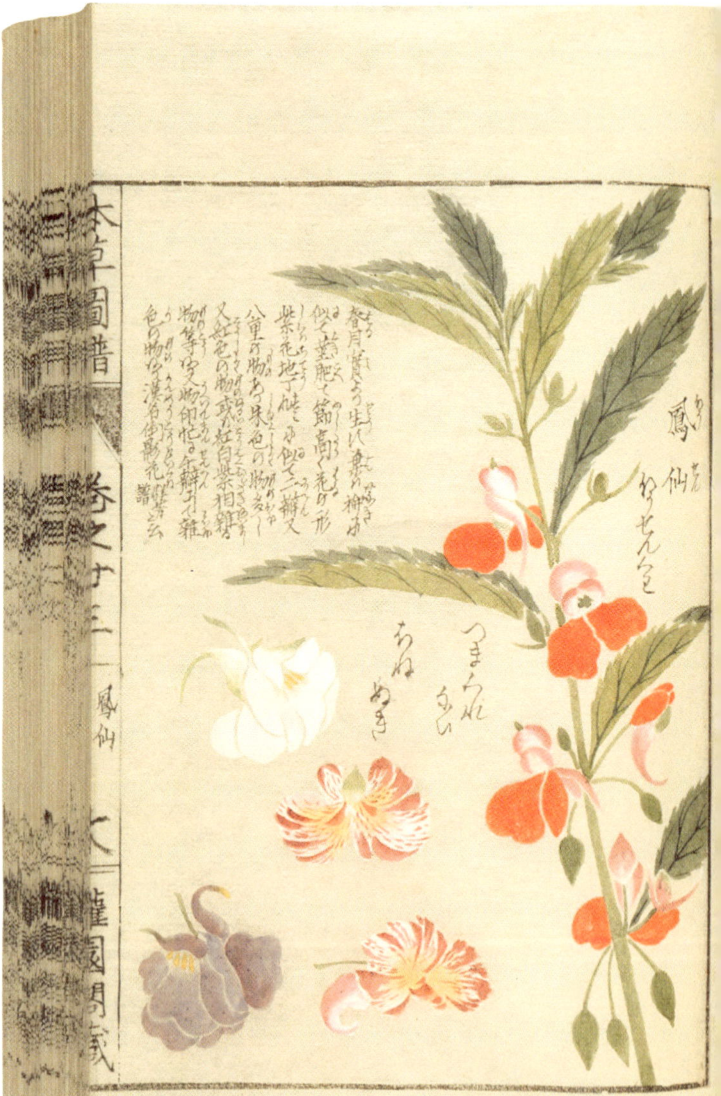

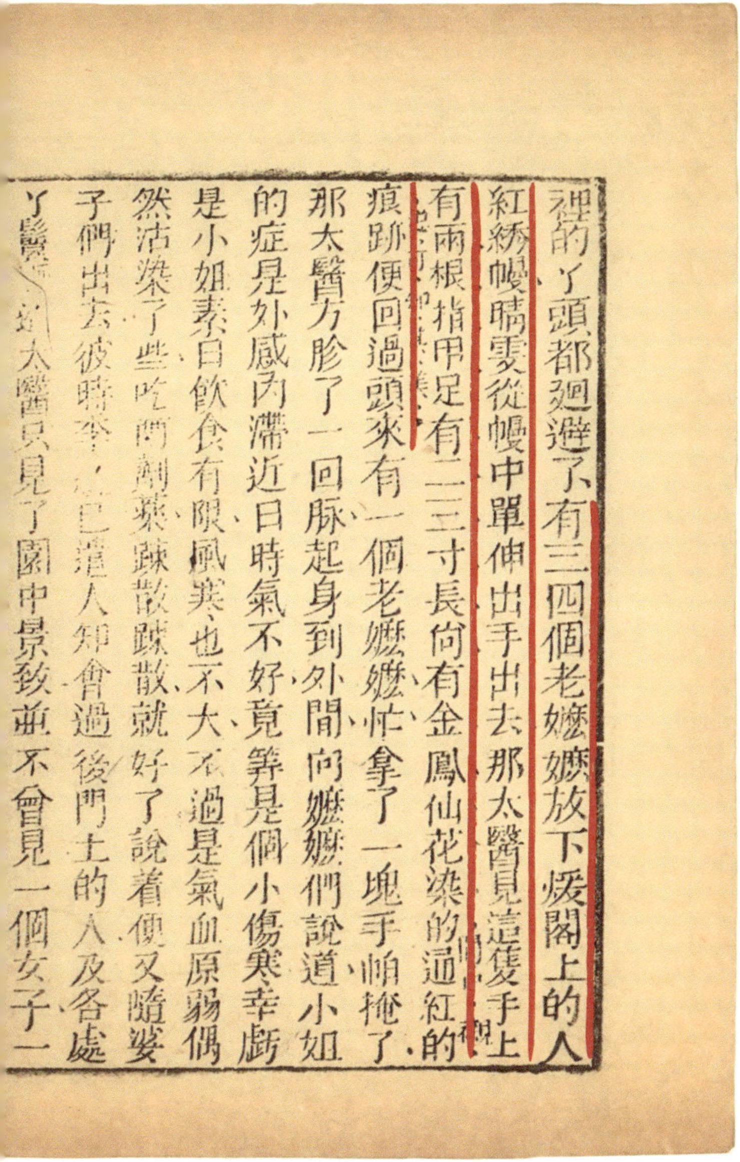
裡的丫頭都迴避了有三四個老嬤嬤放下煖閣上的大
紅綉幔晴雯從幔中單伸出手出去那太醫見這隻手上
有兩根指甲足有二三寸長尚有金鳳仙花染的通紅的
痕跡便回過頭來有一個老嬤嬤忙拿了一塊手帕掩了
那太醫方胗了一回脉起身到外間向嬤嬤們說道小姐
的症是外感內滯近日時氣不好竟算是個小傷寒幸虧
是小姐素日飲食有限風寒也不大不過是氣血原弱偶
然沾染了些吃兩劑藥踈散踈散就好了說着便又隨婆
子們出去彼時李紈已遣人知會過後門上的人及各處
丫鬟迴避太醫只見了園中景致並不曾見一個女子一

新增批评绣像红楼梦，文畲堂藏版，清嘉庆十六年（1811）东观阁刊本

有三四个老嬷嬷放下暖阁上的大红绣幔，晴雯从幔中单伸出手出去。那太医见这只手上有两根指甲，足有二三寸长，尚有金凤仙花染的通红的痕迹，便回过头来。

撕扇子作千金一笑

第三十一回　撕扇子公子追欢笑　拾麒麟侍儿论阴阳

晴雯听了，笑道：『既这么说，你就拿了扇子来我撕。我最喜欢撕的声儿。』宝玉听了，便笑着递与他。晴雯果然接过来，嗤的一声，撕了两半，接着又听嗤嗤几声。宝玉在旁笑着说：『响的好，再撕响些！』正说着，只见麝月走过来，瞪了一眼，啐道：『少作些孽罢！』

勇晴雯病补雀毛裘

第五十二回　俏平儿情掩虾须镯　勇晴雯病补雀金裘

晴雯道：『不用你蝎蝎螫螫的，我自知道。』一面说，一面坐起来，挽了一挽头发，披了衣裳，只觉头重身轻，满眼金星乱迸，实实撑不住。若不做，又怕宝玉着急，少不得恨命咬牙捱着。便命麝月只帮着拈线。

贾宝玉大丫鬟

麝月

荼蘼

开到荼蘼花事了

在贾宝玉的生日夜宴上，麝月掣得的签乃是荼蘼花，题着“韶华胜极”四字，背面的旧诗是“开到荼蘼花事了”。

荼蘼花洁白似雪，花密如团，看上去极为繁茂艳丽，故而才有“韶华胜极”的形容。古人非常喜欢荼蘼花，晁补之曾在《次韵李秬酴醾》诗中写有“夭红琐碎竞春娇，后出何妨便夺标”之句，认为荼蘼可以争一争花王的位置。

然而，荼蘼花开在暮春初夏，彼时百花早已开尽，纵然韶华胜极，却也只能面对盛极而落的结局。所谓“开到荼蘼花事了”，这就是麝月在大观园诸芳散尽时最终留守的命运。

在贾宝玉身边的几个丫鬟里，麝月似乎并不突出：她不是贤袭人，也不是俏晴雯，但却有她的妙处。第五十八回“茜纱窗真情揆痴理”中，芳官的干娘在怡红院里吵闹，袭人唯有唤来麝月：“我不会和人拌嘴，晴雯性太急，你快过去震吓他两句。”

然而，会震吓人的麝月却是王夫人口中那个“笨笨的”丫头，她也确实有点笨笨的。第二十回“王熙凤正言弹妒意”里，因为袭人病倒，“晴雯、绮霞、秋纹、碧痕都寻热闹”，各自耍戏去了，麝月便心甘情愿地留下来守着屋子，一个人在灯下抹骨牌。

在贾宝玉眼里，麝月“公然又是一个袭人”，而脂砚斋在此处批语也明确表示，这是为“袭人出嫁之后，宝玉宝钗身边还有一人”设下伏笔，遗失的后四十回文字中当有袭人“好歹留着麝月”之语。

也正是在这一回中，贾宝玉替麝月篦头时被晴雯打趣“交杯盏还没吃，倒上头了！”“上头”是古时候女子嫁前改换发型的仪式，这亦是麝月最终成为贾宝玉妾室的伏笔。只可惜，那时的贾府已经势败，诸芳散尽，及至贾宝玉出家，麝月终究还是那一个人灯下抹骨牌的命运。

故而，当麝月不解自己花名签上诗意时，贾宝玉愁锁眉头，“忙将签藏了”，招呼大家喝酒遮掩了过去。

第五十二回

俏平儿情掩虾须镯

晴雯道：『秋纹是我撵了他去吃饭的，麝月是方才平儿来找他出去了。两人鬼鬼祟祟的不知说什么，必是说我病了不出去。』……只闻麝月悄问道：『你怎么就得了的？』平儿道：『那日洗手时不见了，二奶奶就不许吵嚷，出了园子，即刻就传给园里各处的妈妈们小心查访。……』

麝月便掣了一根出来。大家看时，这面是一枝荼蘼花，题着『韶华胜极』四字，那边写着一句旧诗，道是：『开到荼蘼花事了。』

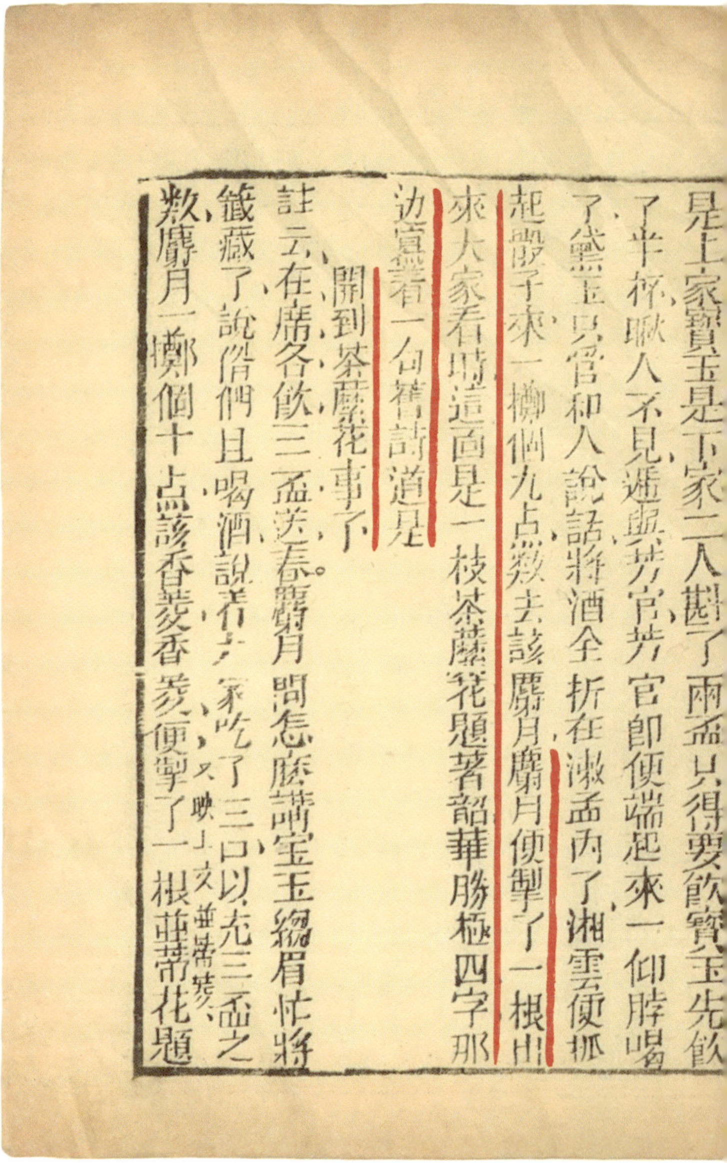

是上家寶玉是下家二人鬬了兩盃只得要飲寶玉先飲了半杯瞅人不見遞與芳官芳官即便端起來一仰脖喝了黛玉只管和人說話將酒全折在漱盃內了湘雲便抓起骰子來一擲個九點數去該麝月麝月便掣了一根出來大家看時這面是一枝荼蘼花題著韶華勝極四字那边寫着一句舊詩道是

開到荼蘼花事了

註云在席各飲三盃送春麝月問怎麼講寶玉皺眉忙將籤藏了說咱們且喝酒說着大家吃了三口以充三盃之數麝月一擲個十點該香菱香菱便掣了一根並蒂花題

我只自吃一杯不問你們的廢與說着便吃酒將骰過與黛玉黛玉一擲是十八點便該湘雲湘雲笑着揎拳擄袖的伸手掣了一根出來大家看時一面畫着一枝海棠題著香夢沉酣四字那面詩道是

只恐夜深花睡去。

黛玉笑道夜深二字改石涼兩個字衆人便知他打趣白日間湘雲醉眠的事都笑了湘雲笑指那自行船與黛玉看又說快坐上那船家去罷別多說了衆人都笑了（皿顔○上我肉○好一丁忠沈本。）因看注云既云香夢沉酣掣此籤者不便飲酒只令上下兩家各飲一盃湘雲拍手笑道阿彌陀佛真真好籤恰好黛玉

《新增批评绣像红楼梦》，文畬堂藏版，清嘉庆十六年（1811）东观阁刊本

本草圖譜
巻之廿五
くまいちご
十六
灌園蔵
くまいちご

荼蘼

又名重瓣空心泡、佛见笑、酴醾等。蔷薇科，悬钩子属空心泡的变种。直立或攀援灌木，高一至三米，花顶生或腋生，白色，重瓣，芳香，花期六至七月。果球形，红色，秋季成熟。原产我国西南部。花繁香浓，宜作绿篱，或孤植于草地边缘。果实可生食或酿酒，根皮含鞣质，可提取栲胶，花是上佳的蜜源，可提制芳香油及浸膏。

荣国府贾母大丫鬟

鸳鸯

浮萍

白萍吟尽楚江秋

这是百二十回本《红楼梦》中薛宝钗第二次正式庆生辰，亦是金鸳鸯第二次宣牙牌令。此时的贾府在经历查抄后已是满目凄凉凋敝之景，为了改换一下寿宴上的冷落气氛，贾母便又命鸳鸯主持酒令，掷骰子说曲牌名，下家接一句《千家诗》。

谁知酒令行了一圈，众人仍旧兴致不高，贾母便让鸳鸯自己掷一个以完令。鸳鸯不想要五，结果“那骰子单单转出一个五来”，组成了名为“浪扫浮萍”的酒面，鸳鸯因道自己输了。

浮萍乃是大自然中最常见、最普通的水生植物之一，因其飘荡水中的生长特性，常常用来形容无根可依之人，恰似鸳鸯。

鸳鸯是贾府的“家生子”，其父母都是贾府的奴才，留在南京看宅子。鸳鸯的哥哥“是老太太那边的买办，他嫂子也是老太太那边浆洗的头儿”，而鸳鸯更是贾母身边最得力的大丫头。贾府从王夫人算起，没有一个人“敢驳老太太的回”，可鸳鸯却敢驳回，众人都对其礼让三分。

即便鸳鸯深受贾母宠信，但终究还是个奴才，也要面对压迫和欺凌。第四十六回“鸳鸯女誓绝鸳鸯侣”中，大老爷贾赦要收鸳鸯做侍妾，放下话来：“凭他嫁到谁家去，也难出我的手心。”鸳鸯走投无路，只得在大庭广众之下断发明志。所幸贾母爱之深切，气恼之下将儿子、媳妇们教训了一顿。贾赦慑于母权的压力，只得作罢，鸳鸯这才逃过一劫。

李纨曾夸鸳鸯“不倚势欺人”，显而易见，鸳鸯所倚的势便是贾母，犹如浮萍随水。故而，当鸳鸯不知如何应对“浪打浮萍”的酒面时，贾母因道：“这也不难，我替你说个‘秋鱼入菱窠’。”其情景，其词意，都是鸳鸯深受贾母庇护的映照。

也正是因此，一旦失去了贾母的庇护，鸳鸯便如浮萍离水，即刻消亡。所以，贾母亡故之后，虽然贾赦已经被革职“发往台站效力赎罪”，鸳鸯却也看见了自己“没有着落”的后半生，只得“殉主登太虚”，一死以求干净。

第七十二回

王熙凤恃强羞说病

鸳鸯刚至堂屋，只见平儿从里出来，见了他来，忙上来悄声笑道：『才吃了一口饭歇了午睡，你且这屋里略坐坐。』鸳鸯听了，只得同平儿到东边房里来。小丫头倒了茶来。鸳鸯因悄问：『你奶奶这两日是怎么了？我近来看着他懒懒的。』

叫袭人姐姐跟了去了贾母王夫人纔放心等了一回王夫人叫人去找來小丫頭子到了新房只見五兒在那裏插蠟小丫頭便問宝二爺那裏去了五兒道在老太太那边喝酒呢小丫頭道我在老太太那裏太太叫我來找的豈有在那裏倒叫我來找的理五兒道這就不知道了你到別处找去罷小丫頭没法只得回來遇見秋紋便道你見二爺那裏去了秋紋道我也找他太太們等他吃飯這會子那裏去了呢你快去回老太太去不必說不在家只說喝了酒不大受用不吃飯了畧躺一躺再來請老太太們吃飯罷小丫頭依言回去告訴珍珠珍珠依言回了賈

鸳鸯依命便掷了两个二一个五，那一个骰子在盆中只管转，鸳鸯叫道：『不要五！』那骰子单单转出一个五来，鸳鸯道：『了不得！我输了。』贾母道：『这是不算什么的吗？』鸳鸯道：『名儿倒有，只是我说不上曲牌名来。』贾母道：『你说名儿，我给你诌。』鸳鸯道：『这是「浪扫浮萍」。』

合盆放在鴛〻跟前鴛〻依喬便擲了兩個二一個五那
一個骰子在盆中只管轉鴛〻叫道不要五那骰子單〻
轉出一個五來鴛〻道了不得我輸了賈母道這是不算
什庅的嗎鴛〻道名兒倒有只是我說不上曲牌名來賈
母道你說名兒我給你謅鴛〻道這是浪掃浮萍賈母道
這也不難我替你說個秋魚入菱窠鴛〻下手的就是湘
云便道白萍吟盡楚江秋衆人都道這句很確賈母道這
令完了咱們喝兩杯吃飯罷回頭一看見宝玉还没進來
便問道宝玉那裏去了还不來鴛〻道换衣服去了賈母
道誰跟了去的那鶯兒便上來回道我看見二爺出去我

新增批评绣像红楼梦，文畬堂藏版，清嘉庆十六年（1811）东观阁刊本

浮萍

又名青萍、水浮萍、水萍草等。浮萍科，浮萍属。漂浮类水生植物，叶状体对称，表面绿色，背面常为紫色或绿白色，近圆形，全缘，叶背面垂生丝状根一条。分布于我国南北各地和全球温暖地区，喜温湿环境，忌严寒。其生长迅速，『一叶经宿即生数叶』。宜在园林中作水景绿化，或在池沼、湖泊中栽培。它是良好的猪和鸭饲料。药用有发汗、祛风、清热、解毒的功效。

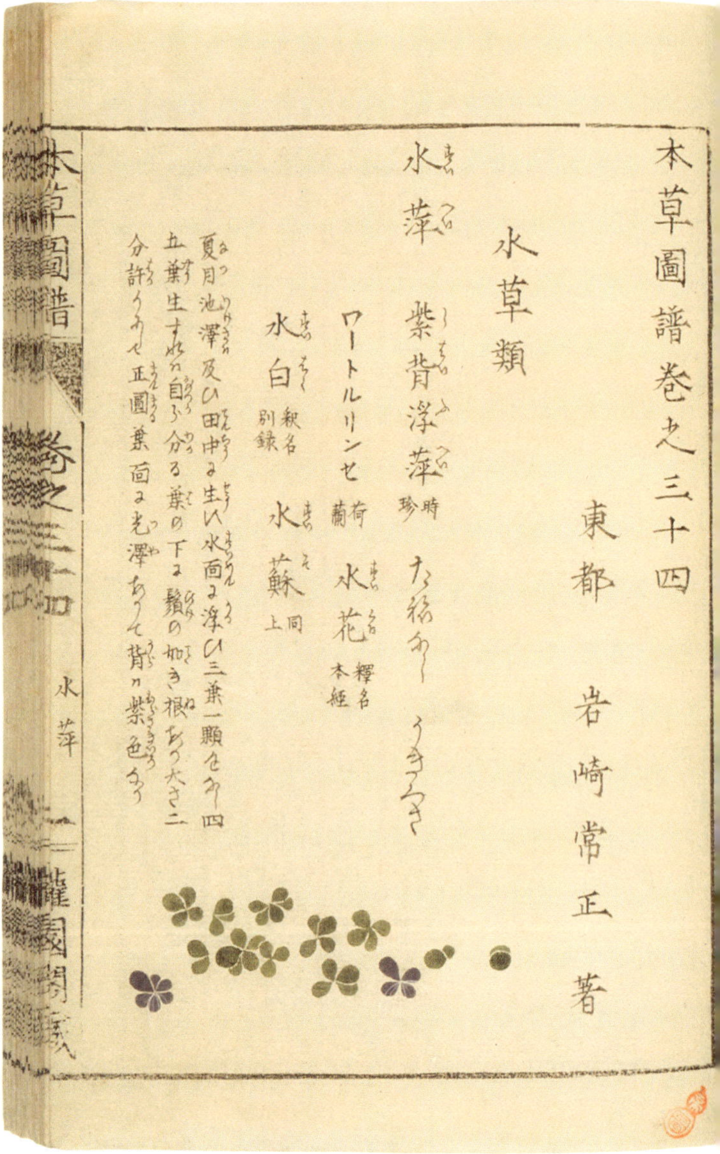

一種

青萍 附方

あをうきくさ

葉稍小く脩圓にして面背共に緑色なり

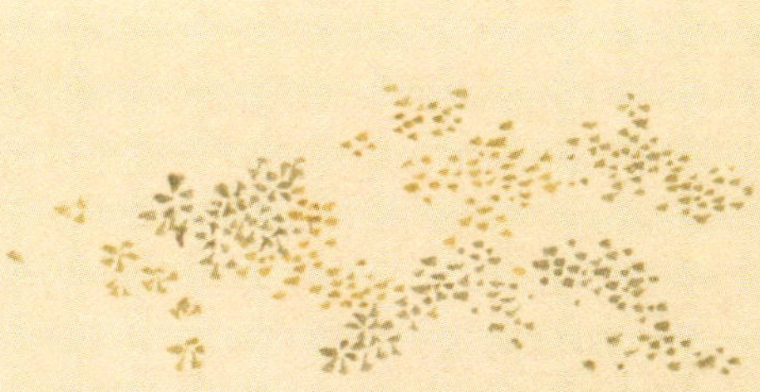

鸳鸯女殉主登太虚

第百十一回　鸳鸯女殉主登太虚　狗彘奴欺天招伙盗

琥珀道：『我瞧了，屋里没有。那灯也没人夹蜡花儿，漆黑怪怕的，我没进去。如今咱们一块儿进去瞧，看有没有。』琥珀等进去正夹蜡花，珍珠说：『谁把脚凳撂在这里，几乎绊我一跤。』说着往上一瞧，唬的嗳哟一声，身子往后一仰，咕咚的栽在琥珀身上。

金鸳鸯三宣牙牌令

第四十回　史太君两宴大观园　金鸳鸯三宣牙牌令

凤姐儿忙走至当地，笑道：『既行令，还叫鸳鸯姐姐来行更好。』众人都知贾母所行之令必得鸳鸯提着，故听了这话，都说『很是』。凤姐儿便拉了鸳鸯过来。……鸳鸯也半推半就，谢了坐，便坐下，也吃了一钟酒，笑道：『酒令大如军令，不论尊卑，惟我是主。违了我的话，是要受罚的。』

林黛玉大丫鬟

紫鹃

杜鹃

杜鹃无语正黄昏

林黛玉来到贾府后，贾母“便将自己身边的一个二等丫头，名唤鹦哥者与了黛玉”。及至第八回中，雪雁给林黛玉送小手炉，道是：“紫鹃姐姐怕姑娘冷，叫我送来的。”脂砚斋批曰：“鹦哥改名也。”

紫鹃的名字似乎一直与鸟儿有关：在贾母身边时，她是学语的鹦哥；待跟了林黛玉，便成了慧心的紫鹃。

有一种花就叫紫鹃，乃是杜鹃花的一种。而在中国的传统文化里，杜鹃花恰恰又是杜鹃鸟所化，花与鸟，早已融为一体。如唐代诗人成彦雄有诗云“杜鹃花与鸟，怨艳两何赊”，宋代词人晏几道亦有“陌上蒙蒙残絮飞，杜鹃花里杜鹃啼”之句。

《红楼梦》里，林黛玉也有“昨宵庭外悲歌发，知是花魂与鸟魂”的悲叹，而《葬花吟》中的“花魂与鸟魂”恐怕就是杜鹃：“独把花锄偷洒泪，洒上空枝见血痕。杜鹃无语正黄昏，荷锄归去掩重门。”

《红楼梦》中另一处提及杜鹃的，恰又是林黛玉之《桃花行》：“憔悴花遮憔悴人，花飞人倦易黄昏。一声杜宇春归尽，寂寞帘栊空泪痕！”

中国古人深爱“杜鹃啼血”的传说，认为那是世界上最哀怨悲凄的意蕴。如果说林黛玉诗中的杜鹃是她啼血洒泪的象征，那么大观园里的紫鹃则是林黛玉“最知心的”人。

《红楼梦》第五十七回“慧紫鹃情辞试莽玉”中，紫鹃就曾说自己并非林家的人，“偏把我给了林姑娘使。偏生他又和我极好，比他苏州带来的还好十倍，一时一刻我们两个离不开”。正因此，紫鹃比旁人更能体会林黛玉的心思，会和她说“万两黄金容易得，知心一个也难求”的道理，甚至暗地里替林黛玉“愁了这几年”。

故而，当薛姨妈提出将林黛玉许给贾宝玉的

“四角俱全”的主意时，紫鹃忙也跑来，催着薛姨妈和王夫人说去。

第六十四回

幽淑女悲题五美吟

却说紫鹃端了茶来，打量二人又为何事口角，因说道：『姑娘才身上好些，宝二爷又来怄他了，到底是怎么样？』宝玉一面拭泪笑道：『谁敢怄妹妹了？』一面搭讪着起来闲步。只见砚台底下微露一纸角，不禁伸手拿起。黛玉忙要起身来夺，已被宝玉揣在怀内，笑央道：『好妹妹，赏我看看罢。』黛玉道：『不管什么，来了就混翻。』一语未了，只见宝钗走来，笑道：『宝兄弟要看什么？』

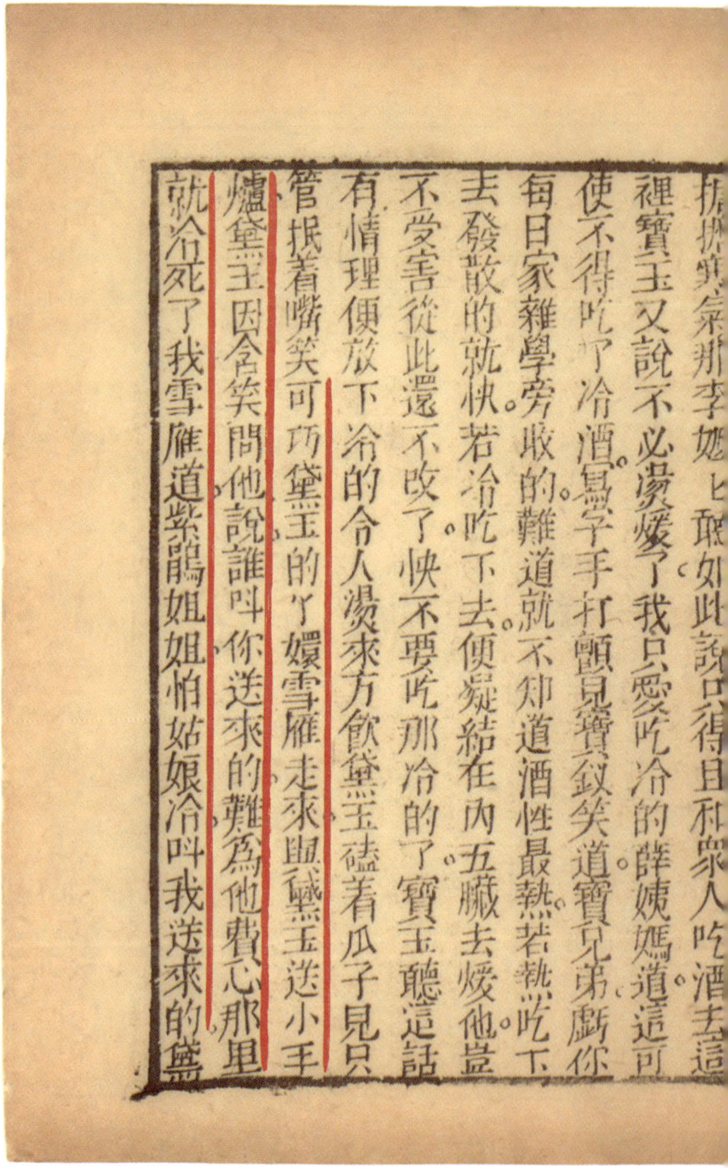

攛掇幾氣那李嬷嬷聽如此說只得且和衆人吃酒去這
裡寶玉又說不必燙煖了我只愛吃冷的薛姨媽道這可
使不得吃了冷酒寫字手打顫兒寶釵笑道寶兄弟虧你
每日家雜學旁收的難道就不知道酒性最熱若熱吃下
去發散的就快若冷吃下去便凝結在內五臟去煖他豈
不受害從此還不改了快不要吃那冷的了寶玉聽這話
有情理便放下冷的令人燙來方飲黛玉磕着瓜子兒只
管抿着嘴笑可巧黛玉的丫嬛雪雁走來與黛玉送小手
爐黛玉因含笑問他說誰叫你送來的難為他費心那里
就冷死了我雪雁道紫鵑姐姐怕姑娘冷叫我送來的黛

可巧黛玉的丫鬟雪雁走来与黛玉送小手炉，黛玉因含笑问他说：『谁叫你送来的？难为他费心，那里就冷死了我！』雪雁道：『紫鹃姐姐怕姑娘冷，叫我送来的。』

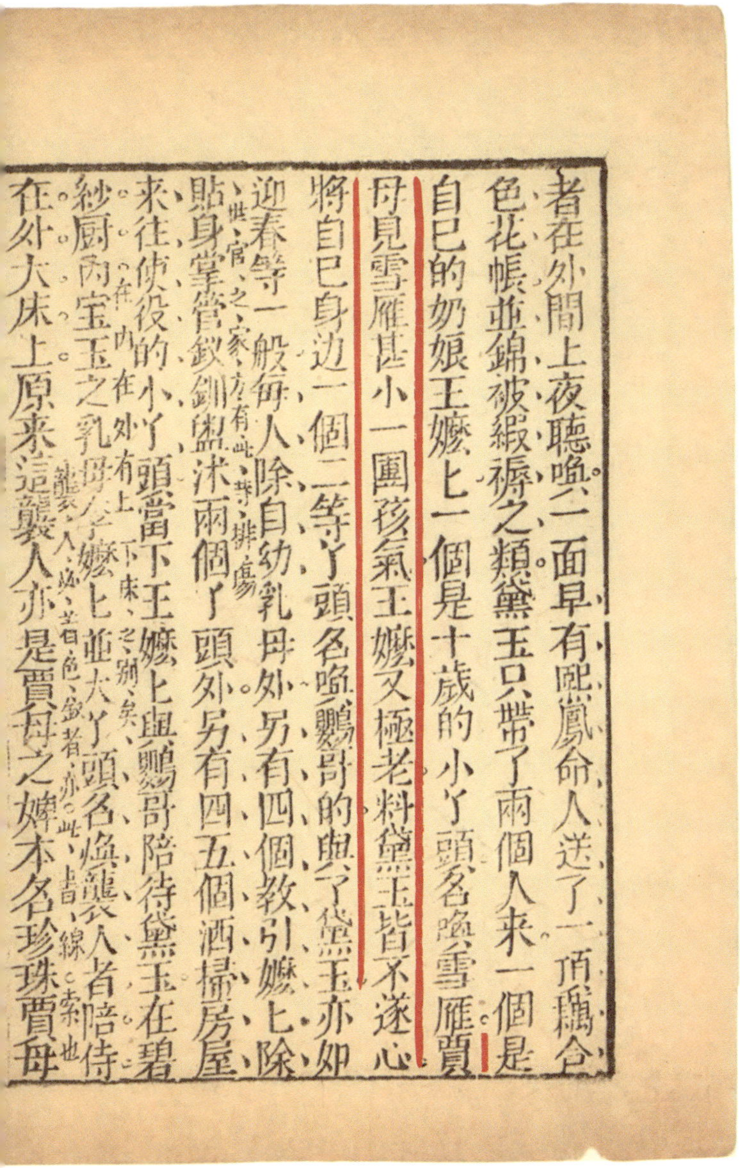
者在外間上夜聽喚一面早有熙鳳命人送了一頂藕合
色花帳並錦被緞褥之類黛玉只帶了兩個人来一個是
自已的奶娘王嬷嬷一個是十歲的小丫頭名喚雪雁賈
母見雪雁甚小一團孩氣王嬷嬷又極老料黛玉皆不遂心
將自已身边一個二等丫頭名喚鸚哥的與了黛玉亦如
迎春等一般每人除自幼乳母外另有四個教引嬷嬷除
世宦之家方有此等排場
貼身掌管釵釧盥沐兩個丫頭外另有四五個洒掃房屋
来往使役的小丫頭當下王嬷嬷與鸚哥陪待黛玉在碧
在內在外有上下床之別矣
紗廚內宝玉之乳母李嬷嬷並大丫頭名喚襲人者陪侍
襲人必並百色欽者亦此書線索也
在外大床上原来這襲人亦是賈母之婢本名珍珠賈母

第三回　托内兄如海荐西宾　接外孙贾母惜孤女
《新增批评绣像红楼梦》，文甯堂藏版，清嘉庆十六年（1811）东观阁刊本

贾母见雪雁甚小，一团孩气，王嬷又极老，料黛玉皆不遂心，将自己身边一个二等丫头，名唤鹦哥的与了黛玉。

本草圖譜 巻之七十三 きりしま 十八 灌園蔵

きりしま
石巌 浙江通志

細葉にして繁く冬も凋まず三四月深紅の花を開く

ほんきりしま
一名
きりしま

形状きりしまに似て
花色赤色の花
弁薄く又重
弁の物あり又淡紅色の花重なる
はこねみつばと云 鉄篙全書 小葉細花小色鮮
紫者白者皆結數重臺自浙而至難蕃

钝叶杜鹃

杜鹃花科，杜鹃花属。又名石岩。常绿或半常绿灌木，高一米，花二至三朵簇生枝顶，花冠漏斗状，有红、粉红等色，花期四至五月。原产日本，耐热，不耐寒，我国东南部也有栽培。盛开时花朵覆盖整个树冠，极其美丽壮观，园林中最宜群植观赏，还是制作花篱和盆景的优良材料。

慧紫鹃情辞试莽玉

第五十七回　慧紫鹃情辞试莽玉　慈姨妈爱语慰痴颦

紫鹃冷笑道：『你太看小了人。你们贾家独是大族人口多的，除了你家，别人只得一父一母，族中真个再无人了不成？我们姑娘来时，原是老太太心疼他年小，虽有叔伯，不如亲父母，故此接来住几年。大了该出阁时，自然要送还林家的。……』宝玉听了，便如头顶上打了一个焦雷一般。紫鹃看他怎样回答，等了半天，见他总不作声。

释旧憾情婢感痴郎

第百十三回　忏宿冤凤姐托村妪　释旧憾情婢感痴郎

那紫鹃的下房也就在西厢里间。宝玉悄悄的走到窗下，只见里面尚有灯光，便用舌头舐破窗纸往里一瞧，见紫鹃独自挑灯，又不是做什么，呆呆的坐着。

薛宝钗大丫鬟

莺儿

嫩柳

不知细叶谁裁出

此回中，薛宝钗打发莺儿去和林黛玉要一些蔷薇硝，莺儿路过柳叶渚时“因见柳叶才点碧，丝若垂金”，便采了许多嫩条编作花篮送与林黛玉，林黛玉笑赞道：“怪道人赞你的手巧，这顽意儿却也别致。”

作为薛宝钗的贴身侍女，莺儿的巧手是众人共识的。第三十五回“黄金莺巧结梅花络”中，贾宝玉请莺儿给他“打上几根络子”，莺儿便表现出她对编织工艺的精通。不但会打“一炷香、朝天凳、象眼块、方胜、连环”等各种花样，更十分懂得配色：“大红的须是黑络子才好看，或是石青的才压的住颜色”，“松花配桃红”则是“雅淡之中带些娇艳”，而莺儿自己最爱的乃是葱绿柳黄。

柳黄是柳芽初生时的嫩黄色，莺儿本名黄金莺，而在古典诗词中，柳与莺总是密切相关的。“黄莺声在柳阴西”“黄莺乱啼门外柳”“引得黄莺下柳条”，这些诗意几乎都与思妇闺怨相关，这大概就是曹雪芹赋予莺儿名字中的含义。

《红楼梦》第八回“比通灵金莺微露意”中，恰是通过莺儿之口点明了贾宝玉与薛宝钗的金玉良缘，因为贾宝玉所佩通灵宝玉上的八个字“倒像和姑娘的项圈上的两句话是一对儿”。

第三十五回中，贾宝玉因见莺儿灵巧，便开玩笑道：“明儿不知那一个有福的消受你们主儿两个呢。”莺儿听了非但没有寻常女孩子的羞赧之色，反而坦然向贾宝玉夸赞起薛宝钗来：“你还不知道我们姑娘有几样世人都没有的好处呢，模样儿还在其次。”在关心自家姑娘终身大事的问题上，莺儿和紫鹃的玲珑之心真是不相上下。

《红楼梦》第五十六回“敏探春兴利除宿弊”就写道，贾探春要将大观园的花草分给众人管理，“只是弄香草的没有在行的人”。平儿忙出主意道：“跟宝姑娘的莺儿他妈就是会弄这个的，上回他还采了些晒干了编成花篮葫芦给我顽的。”由此可知，莺儿擅长以柳条编织的手艺实是承自其母的。

第八回

贾宝玉奇缘识金锁

宝钗看毕，又从新翻过正面细看，口中念着：『莫失莫忘，仙寿恒昌。』念了两遍，乃回头向莺儿笑道：『你还不倒茶去，也在这里发呆作什么？』莺儿嘻嘻笑道：『我听这两句话，倒像和姑娘的项圈上的两句话是一对儿。』

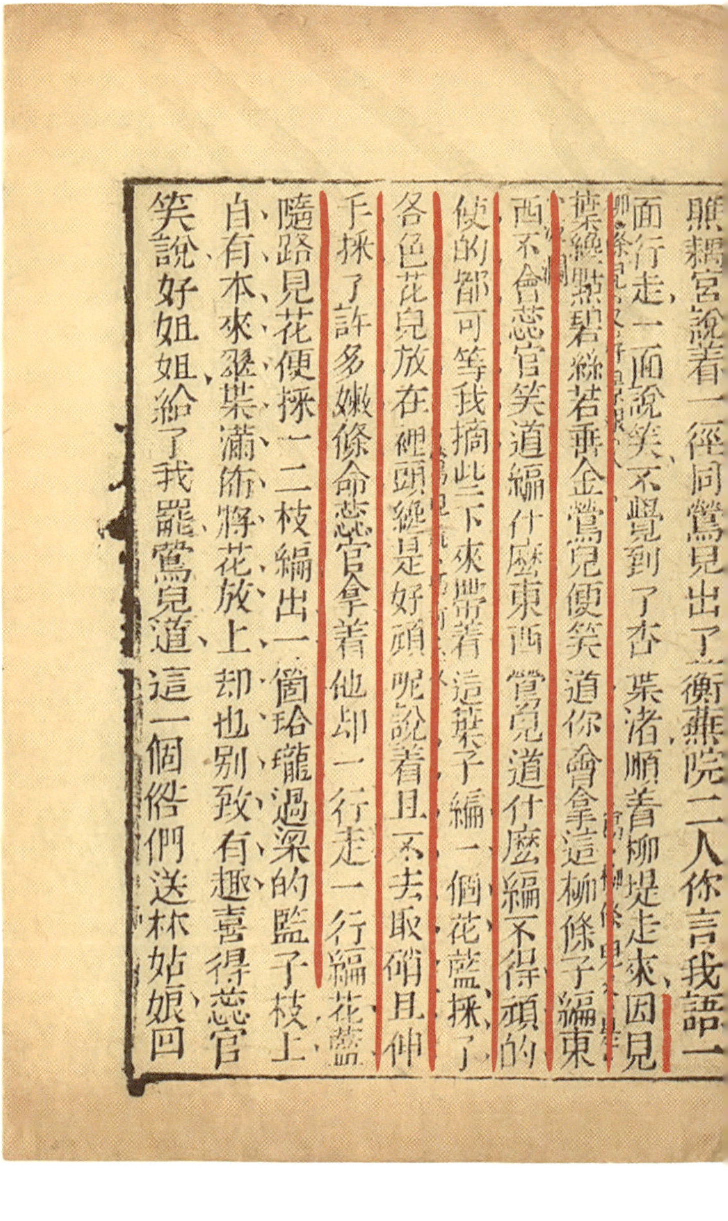
蕊官說着一徑同鶯兒出了蘅蕪院二人你言我語一
面行走一面說笑不覺到了杏葉渚順着柳堤走來因見
葉纔點碧絲若垂金鶯兒便笑道你會拿這柳條子編東
西不會蕊官笑道編什麼東西鶯兒道什麼編不得頑的
使的都可等我摘些下來帶着這葉子編一個花籃採了
各色花兒放在裡頭纔是好頑呢說着且不去取硝且伸
手採了許多嫩條命蕊官拿着他却一行走一行編花籃
隨路見花便採一二枝編出一個玲瓏過梁的籃子枝上
自有本來翠葉滿佈將花放上却也別致有趣喜得蕊官
笑說好姐姐給了我罷鶯兒道這一個咱們送林姑娘回

因见叶才点碧，丝若垂金，莺儿便笑道：『你会拿这柳条子编东西不会？』蕊官笑道：『编什么东西？』莺儿道：『什么编不得？顽的使的都可。等我摘些下来，带着这叶子编个花篮，采了各色花儿放在里头，才是好顽呢。』说着，且不去取硝，且伸手采了许多嫩条，命蕊官拿着。他却一行走一行编花篮，随路见花便采一二枝，编出一个玲珑过梁的篮子。

姨媽的角門這兩門因在裡院不必關鎖裡面鴛鴦和玉釧兒也將上房關了自領了丫鬟婆子下房去歇每日林之孝家的帶領十來個老婆子上夜穿堂內又添了許多小厮打更已安插得十分妥當一日清曉寶釵春困已醒搴帷下榻微覺輕寒及啓戶視之見苑中土潤苔青原來五更時落了幾點微雨于是喚起湘雲等人來一面梳洗湘雲因說兩腮作癢恐又犯了杏斑癬因問寶釵要些薔薇硝擦寶釵道前日剩的都給了妹子了因說顰兒配了許多我正要要他些來因今年竟沒發癢就忘了因命鶯兒去取些來鶯兒應了纔去時蕊官便說我同你去順便瞧

本草図譜 巻之
四五尺許リ材柔カニシテ肌白ク
弁枝又諸器ニ作ルベシ

嫩柳

又名垂柳，杨柳科，柳属。落叶乔木，小枝细长下垂，淡黄褐色，叶互生，披针形或条状披针形，花期三至四月。在世界上广泛分布，较耐寒，喜湿，生长迅速，是世界著名的观赏树种之一，适植于河岸与湖池边，可做行道树、庭荫树，或固岸护堤及造林之用。木材白色，韧性大，可做小型家具，柳条可编织篮、筐等容器。全株均可入药。

柳叶渚边嗔莺咤燕

第五十九回　柳叶渚边嗔莺咤燕　绛芸轩里召将飞符

那婆子本是愚夯之辈，兼之年迈昏眊，惟利是命，一概情面不管，正心疼肝断，无计可施，听莺儿如此说，便倚老卖老，拿起拄杖来向春燕身上击上几下……打的春燕又愧又急……莺儿本是顽话，忽见婆子认真动了气，忙上去拉住，笑道：『我才是顽话，你老人家打他，我岂不愧？』

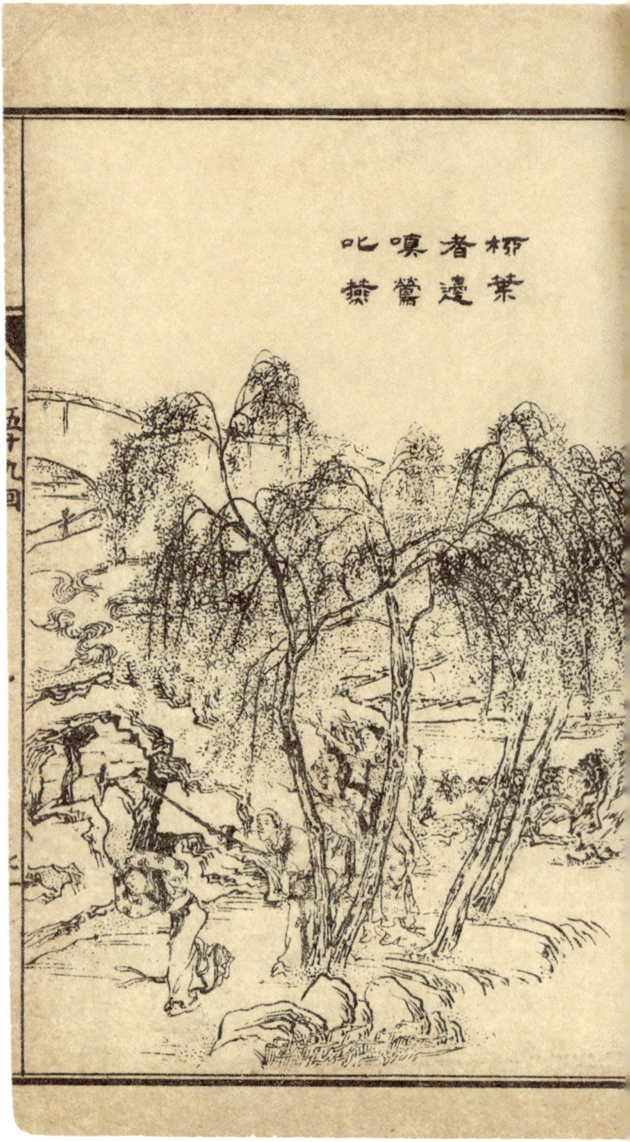

黄金莺巧结梅花络

第三十五回　白玉钏亲尝莲叶羹　黄金莺巧结梅花络

莺儿一面理线，一面笑道：『这话又打那里说起？正经快吃了来罢。』袭人等听说方去了，只留下两个小丫头听呼唤。宝玉一面看莺儿打络子，一面说闲话，因问他：『十几岁了？』莺儿手里打着，一面答话说：『十六岁了。』

荣国府王夫人大丫鬟

金钏

水仙

种作寒花寄愁绝

因为一句出格的玩笑话，金钏被王夫人撵出了贾府，随后“含耻辱”投井而死。这件事成了贾宝玉的一桩心病，故而在众人为王熙凤庆寿之日，贾宝玉躲开了家中的热闹，要寻一处“冷清清的地方”祭奠金钏，于是来到了城外的水仙庵。

据唐懿宗年间记录中国岭南地区风土人情的《北户录》记载，水仙乃是晚唐时期从波斯（今伊朗）一带传入中国。因花形可人，清香扑鼻，水仙一直深受文人墨客喜爱。大约是因为宋代黄庭坚《王充道送水仙花五十枝》诗中有“凌波仙子生尘袜，水上轻盈步微月。是谁招此断肠魂，种作寒花寄愁绝”之句，人们便渐渐将水仙与“凌波微步，罗袜生尘”的洛神联系在了一起。

在第四十三回中，贾宝玉曾说“古来并没有个洛神”，而愚人们却要盖一座水仙庵去供奉，是十分可恨的。但是，因为水仙庵的寓意合了贾宝玉的心意，故而才要“借他一用”，在那井台之上焚香祭奠金钏。

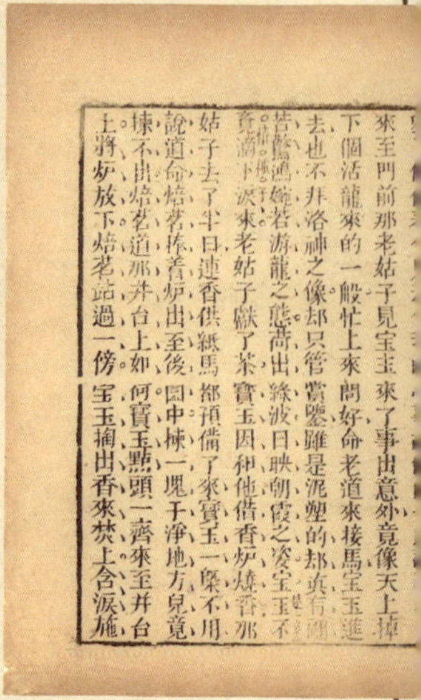
來至門前那老姑子見宝玉來了事出意外竟像天上掉
下個活龍來的一般忙上來問好命老道來接馬宝玉進
去也不拜洛神之像却只管賞鑒雖是泥塑的却真有翩
若驚鴻婉若游龍之態荷出綠波日映朝霞之姿宝玉不
覺滴下淚來老姑子獻了茶寶玉因和他借香炉燒香那
姑子去了半日連香供紙馬都預備了來寶玉一槩不用
說道命焙茗捧着炉出至後園中揀一塊干淨地方兒竟
揀不出焙茗道那井台上如何寶玉點頭一齊來至井台
上將炉放下焙茗站過一傍宝玉掏出香來焚上含淚施

在贾宝玉心里，金钏之死固然是含辱受屈的，却也有一丝小儿女之情。《红楼梦》第二十三回“西厢记妙词通戏语”中，贾宝玉因听见贾政唤他，心里十分害怕，“一步挪不了三寸”，蹭了过去。彼时，王夫人的几个丫鬟都在廊檐下候着，金钏“一把拉住宝玉”，故意笑道：“我这嘴上是才擦的香浸胭脂，你这会子可吃不吃了？”

贾宝玉吃人嘴上胭脂的毛病是深为贾政所不喜的，金钏在此时此地敢如此打趣他，可见其二人之情较旁的丫鬟有些不同。待到第三十回“宝钗借扇机带双敲”中，贾宝玉见到金钏“乜斜着眼乱恍”的情态，“就有些恋恋不舍的”，大胆说出“我和太太讨了你，咱们在一处罢”的话。而金钏却没有避嫌之意，反而用“金簪子掉在井里头，有你的只是有你的”之语调笑，却触及了王夫人的底线，当即“翻身起来，照金钏儿脸上就打了个嘴巴子”，骂她是“下作小娼妇”。

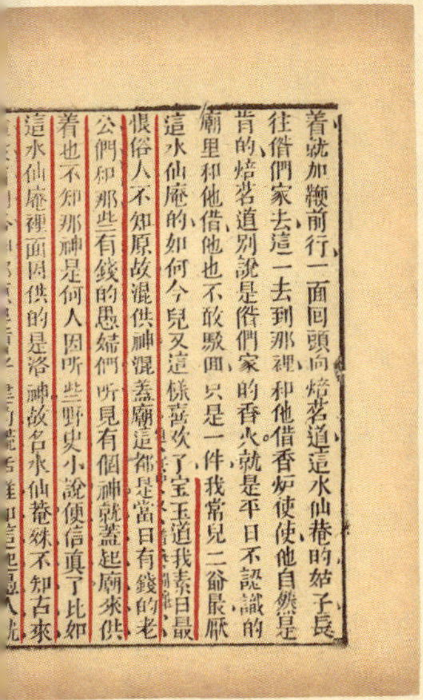
着就加鞭前行一面回頭向焙茗道這水仙菴的姑子長
往咱們家去這一去到那裡和他借香炉使使他自然是
肯的焙茗道別說是咱們家的香火就是平日不認識的
廟裡和他借他也不敢駁回只是一件我常見二爺最厭
這水仙庵的如何今兒又這樣喜歡了寶玉道我素日最
恨俗人不知原故混供神混蓋廟這都是當日有錢的老
公們和那些有錢的愚婦們听見有個神就蓋起廟來供
着也不知那神是何人因听些野史小說便信真了比如
這水仙庵裡面因供的是洛神故名水仙菴殊不知古來

第四十三回
闲取乐偶攒金庆寿
不了情暂撮土为香

宝玉道：『我素日最恨俗人不知原故，混供神混盖庙，这都是当日有钱的老公们和那些有钱的愚妇们听见有个神，就盖起庙来供着，也不知那神是何人，因听些野史小说，便信真了。比如这水仙庵里面因供的是洛神，故名水仙庵，殊不知古来并没有个洛神，那原是曹子建的谎话，谁知这起愚人就塑了像供着。今儿却合我的心事，故借他一用。』

《新增批评绣像红楼梦》，文畲堂藏版，
清嘉庆十六年（1811）东观阁刊本

水仙
房州に多し葉長きもの三四尺におよぶ
玉玲瓏 鏤花
八重の水仙なり房州よりも来る一瓣おきに黄色の短瓣を雑ゆ又浅緑色のもの稀にあり
二種
知考寫
水仙

中国水仙

石蒜科，水仙属。多年生草本，高三十至八十厘米，具鳞茎，伞房花序着花三至十一朵，花瓣六枚白色，副冠黄色，芳香，花期一至二月。原产地中海沿岸，中国东南有分布。株丛清秀，花香馥郁，常盆栽水养装点室内，好似『凌波仙子』，是我国『岁朝清供』的年宵花。

林黛玉丫鬟

雪雁

芜菁

春晚芜菁花乱开

林黛玉因与贾探春、史湘云等人闲谈，勾起了思乡之情，又生出一些孤凄之感。一时晚间吃饭，紫鹃熬了江米粥，雪雁因问黛玉道："还有咱们南来的五香大头菜，拌些麻油醋可好么？"

五香大头菜是南方最常见的佐粥咸菜，用一种食根茎的芥菜腌制而成。大头菜别名众多，各地称呼不一。《诗经·谷风》中云："采葑采菲，无以下体。"这里的"葑"是指芜菁，也就是大头菜。《后汉书》中就曾记载，汉桓帝永兴二年（305）时，因为发生蝗灾，朝廷便诏令受灾地区为"芜菁以助人食"。

曾有人认为这一段林黛玉吃"南来的五香大头菜"的文字而诟病《红楼梦》后四十回的文笔。然而，从饮食风俗而言，大头菜并非上不得台盘的食物。江苏宿迁一带至今仍流传着明武宗为五香大头菜命名的故事，称之为正德香菜。更有传说称，乾隆皇帝六下江南时，每每途经宿迁都要命人采买一些五香大头菜回京，故而大头菜又有乾隆香菜之名。

雪雁是林黛玉从南方带来的丫头，从她的口中说出“咱们南来的五香大头菜”便别有一种情韵，而雪雁其人也好似芜菁，一直被人忽视。

雪雁是林黛玉“自幼随身”的丫头，两个人也算是从小一起长大。但因为初入贾府时，贾母见雪雁年纪甚小，“一团孩气”，便将紫鹃给了黛玉。自此，雪雁便不再算是林黛玉身边的第一人了。

《红楼梦》第九十七回“林黛玉焚稿断痴情　薛宝钗出闺成大礼”时，王熙凤和贾母商量着让紫鹃去做扶新人的丫鬟好哄骗贾宝玉，谁知紫鹃毅然拒绝。而雪雁“因黛玉这几日嫌他小孩子家懂得什么，便也把心冷淡了”，听见是“老太太和二奶奶叫”，便“连忙收拾了头”，跟着林之孝家的去了。

第八十九回

蛇影杯弓颦卿绝粒

紫鹃进来问道：『姑娘喝碗茶罢？』黛玉道：『不喝呢。我略歪歪儿，你们自己去罢。』紫鹃答应着出来，只见雪雁一个人在那里发呆。紫鹃走到他跟前问道：『你这会子也有了什么心事了么？』

这里雪雁将黛玉的碗箸安放在小几儿上，因问黛玉道：『还有咱们南来的五香大头菜，拌些麻油醋可好么？』

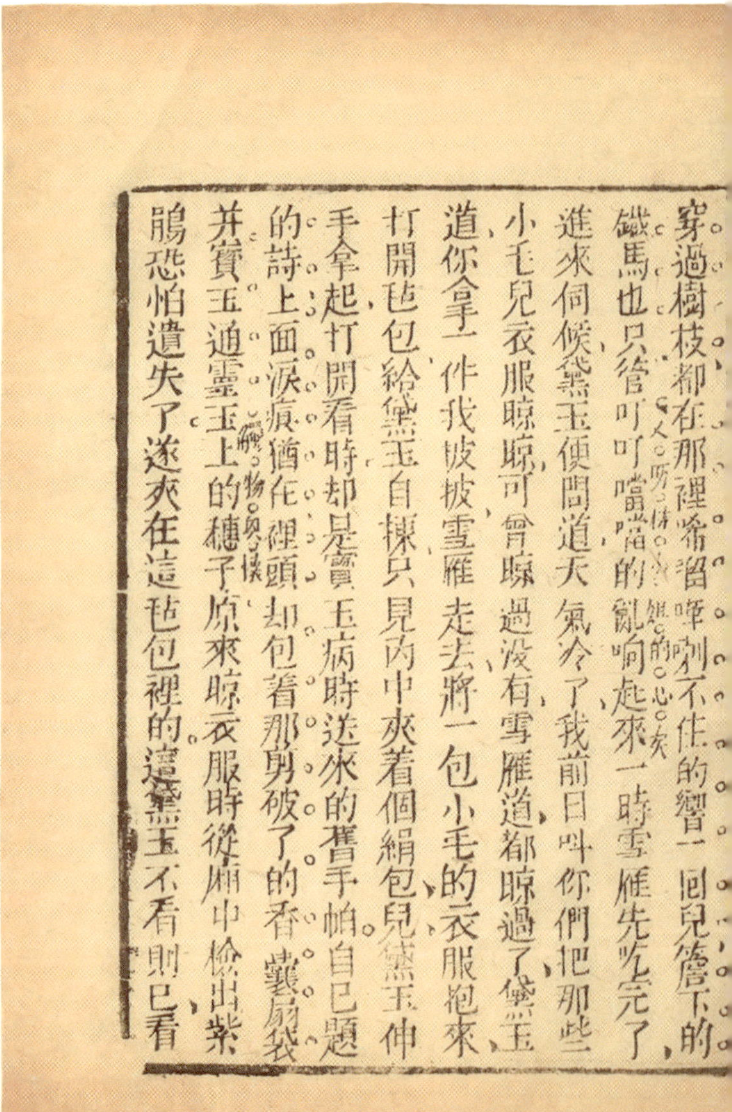
穿過樹枝都在那裡滴溜嘩喇不住的響一回兒簷下的
鐵馬也只管叮叮噹噹的亂響起來（又助悽[illegible]然的心矣）一時雪雁先吃完了
進來伺候黛玉便問道天氣冷了我前日叫你們把那些
小毛兒衣服晾晾可曾晾過沒有雪雁道都晾過了黛玉
道你拿一件來我披披雪雁走去將一包小毛的衣服抱來
打開氊包給黛玉自揀只見內中夾着個絹包兒黛玉伸
手拿起打開看時却是寶玉病時送來的舊手帕自己題
的詩上面淚痕猶在裡頭却包着那剪破了的香囊扇袋
并寶玉通靈玉上的穗子（觸物興懷）原來晾衣服時從箱中撿出紫
鵑恐怕遺失了遂夾在這氊包裡的這黛玉不看則已看

去說叫他費心雪雁出來說了老婆子自去這裡雪雁將黛玉的碗筯安放在小几兒上因問黛玉道還有偺們南來的五香大頭菜拌些麻油醋可好麽黛玉道也使得只不必累墜了一面盛上粥來黛玉吃了半碗用羹匙舀了兩口湯喝就擱下了兩個丫嬛撤了下來拭淨了小几端下去又換上一張常放的小几黛玉漱了口盥了手便道紫鵑添了香了沒有紫鵑道就添去黛玉道你們就把那湯合粥吃了罷味兒還好且是乾淨待我自己添香罷兩個人答應了在外間自吃去了這裡黛玉添了香自己坐着纔要拿本書看只聽得園內的風自西邊直透到東邊

新增批评绣像红楼梦，文畲堂藏版，清嘉庆十六年（1811）东观阁刊本

本草圖譜 巻之四十七

四二 灌園閑藏

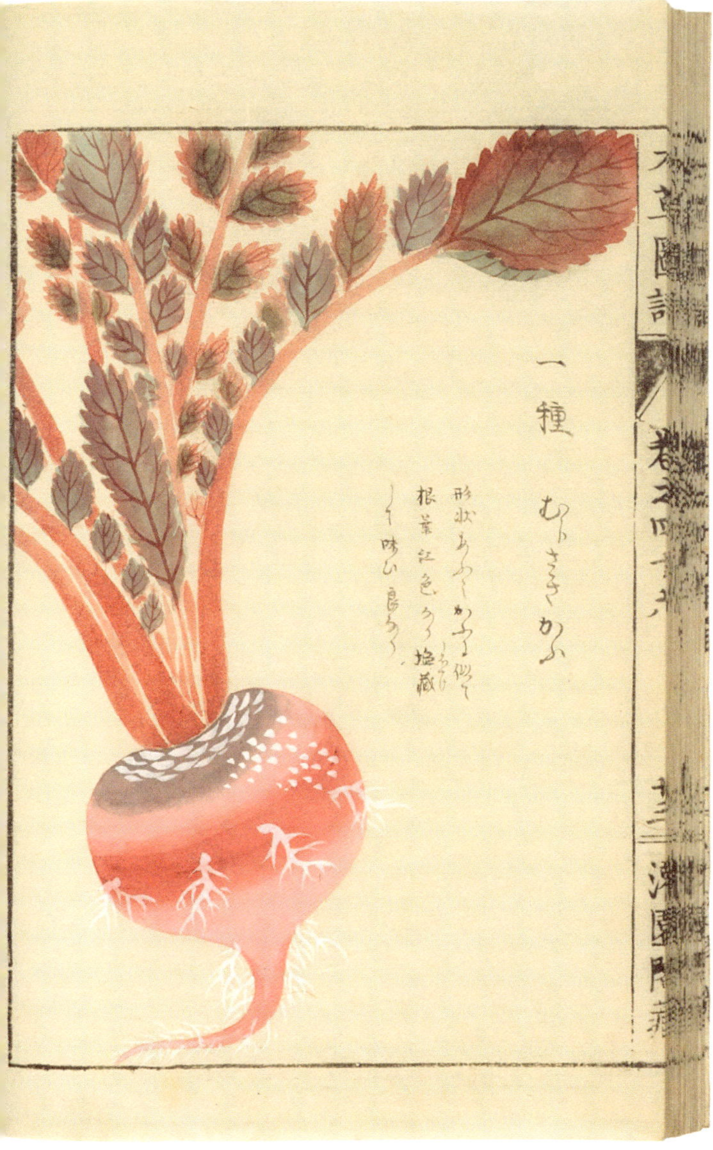

芜菁

又名蔓菁、圆根、盘菜等。十字花科，芸苔属。二年生草本植物，高九十厘米左右，根肉质，扁圆形，外皮白色、浅黄或紫色，根肉白色，具芥辣味。总状花序，花冠黄色，花期三至四月。原产地中海沿海及西亚地区，我国引种栽培已久。肉质根富含糖类、粗蛋白、维生素等营养物质，可生食或加工腌制成咸菜、泡菜等。有开胃下气、利湿解毒的药效。

荣国府贾琏之妾

秋桐

梧桐

西风催衬梧桐落

前一回“苦尤娘赚入大观园”中，王熙凤“上头笑着”把尤二姐哄进了贾府，随后便“脚底下使绊子”，开始处处作践。然而，使这一场妻妾之争升级的，恰是秋桐的到来。

在中国的传统文化中，梧桐往往象征着高洁美好。《诗经·卷阿》篇云：“凤凰鸣矣，于彼高岗。梧桐生矣，于彼朝阳。”古人认为，凤凰非梧桐不栖，故有“栽桐引凤”之说。

然而，一旦秋风乍起，梧桐叶落，便化作了孤独忧愁的意象，如李煜《相见欢》之“无言独上西楼，月如钩，寂寞梧桐深院锁清秋”，苏轼《鹧鸪天》之“饶君拨尽相思调，待听梧桐叶落声”。

秋桐本是贾赦房里的丫鬟，年方十七，青春正好。可贾赦是个“年迈昏愦，贪多嚼不烂”的老朽，而秋桐恰好不是那种“知礼有耻”的人，于是便心怀怨恨。她曾和贾琏“眉来眼去相偷期”，只是

“未曾到手”。

巧的是，正当王熙凤筹划着如何对付尤二姐时，贾赦偏偏将秋桐赏给了贾琏。于是，王熙凤生出了“借剑杀人”的心。

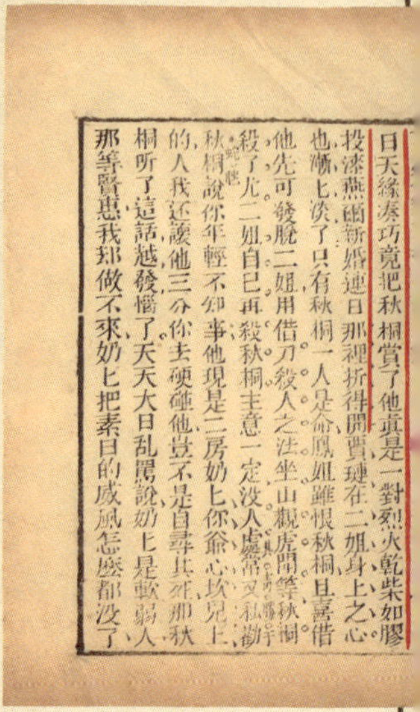
日天緣湊巧竟把秋桐賞了他眞是一對烈火乾柴如膠投漆燕爾新婚連日那裡拆得開賈璉在二姐身上之心也漸漸淡了只有秋桐一人是命鳳姐雖恨秋桐且喜借他先可發脫二姐用借刀殺人之法坐山觀虎鬥等秋桐殺了尤二姐自己再殺秋桐主意一定沒人處常又私勸秋桐說你年輕不知事他現是二房奶奶你爺心坎兒上的人我還讓他三分你去硬碰他豈不是自尋其死那秋桐听了這話越發惱了天天大口乱罵說奶奶是軟弱人那等賢惠我却做不來奶奶把素日的威風怎麽都沒了

在王熙凤“宽洪大量”的纵容下，仗着自己是“贾赦之赐”，秋桐明目张胆地辱骂起尤二姐，更是在贾母、王夫人跟前说尤二姐的坏话。一贯喜欢“登高踩低”的贾府人见贾母不喜欢尤二姐，“不免又往下踏践起来”，最终逼死了尤二姐。

然而，王熙凤“借剑杀人”的主意本是要“等秋桐杀了尤二姐，自己再杀秋桐”。尤二姐流产之时，王

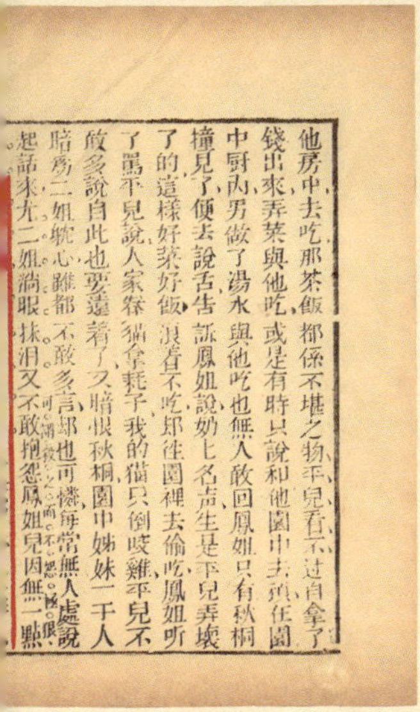
他房中去吃那茶飯都係不堪之物平兒看不過自拿了錢出來弄菜與他吃或是有時只說和他園中去頑在園中廚內另做了湯水與他吃也無人敢回鳳姐只有秋桐撞見了便去說舌告訴鳳姐說奶奶名声生是平兒弄壞了的這樣好菜好飯浪着不吃郤往園裡去偷吃鳳姐听了罵平兒說人家养猫拿耗子我的猫只倒咬雞平兒不敢多說自此也要遠着了又暗恨秋桐園中姊妹一干人暗爲二姐耽心雖都不敢多言郤也可憐每常無人處說起話來尤二姐淌眼抹泪又不敢抱怨鳳姐兒因無一點

第六十九回 弄小巧用借剑杀人 觉大限吞生金自逝

贾琏来家时，见了凤姐贤良，也便不留心。况素昔见贾赦姬妾丫鬟最多，贾琏每怀不轨之心，只未敢下手。今日天缘凑巧，竟把秋桐赏了他，真是一对烈火干柴，如胶投漆，燕尔新婚，连日那里拆的开？

新增批评绣像红楼梦，文畲堂藏版，清嘉庆十六年（1811）东观阁刊本

熙凤便用“算命打卦”的法子，说是秋桐这个“属兔的阴人”冲犯了尤二姐，已然替秋桐埋下了隐患。

在百二十回本《红楼梦》中，果然就写到贾琏后来因尤二姐之事不大爱惜秋桐，及至第百十四回“王熙凤历幻返金陵”，秋桐因在王熙凤死后要与平儿争个上下，贾琏为此“越发把秋桐嫌了，一时有些烦恼便拿着秋桐出气”，最终叫她娘家人领了回去。

本草圖譜　卷之八

木

梧桐

又名青桐。梧桐科，梧桐属。落叶乔木，高十五至二十米，树干直，灰绿色，秋季叶子变为金黄，早脱落，故有『梧桐一叶落，天下尽知秋』一说。圆锥花序，花小，黄绿色，花期六至七月。蓇葖果，种子球形，着生于果瓣边缘，十至十一月成熟。原产中国及日本。较抗空气污染，自古是我国重要的庭院观赏树木。木材轻韧，纹理美观，可制作乐器等。种子可炒食或榨油，全株均可入药，有清热解毒、祛湿健脾等功效。

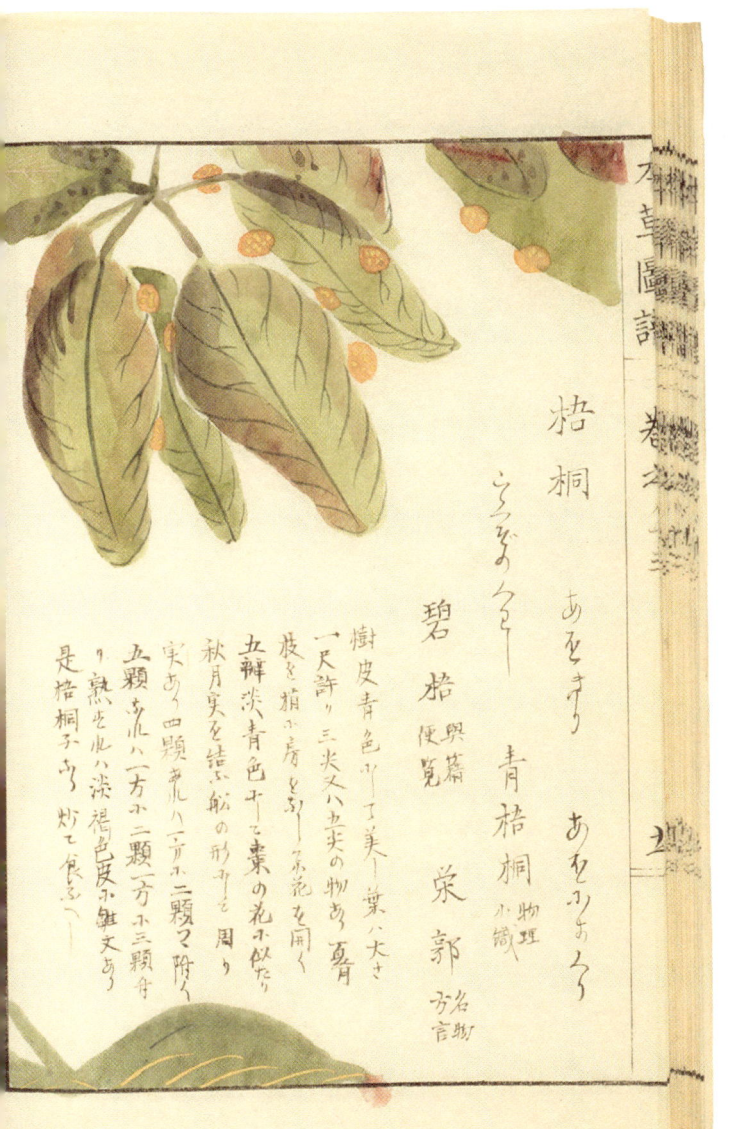

梨香院十二女伶　工小旦

龄官

蔷薇

总是输君浅淡妆

本回中，因为一句调笑的话，金钏被王夫人照着“脸上就打了个嘴巴子”，当即撵出府去。而始作俑者贾宝玉却“一溜烟去了”，躲进了大观园，恰好撞见龄官在蔷薇花架下划蔷。

中国自汉代起就开始种植蔷薇。古籍《贾氏说林》中记载，汉武帝时，上林苑中蔷薇花开，汉武帝因赞道：“此花绝胜佳人笑也。”宠姬丽娟因问：“笑可买乎？”汉武帝回答可以，于是丽娟取来黄金百斤，愿买汉武帝一日欢笑，蔷薇因此被称作“买笑花”。而《红楼梦》中的“买笑人”，恰恰叫作贾蔷。

第三十六回“识分定情悟梨香院”中，贾蔷为了逗龄官开心，花“一两八钱银子”买了一个会“衔着鬼脸儿旗帜”的雀儿。谁知龄官见了不乐反悲，认为贾蔷这是在打趣她也是被买来作戏取乐的。贾蔷见此只好将雀儿放了生，权当是给龄官免灾，两人之小儿女情态，让默默在旁的贾宝玉“不觉痴了”，终于明白当时“龄官划蔷”的深意。

贾府为了预备元妃省亲，命贾蔷前往苏州采买了十二个小戏子，而龄官无疑是女伶中最出色的。第十八回“荣国府归省庆元宵”的正文中就写道，贾元春亲赞“龄官极好”，命她“再作两出戏，不拘那两出就是了”。

掌管戏班的贾蔷要龄官作《游园》《惊梦》二出，主角乃是杜丽娘，属闺门旦应工戏。而龄官的应工是六旦，擅演活泼可爱的丫鬟，她便因“此二出原非本角之戏，执意不作”，“贾蔷扭他不过”，只得依了。想来，彼时的贾蔷与龄官已经有了些超出主仆的情愫了。

“龄官划蔷”在花叶茂盛的蔷薇花架下，这皆是因贾蔷而起，从第三十六回看来，贾蔷待龄官也是有情的。及至第五十八回“杏子阴假凤泣虚凰”，贾府因老太妃薨逝遣发了众女伶，谁知“所愿去者止四五人”，而龄官正在其列。至于她是否真的和贾蔷两厢厮守，却不得而知了。

第三十回

龄官划蔷痴及局外

再留神细看，只见这女孩子眉蹙春山，眼颦秋水，面薄腰纤，袅袅婷婷，大有林黛玉之态。宝玉早又不忍弃他而去，只管痴看。只见他虽然用金簪画地，并不是掘土埋花，竟是向土上画字。

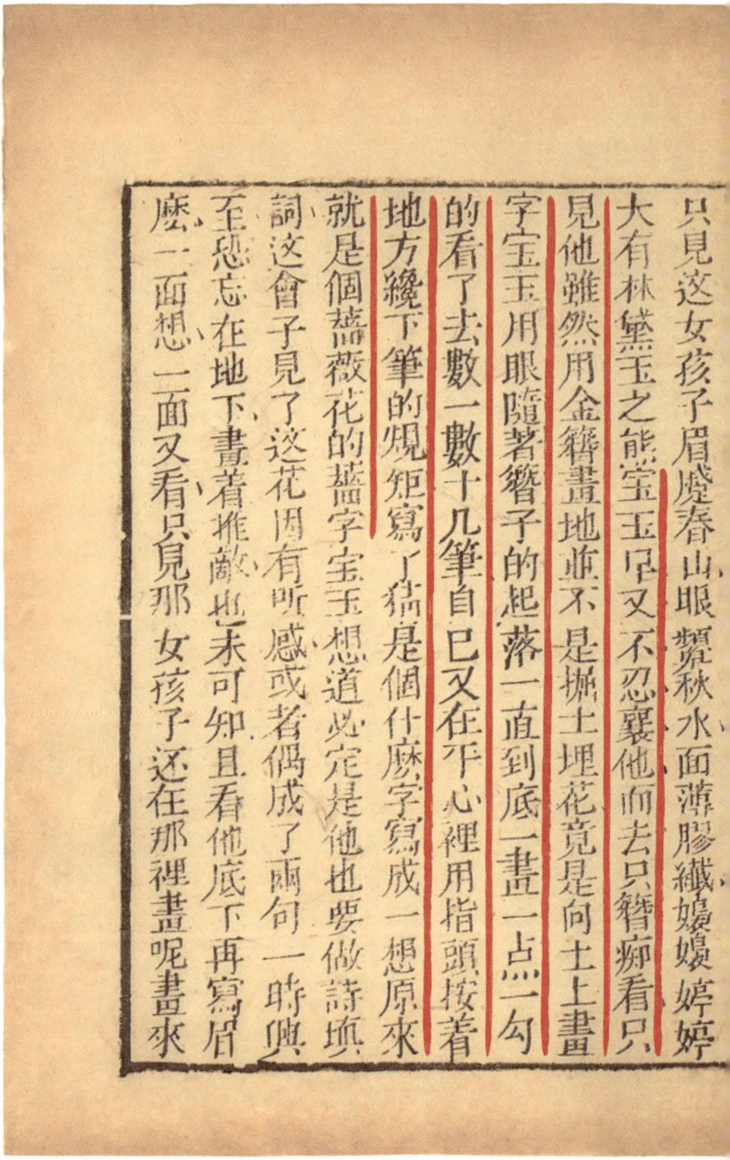
只見这女孩子眉蹙春山眼顰秋水面薄腰纖嫋嫋婷婷大有林黛玉之態宝玉早又不忍棄他而去只管痴看只見他雖然用金簪畫地並不是掘土埋花竟是向土上畫字宝玉用眼隨著簪子的起落一直到底一畫一点一勾的看了去數一數十几筆自已又在手心裡用指頭按着地方纔下筆的規矩寫了猜是個什麽字寫成一想原來就是個薔薇花的薔字宝玉想道必定是他也要做詩填詞这會子見了这花因有所感或者偶成了兩句一時興至恐忘在地下畫着推敲也未可知且看他底下再寫甚麽一面想一面又看只見那女孩子还在那裡畫呢畫來

《新增批评绣像红楼梦》，文畬堂藏版，清嘉庆十六年（1811）东观阁刊本

宝玉早又不忍弃他而去，只管痴看。只见他虽然用金簪画地，并不是掘土埋花，竟是向土上画字。宝玉用眼随着簪子的起落，一直到底一画一点一勾的看了去，数一数，十几笔。自己又在手心里用指头按着他方才下笔的规矩写了，猜是个什么字。写成一想，原来就是个蔷薇花的『蔷』字。

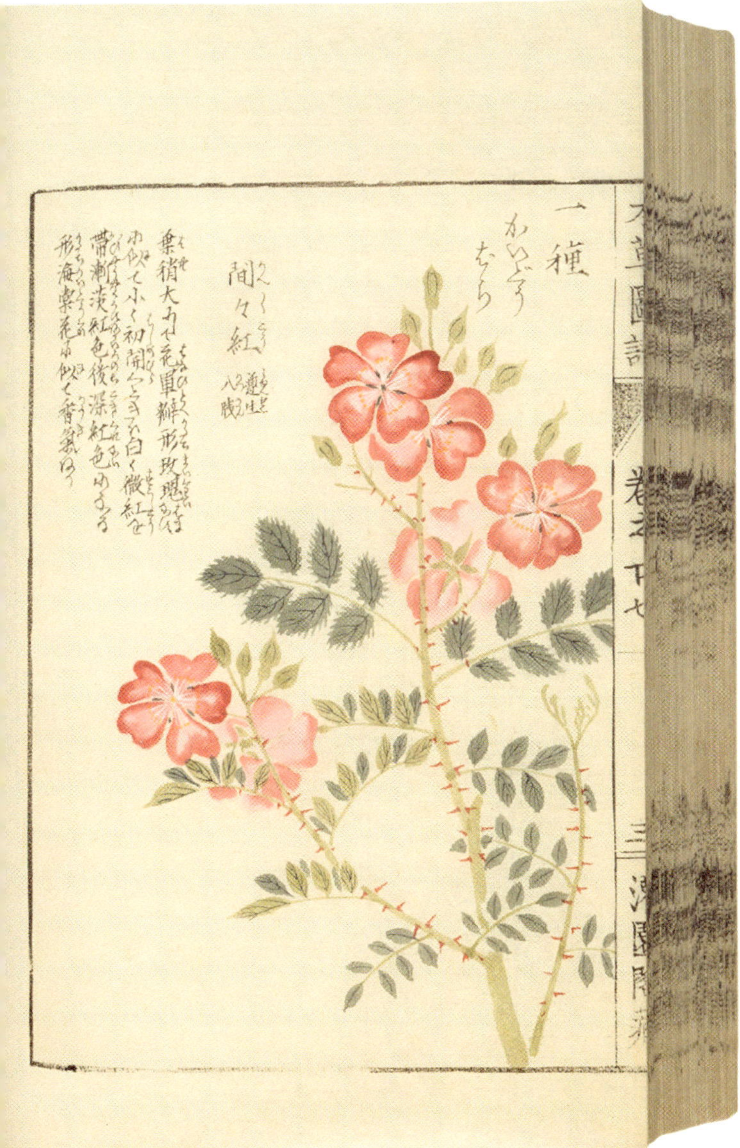

野蔷薇

又名多花蔷薇。蔷薇科，蔷薇属。落叶攀援性灌木，高三米左右；花多，呈圆锥状花序，白色或带粉晕，芳香，花期五至六月。果实近球形，红褐色，十至十一月成熟。原产中国，各地广泛栽培。适应性极强，易繁殖，是优良的庭院垂直绿化材料，还是月季、蔷薇的常用砧木。花、果、根均可药用，有清暑化湿、顺气和胃、止血的功效。

梨香院十二女伶　工正旦

芳官　茉莉

笑买新妆茉莉花

这一回中，大观园里爆发了一场极其没规矩的打架事件：赵姨娘为了给儿子出气，奔到怡红院里找芳官算账，却被几个女伶团团围攻，打得不可开交。而事件的导火索，仅仅是因为芳官为了打发贾环，用一包茉莉粉替去了蔷薇硝。

茉莉是最常见的芳香性花木，《本草纲目》中记载了一种紫茉莉，其种子磨粉后可以用作美容，而《红楼梦》第四十四回“喜出望外平儿理妆”中就提到了这种紫茉莉香粉。但是，相较于可以治疗杏斑癣的蔷薇硝，茉莉粉自然是便宜货了。

在赵姨娘眼里，芳官不过是贾府买来“唱戏的小粉头”，而贾环毕竟是正经的少爷主子，芳官用茉莉粉代替蔷薇硝的做法，显然是在轻侮贾环。虽说这场闹剧看起来是赵姨娘无事生非，但“一个巴掌拍不响”，芳官亦有其“不省事”之处。第五十八回“茜纱窗真情揆痴理”中，芳官就因为洗头和自己的干娘吵闹起来，晴雯便说芳官“不知狂的什么，也不过是会两出戏，倒像杀了贼王，擒了反叛来的”。

贾府是个规矩森严的地方，纵然是晴雯这样的爆炭性格，也从不敢在主子面前大呼小叫，而芳官却屡屡犯禁。她当面讽刺赵姨娘和自己一样是奴才，背后更是称其为“赵不死的”，确实不知天高地厚。

芳官进怡红院时日虽然不长，但因为贾宝玉的一贯纵容，其余人因为知道她从小学戏，“不能针指，不惯使用，皆不大责备”，故而助长了芳官的傲慢性子。她可以和贾宝玉要了玫瑰露送给柳五儿，更答应帮忙把柳五儿弄进怡红院里去，其情态架势俨然是周瑞家的口中所说的“副小姐”。

清乾嘉年间的文人沈复在《浮生六记》中提到，茉莉“必沾油头粉面之气，其香更可爱”，因而称“茉莉是香中小人，故须借人之势，其香也如胁肩谄笑”。若以此而论，芳官之性情，倒却也和茉莉十分相像。

第六十回

玫瑰露引来茯苓霜

五儿便送出来，因见无人，又拉着芳官说道：『我的话到底说了没有？』芳官笑道：『难道哄你不成？我听见屋里正经还少两个人的窝儿，并没补上。……』五儿道：『虽如此说，我却性儿急，等不得了。……』二人别过，芳官自去不提。

茉莉花

木犀科，素馨属（茉莉花属）。常绿灌木，高一至三米，聚伞花序，着花三朵，白色，浓香，花期五至十一月。原产印度，我国南方早有栽培，其叶翠花白，香气浓郁，是最常见的庭园和盆栽观赏的芳香植物。经济价值极高。花、叶药用，有治疗目赤肿痛、止咳化痰之功效；其花可熏茶，提炼的精油是香料工业的重要原料。

第六十回　茉莉粉替去蔷薇硝　玫瑰露引来茯苓霜

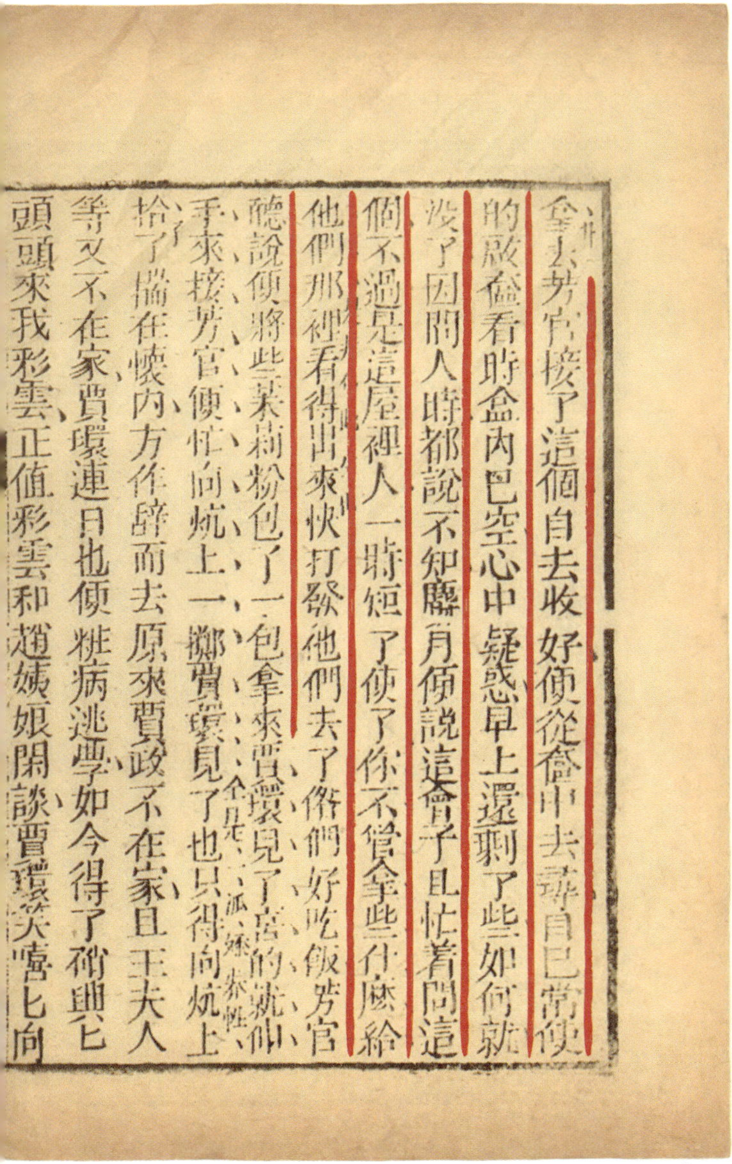
拿去芳官接了這個自去收好便從奩中去尋自已常使
的啟奩看時盒內已空心中疑惑早上還剩了些如何就
沒了因問人時都說不知麝月便說這會子且忙着問這
個不過是這屋裡人一時短了使了你不管拿些什麽給
他們那裡看得出來快打發他們去了偺們好吃飯芳官
聽說便將些茉莉粉包了一包拿來賈環見了喜的就伸
手來接芳官便忙向炕上一擲賈環見了也只得向炕上
拾了揣在懷內方作辭而去原來賈政不在家且王夫人
等又不在家賈環連日也便粧病逃學如今得了硝興匕
頭頭來找彩雲正值彩雲和趙姨娘閑談賈環笑嘻匕向

新增批评绣像红楼梦，文畲堂藏版，清嘉庆十六年（1811）东观阁刊本

芳官接了这个，自去收好，便从奁中去寻自己常使的。启奁看时，盒内已空，心中疑惑，早起还剩了些，如何就没了？因问人时，都说不知。麝月便说：『这会子且忙着问这个，不过是这屋里人一时短了使了。你不管拿些什么给他们，那里看得出来？快打发他们去了，咱们好吃饭。』芳官听说，便将些茉莉粉包了一包拿来。

茉莉粉替去蔷薇硝

第六十回　茉莉粉替去蔷薇硝　玫瑰露引来茯苓霜

贾环听了，便伸着头瞧了一瞧，又闻得一股清香，便弯着腰向靴桶内掏出一张纸来托着，笑说：『好哥哥，给我一半儿。』宝玉只得要与他。芳官心中因是蕊官之赠，不肯与别人，连忙拦住，笑说道：『别动这个，我另拿些来。』宝玉会意，忙笑道：『且包上拿去。』

茜纱窗真情揆痴理

第五十八回　杏子阴假凤泣虚凰　茜纱窗真情揆痴理

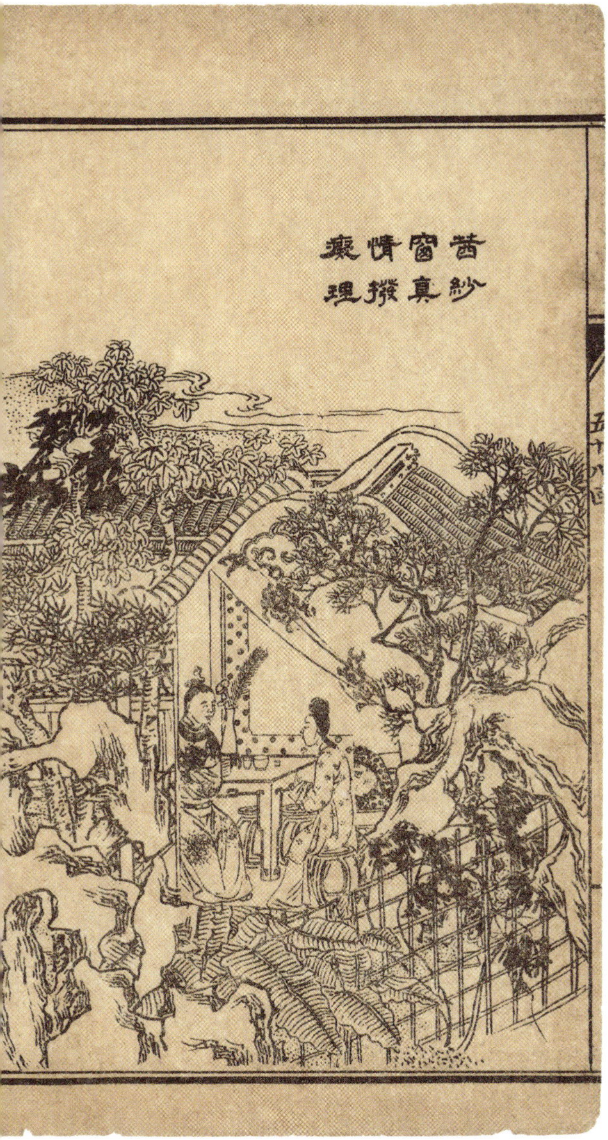

宝玉使个眼色与芳官，芳官本自伶俐，又学几年戏，何事不知？便装说头疼不吃饭了……

宝玉便将方才见藕官，如何谎言护庇，如何『藕官叫我问你』，从头至尾，细细的告诉他一遍，又问：『他祭的到底是谁？』芳官听了，眼圈儿一红，又叹一口气，说道：『这事说来，藕官也是胡闹。』

梨香院十二女伶　工小生

藕官

莲藕

秋藕绝来无续处

藕官是荣国府为元妃省亲从苏州采买来的十二个小戏子之一，后贾府遣发这些女伶时，藕官不愿离去，便给“指给了黛玉”使唤。

藕是莲花的根茎，《广雅》中称：“芙蓉行根，如竹行鞭节生，一叶一花，花叶常偶生，故谓之藕。”据说，藕每个月生长一节，如果遇到闰月则会多长一节，故而可以通过藕节的多少来判断其生长的月份。

藕虽深埋淤泥之中，但形色洁白，其中多孔，故而古人常用其形容七窍玲珑之心。在古典诗词中，“藕”总是和儿女情长联系在一起，尤其是藕断丝连的特性，往往被用来象征着男女之情意绵绵。如唐代韩偓之“别泪开泉脉，春愁罥藕丝”，温庭筠之“藕丝作线难胜针”，清纳兰容若之“泥莲刚倩藕丝萦”，而藕官在《红楼梦》中的情节恰好是一段“虚凰假凤”的藕断丝连。

藕官是作小生的，与作小旦的药官搭戏，舞台上“常做夫妻”。因为“每日唱戏的时候，都装着那么亲热，一来二去，两个人就装糊涂了，倒像真的一样儿”。谁知药官后来病死，藕官便念念不忘，因而于清明节这日私自在大观园里烧纸祭奠。若不是有贾宝玉救护，早被管事的婆子拉去责罚了。

但有意思的是，药官死后，蕊官补了缺，与藕官搭戏。藕官虽说不忘药官，但对蕊官却“也是那样”。其他女伶打趣她是得新弃旧，藕官却说出了一番大道理：“比如人家男人死了女人，也有再娶的。只是不把死的丢过不提，便是情分了。”

藕官的“这篇呆话”恰恰合了贾宝玉的呆性，“不觉又喜，又悲，又称奇道绝”。而这一段描写，正是曹雪芹借藕官影射贾宝玉日后的爱情婚姻结局——在林黛玉夭亡后，为了大节而娶薛宝钗为妻。

杏子陰假鳳泣虚凰

第五十八回

杏子阴假凤泣虚凰

正胡思间，忽见一股火光从山石那边发出，将雀儿惊飞。宝玉吃一大惊，又听那边有人喊道：『藕官，你要死，怎么弄些纸钱进来烧？我回去回奶奶们去，仔细你的肉！』宝玉听了，益发疑惑起来，忙转过山石看时，只见藕官满面泪痕，蹲在那里，手里还拿着火，守着些纸钱灰作悲。

芳官听了，眼圈儿一红，又叹一口气，道：『这事说来，藕官儿也是胡闹。』宝玉忙问何故。芳官道：『他祭的就是死了的药官儿。』宝玉道：『他们两个也算朋友，也是应当的。』芳官道：『那里又是什么朋友？那都是傻想头：他是小生，药官是小旦，往常时，他们扮作两口儿，每日唱戏的时候，都装着那么亲热，一来二去，两个人就装糊涂了，倒像真的一样儿。后来两个竟是你疼我，我爱你。药官儿一死，他就哭的死去活来的，至如今不忘，所以每节烧纸。后来补了蕊官，我们见他也是那样，就问他：「为什么得了新的就把旧的忘了。」他说：「不是忘了。比如人家男人死了女人，也有再娶的，只是不把死的丢过不提，便是情分了。」你说他是傻不是呢？』

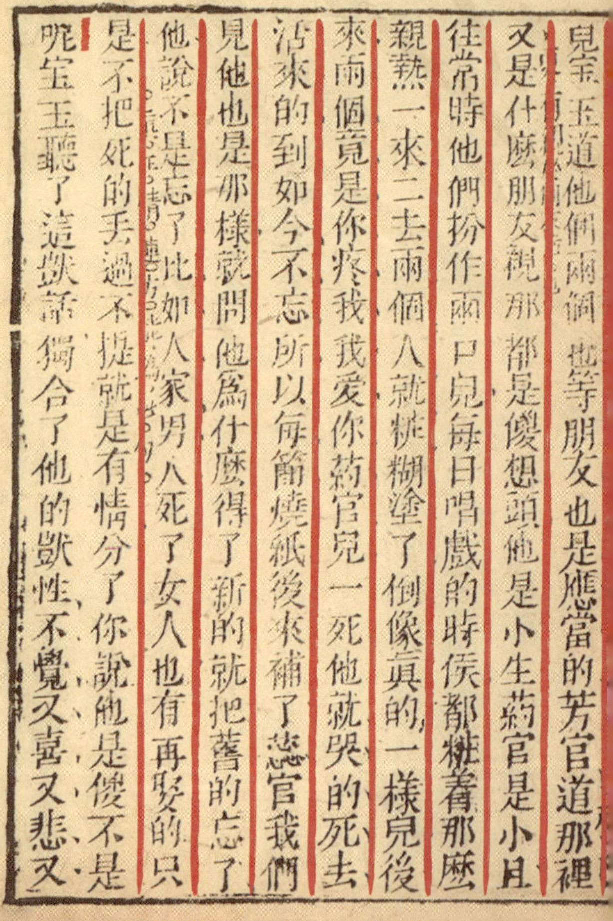
兒寶玉道他們兩個也等朋友也是應當的芳官道那裡
又是什麼朋友[illegible]那都是傻想頭他是小生葯官是小旦
往常時他們扮作兩口兒每日唱戲的時候都粧着那麼
親熱一來二去兩個人就粧糊塗了倒像真的一樣兒後
來兩個竟是你疼我我愛你葯官兒一死他就哭的死去
活來的到如今不忘所以每節燒紙後來補了蕊官我們
見他也是那樣就問他爲什麼得了新的就把舊的忘了
他說不是忘了比如人家男人死了女人也有再娶的只
是不把死的丟過不提就是有情分了你說他是傻不是
呢寶玉聽了這獃話獨合了他的獃性不覺又喜又悲又

口○便
你就嚐一口何妨晴雯笑道你瞧我嚐說着便喝一口芳官見如此他便嚐了一口說好了遞與宝玉喝了半碗吃了幾片笋又吃了半碗粥就罷了衆人便收出去小丫頭捧沐盆漱盥畢襲人等去吃飯宝玉使個眼色與芳官芳官本來伶俐又學了幾年戲何事不知便粧肚子疼不吃飯了襲人道既不吃在屋裡做伴兒把粥留下你餓了再吃說着去了宝玉將方纔見藕官如何謊言護庇如何藕官叫我問你細細的告訴一遍又問他祭的果係何人芳官聽了眼圈兒一紅又嘆一口氣道這事說來藕官兒也是胡鬧宝玉忙問何如芳官道他祭的就是死了的菂官

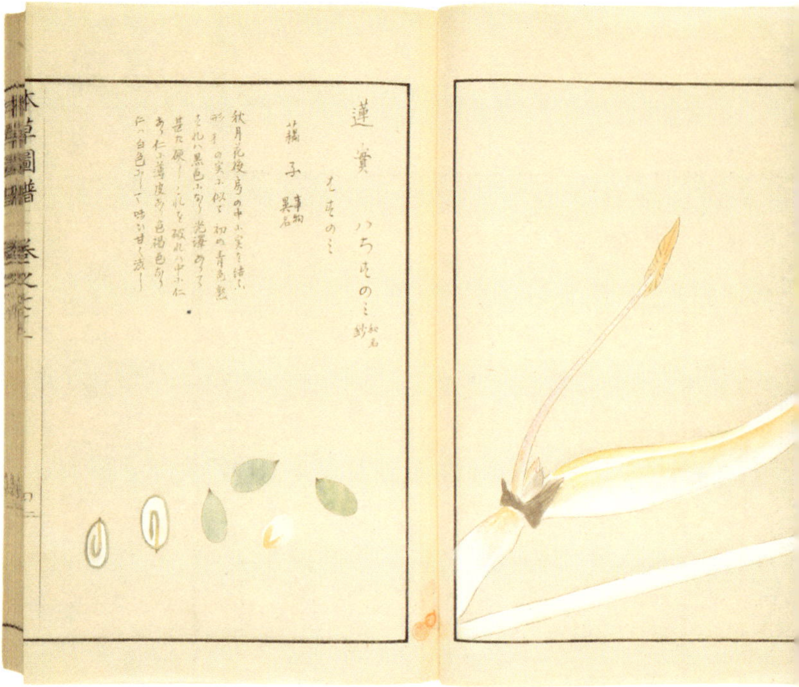

莲子

睡莲科莲属水生植物荷花的果实。六至九月荷花开完花后花托膨大称为莲蓬，莲蓬内三至三十个莲室（心皮），每个心皮可形成一个坚果，即莲子。莲子初熟时果皮青绿色，老熟时呈深蓝色。果皮内含有外被薄种皮的种子，在两片胚乳间着生绿色、味苦的胚芽，俗称莲心。果熟期九至十月。虽然药、食兼用的莲子实为去除皮和莲心的种子，但亦被统称为莲子。莲子是我国传统中药，具有补脾止泻、益肾涩精、养心安神之功效，是高档的滋补品。

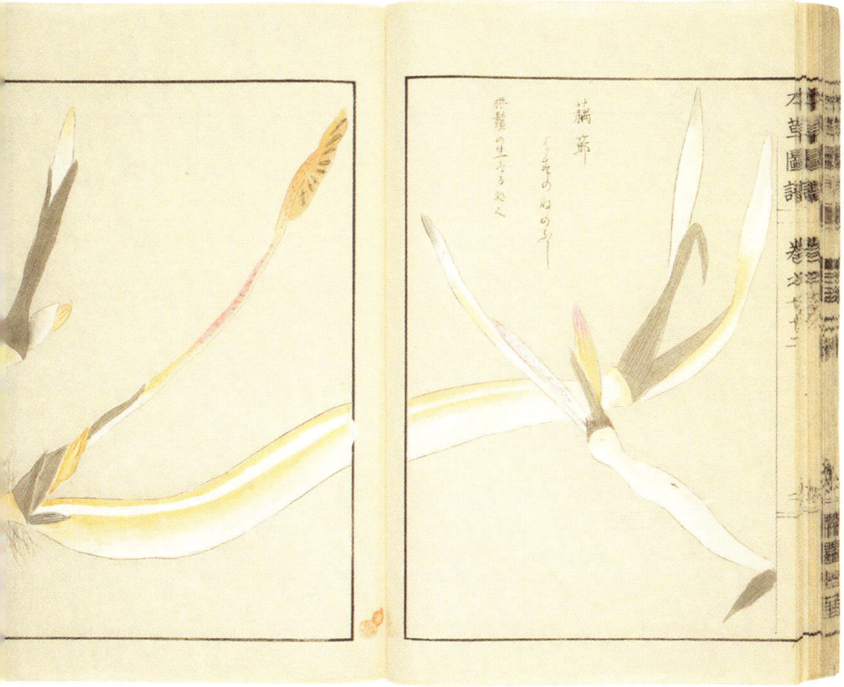

莲藕

莲藕为荷花横生于淤泥中的肥大地下茎，折断拉长时便出现大量白色相连的藕丝，唐代孟郊有诗云：『妾心藕中丝，虽断犹连牵。』故有『藕断丝连』的成语。莲藕含有大量淀粉和其他营养成分，可制成藕粉或蜜饯等。药用价值极高，具有清热、凉血、补脾、止泻等功效。

梨香院十二女伶　工小旦

药官　莲子

莲脱红衣紫菂摧

药官是《红楼梦》中比较特殊的一个人物：作为贾府为迎接元妃省亲而采买回来的女伶之一，药官应当在大观园里鲜活地存在过，但待她出场之时人已离世；她看似是一个无足轻重的小角色，却又在隐喻宝黛钗的婚恋关系中起到了重要的作用。

关于药官的名字，《红楼梦》是存在版本差异的，早期流传的己卯本、庚辰本均为“菂官”，而此后的甲辰本和程本则写作“药官”。这大概是因为“菂”“药”字形十分相似，而“菂”字较为生僻，所以在抄阅过程中出现了误笔。窃以为“菂官”之名更胜一筹。

按《尔雅 · 释草》中关于莲花“其华菡萏，其实莲，其中菂，菂中薏”的注解，“菂”指的是莲子。东汉王延寿《鲁灵光殿赋》中有“圆渊方井，反植荷蕖。发秀吐荣，菡萏披敷。绿房紫菂，窋窕垂珠”之句，南朝鲍照《芙蓉赋》有“青房兮规接，紫菂兮圆罗”之句。宋代欧阳修在《祭薛质夫文》里用“茎华虽敷，不菂而枯”来比拟一个英年早逝，未能留下子嗣的青年才俊。

从名字的寓意上而言，药官和藕官恰好是相对的：藕是莲生之根，而菂是莲生之子，二者恰好隐喻一段生命的开始与结束。可惜的是，药官“不菂而枯”，未能结子，其与藕官的一段“虚凰假凤”的情缘只剩下藕官“每节烧纸”的纪念。菂既为莲子，有“心内苦”的特性，也十分符合药官早夭的人物命运。

但真正值得琢磨的是，药官死后补给藕官的乃是蕊官。蕊，即花蕊的意思，而在植物学里，花蕊则是生殖器官，承担着孕育果实的重任，“蕊”还可以形容草木等果实累累的样子。从这一层意思而言，蕊官的名字含义恰好又是对药官的进一步补充，她是来完成开花结果的使命的。所以，《红楼梦》中关于藕官、药官与蕊官的情节虽然只是第五十八回中的一小段，但却影射了书中最重要的三个人——贾宝玉、林黛玉和薛宝钗。

藕官影射的乃是贾宝玉，她那番“男子丧妻，必要续弦”的大道理反映的恰是贾宝玉的婚姻观。药官则是林黛玉的一个侧影，她与藕官因唱戏而生出的感情恰似宝黛之间的耳鬓厮磨、青梅竹马，“不药而枯”的命运亦是黛玉夭亡的伏笔。至于蕊官，她接替了药官陪伴藕官经历了更多的悲欢人生，最后一同出家地藏庵。这就如同薛宝钗在林黛玉死后嫁给了贾宝玉，按照百二十回本的结局，甚至在宝玉出家前有了身孕，为其留下了血脉。

林黛玉和薛宝钗“名虽二个，人却一身”，从“木石前盟”到“金玉良缘”，她们是贾宝玉情感对象的接替，也是婚恋精神的不同载体。

梨香院十二女伶　工老旦

茄官

莲蓬

莲蓬摘下留空柄

茄官之名在全书中只出现了一回，即第五十八回中交代女伶们的去处时，是宁国府的掌家奶奶尤氏“讨了老旦茄官去”，此后再未提及。

此处的茄并非指我们日常食用的蔬菜，而是取其古音，念作“加”音。茄，古时可通“荷”字，茄包即荷包。《尔雅·释草》中云：“芙渠，其茎茄。”这里的“茄”是莲梗的意思。汉代张衡《西京赋》里就有“蒂倒茄于藻井，披红葩之狎猎”的句子。此外，古人还用“茄房”指代莲蓬，唐代柳宗元《柳州山水近治可游者记》中有一段描绘仙弈山的文字：“其宇下有流石成形，如肺肝，如茄房。”

茄官是工老旦的，在舞台上扮演的多是母亲、祖母一类中老年妇女形象，而莲蓬是孕育莲子之处，故而茄官的名字含义当从茄房而出。

虽然《红楼梦》中并没有描写茄官的具体文字，但我们却可以从梨香院十二个女伶演出的剧目中探寻到茄官的存在。第十八回“荣国府归省庆元宵”中，元妃点了四出戏:《豪宴》、《乞巧》、《仙缘》和《离魂》。其中《离魂》一折出自《牡丹亭》，演的是杜丽娘游园惊梦后相思成病，于中秋夜亡故。这出戏中杜母的角色便是老旦应工，正是茄官所扮演。

随后，元妃因十分喜欢龄官，命她“再作两出戏”。龄官不听贾蔷的安排，执意要作小旦的“本角之戏”，演了《相约》《相骂》二出。《相约》《相骂》出自《钗钏记》，说的是落难书生皇甫吟与富家女史碧桃几经波折，终成眷属的爱情故事。而这部剧中最经典的两折戏，恰好是以小旦和老旦应工的《相约》《相骂》，剧情幽默诙谐，唱念做打皆备，十分讨喜。

戏曲舞台上极其讲究搭档间的默契，龄官是十二个女伶中“极好”的，能与之搭档演出的茄官想必功力不会太差。只不过，对于那些王公贵族而言，更感兴趣的还是“生旦风月戏文”，茄官终究只能做风月陪衬了。

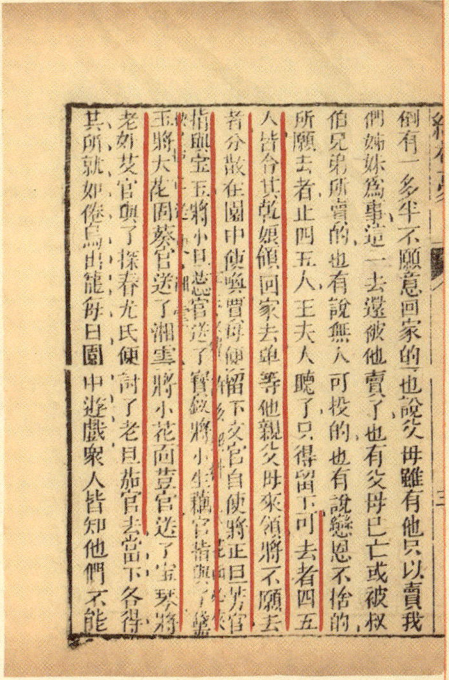
倒有一多半不願意回家的；也說父母雖有他只以賣我們姊妹爲事，這一去還被他賣了；也有父母已亡，或被叔伯兄弟所賣的；也有說無人可投的；也有說戀恩不捨的，所願去者止四五人。王夫人聽了，只得留下。可去者四五人皆令其乾娘領回家去，單等他親父母來領；將不願去者分散在園中使喚。賈母便留下文官自使，將正旦芳官指與寶玉，將小旦蕊官送了寶釵，將小生藕官指與了黛玉，將大花面葵官送了湘雲，將小花面荳官送了寶琴，將老外艾官與了探春，尤氏便討了老旦茄官去。當下各得其所，就如倦鳥出籠，每日園中遊戲。衆人皆知他們不能

新增批评绣像红楼梦，文畲堂藏版，清嘉庆十六年（1811）东观阁刊本

可去者四五人皆令其干娘领回家去，单等他父母来领，将不愿去者分散在园中使唤。贾母便留下文官自使，将正旦芳官指给宝玉，将小旦蕊官送了宝钗，将藕官指给了黛玉，将大花面葵官送了湘云，将小花面豆官送了宝琴，将老外艾官给了探春，尤氏便讨了老旦茄官去。

莲蓬

又称莲房。睡莲科莲属水生植物荷花膨大的花托。六至九月开花后，花托开始膨大，一般呈倒圆锥形，也有漏斗形或杯形，黄绿色，直径二至五厘米，心皮几个至数十个不等。花托内薄壁组织形成巨大的通气道，使之呈海绵状。受精后的雌蕊埋藏于花托中，随着果实和种子的发育，花托逐渐增大成为莲蓬。莲蓬含多个莲子，有『多子多孙，子孙满堂』的寓意。其含较丰富的原花青素，具有强大的抗氧化活性，可作为原料或添加剂应用到保健品、药品、食品及化妆品中。

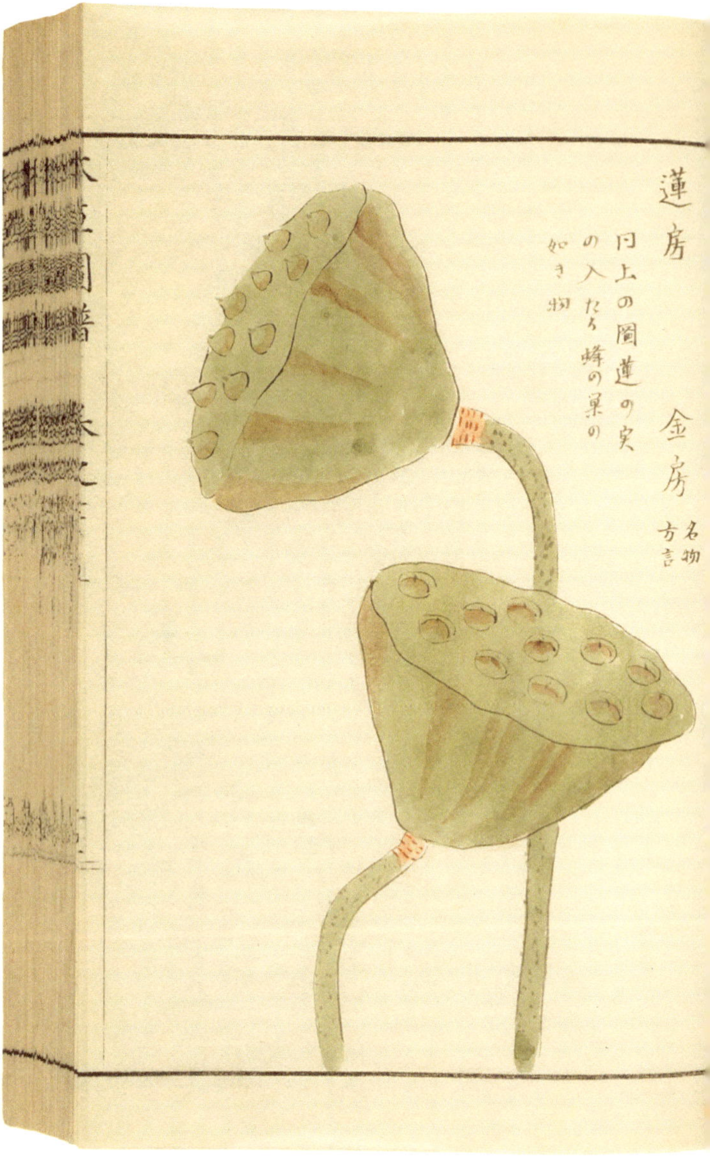

一種

雙臺蓮

同上の圖同書に
寛政十一年谷中
三崎法住寺の
池中に産しところ
花形前条と同し

梨香院十二女伶　工老生

艾官　艾叶

老艾当年说国风

遣发十二女伶时，“老外艾官指给了探春”。戏曲行当里的老外多是扮演戴白胡子的老年男性，后来基本都归入老生行当。“艾”在古语中就有“老”的意思，《礼记》记载：“五十曰艾，服官政。”宋代梅尧臣《田家语》诗云：“搜索稚与艾，惟存跛无目。”可知，工老外行当的艾官，取这个名字再合适不过了。

植物中的艾多为艾草，是生长于水滨的植物。艾草气味浓烈，不比寻常花草的清香。屈原《离骚》中有“何昔日之芳草兮，今直为此萧艾也”之句，将艾草比作小人。唐代杜甫《种莴苣》诗中也说：“中园陷萧艾，老圃永为耻。”而《红楼梦》里的艾官确实有背后嚼舌头的小人行径。

第六十回“茉莉粉替去蔷薇硝”中，赵姨娘因不满芳官轻视了她和贾环，又受夏婆子的挑唆，奔到怡红院与芳官厮打起来。藕官、蕊官、葵官和豆官四个闻听此信，认为“芳官被人欺侮，咱们也没趣儿，须得大家破着大闹一场，方争过气来”，于是一齐来到怡红院，围住了赵姨娘打骂起来，直到贾探春赶来才喝住了。

当时，跟在贾探春身边的艾官必然知道芳官等人受了欺负，但在这场闹剧中她始终没有出现。这其实不难理解，贾探春素来治下严明，协理家务更具魄力，艾官跟在她身边，就算学不会“眉高眼低”，也绝不敢轻易犯禁。而实际上，艾官绝对是这些女伶里心眼儿灵巧的那个。

贾探春因气恼赵姨娘做出这种“不留体统”的事儿，“命人查是谁调唆的”。可园子里的婆子们平日里对这些小戏子“无不含怨”，便都回禀“一时难查”，想要夏婆子遮掩过去。

可就在贾探春的怒气“渐渐平服”时，艾官却悄悄回禀道：“都是夏妈和芳官素日不对，每每的造言生事……今儿我与姑娘送手帕去，看见他和姨奶奶在一处说了半天，嘁嘁喳喳的，见了我才走开了。”可见，当芳官、藕官还在像小孩子一样撒泼打滚瞎胡闹的时候，艾官已经学会了明争暗斗的机巧。

虽然贾探春因为艾官和芳官几个“皆是一党”，没有听信她的话，但艾官的话还是起到了“打草惊蛇”的作用。夏婆子的外孙女儿蝉姐儿也是探春屋里的小丫头，得到这个消息后赶忙向夏婆子去透风，提醒她提防着点儿。故此后来在厨房中，芳官刻意挑衅蝉姐儿时，蝉姐儿也只能忍气吞声了。

茲に圖する處は江戸駒場の　官園にありて蘄艾と称するものなり
華夷花木考に云　蘄艾葉厚而綿多本地所有者葉薄而綿少と云り

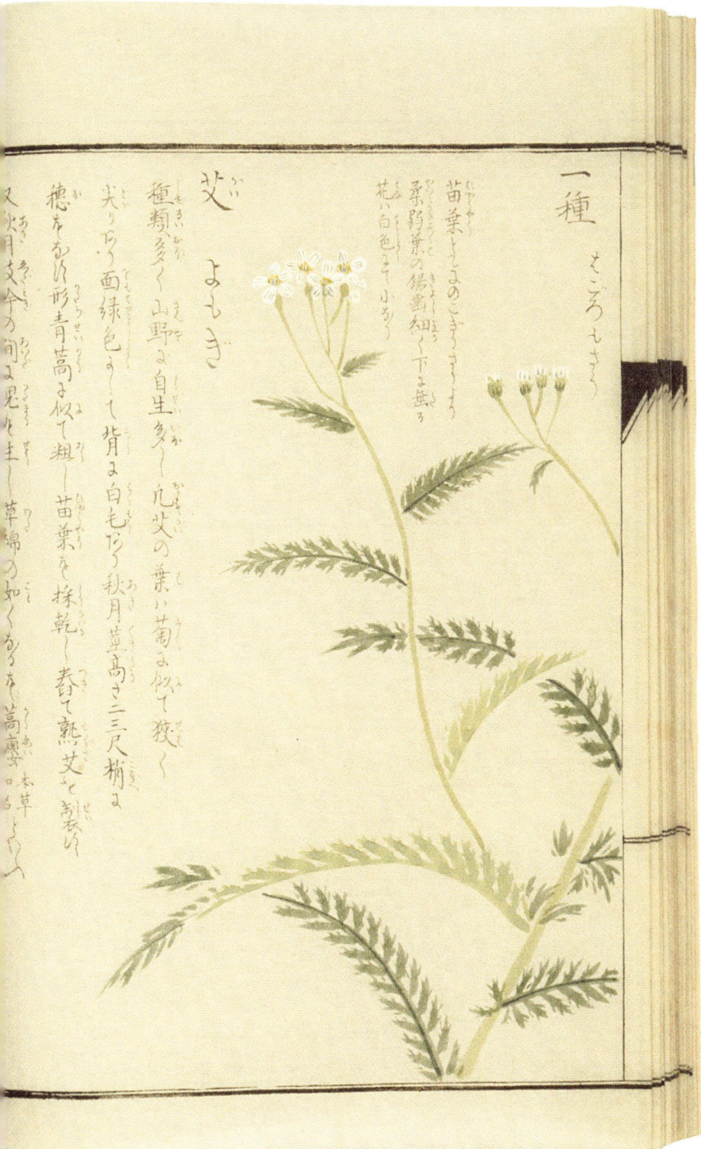

艾

又称艾蒿。菊科，蒿属（艾属）。多年生草本或半灌木状，高八十至一百五十厘米，叶厚，被灰白色短柔毛，全株香气浓烈。头状花序椭圆形，花果期七至十月。在中国除极干旱与高寒地区外均有分布，日本亦有栽培。自古以来人们就认为艾不仅能祛毒辟邪，还能祈福，因此深受喜爱并被赋予了诸多美誉。全草入药，有温经、去湿、止血、平喘、止咳等功效。将艾叶捣碎制成艾条进行艾灸是我国古人独创的一种治疗方法，如今已传播应用于世界各地。全草薰烟更是民间常用的室内外消毒和杀蚊虫的方法。此外，其嫩芽及幼苗可食用。

梨香院十二女伶　工大花脸

葵官

葵花

葵心但秉丹衷在

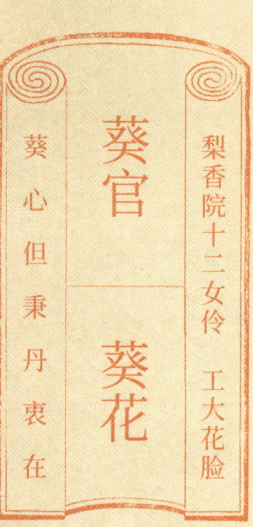

荣宁二府的元宵家宴上，贾母被外面戏班的弋阳腔唱得头疼，便唤出家养的女伶们，要唱一些“清淡些”的戏。于是，贾母命“芳官唱一出《寻梦》，只须用萧合笙笛，馀者一概不用”，“叫葵官唱一出《惠明下书》，也不用抹脸”，好让薛姨妈以及李纨娘家的太太们“听个写意儿罢了”。

葵官的“葵”字在古语中指的是一种蔬菜。《诗经·七月》篇云：“六月食郁及薁，七月亨葵及菽。”三国时曹植曾在给魏明帝的上疏中写道：“若葵藿之倾叶，太阳虽不为之回光，然向之者诚也。”以此表明自己心向朝廷的忠贞。而葵官的行当是大花面，也就是满面勾勒油彩的大花脸，扮演的多是性格、品质或相貌上有些特异的男性人物，风格粗犷。由此可知，葵官是个心向阳光的豪爽少女。

第五十八回提及葵官被送给了史湘云，《红楼梦》东观阁刊本中对此的批语是“大花面必爽快，恰宜送史湘云”，可谓十分中肯。史湘云之爽利是众所周知的，第四十九回“脂粉香娃割腥啖膻”里，吃着鹿肉的史湘云讥讽林黛玉说：“‘是真名士自风流’，你们都是假清高，最可厌的。我们这会子腥的膻的大吃大嚼，回来却是锦心绣口。”而葵官所唱《惠明下书》中则有“我将这五千人做一顿馒头馅，包残余肉把青盐蘸”的豪言壮语。

及至第六十三回“寿怡红群芳开夜宴”时，史湘云因见贾宝玉将芳官扮成男子，还起了个“耶律雄奴”的番名，“便将葵官也扮了个小子”。由于葵官平日为了方便上粉墨油彩，“本是常刮剔短发”，故而打扮起来极为简便。史湘云又听说葵官本姓韦，于是便改名叫作“大英”，暗有“惟大英雄能本色”之意，表达真英雄即以本色示人，“何必涂朱抹粉，才是男子”的意思，恰与第五十回中史湘云“是真名士自风流”的话形成呼应，亦是葵官的写照。

贾母笑道：『我们这原是随便的顽意儿，又不出去做买卖，所以竟不大合时。』说着又道：『叫葵官唱一出〈惠明下书〉，也不用抹脸。只用这两出叫他们二位太太听个写意儿罢了。若省了一点儿力，我可不依。』

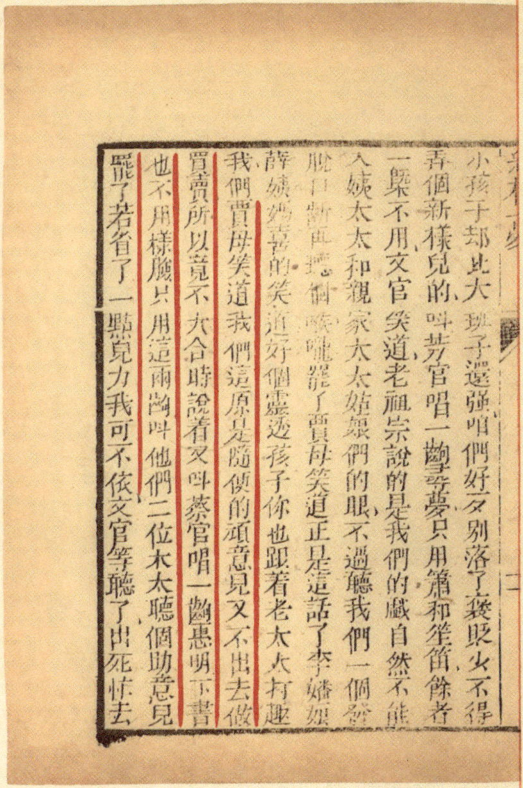
小孩子却比大班子還强咱們好歹別落了褒貶少不得弄個新樣兒的叫芳官唱一齣尋夢只用簫和笙笛餘者一槩不用文官笑道老祖宗說的是我們的戲自然不能入姨太太和親家太太姑娘們的眼不過聽我們一個發脫口齒再聽一個喉嚨罷了賈母笑道正是這話了李嬸娘薛姨媽喜的笑道好個靈透孩子你也跟着老太太打趣我們賈母笑道我們這原是隨便的頑意兒又不出去做買賣所以竟不大合時說着又叫葵官唱一齣惠明下書也不用抹臉只用這兩齣叫他們二位太太聽個助意兒罷了若省了一點兒力我可不依文官等聽了出去忙去

〈新增批评绣像红楼梦〉，文畲堂藏版，清嘉庆十六年（1811）东观阁刊本

锦葵

锦葵科，锦葵属。二年生或多年生草本，茎直立，高五十至九十厘米，叶圆心形或肾形，具五至七钝裂片，花三至十一朵簇生，紫红色或白色，花瓣五枚，花期五至十月。在我国广泛分布，印度也有栽培。其适应性强，生长快，是常见栽培的观赏植物，尤以花境造景为主。茎、叶、花均可入药，有清热利湿、理气通便之功效。紫红色的花还可用来做香茶。

葵 かん あふひ

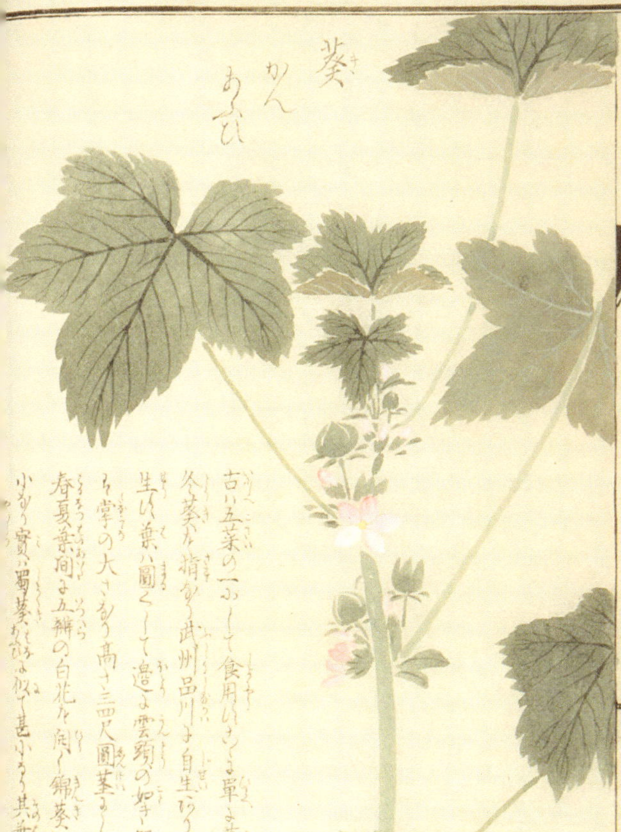

古ハ五菜の一つとして食用にせし草ゆゑ葵といふ又冬葵と称なり武州品川に自生あり舊幹より生ずる葉ハ圓くして邊に雲頭の如き鋸歯あり葉ハ掌の大さなり高さ三四尺圓茎にして互生す春夏葉間に五瓣の白花を開く錦葵ぜにあふひに似て小なり實ハ蜀葵たちあふひに似て甚小なり其葉菜となる

梨香院十二女伶　工小花脸

豆官

豆子

豆荚离离未着霜

豆官是十二女伶中的小花面，也就是我们日常所知的丑角，无论是扮演心地善良之人，还是奸诈刁恶之徒，其表演形式必须语言幽默、行动滑稽。

北魏贾思勰《齐民要术》里记载道："四月时雨降，可种大小豆。"宋代辛弃疾诗中则有"大儿锄豆溪东，中儿正织鸡笼"之句。人们常用"豆"来形容外形较小的事物，如豆火、豆肉。《红楼梦》第六十三回"寿怡红群芳开夜宴"里说"豆官身量年纪皆极小，又极鬼灵"，故而才有豆官之名，大家也唤她阿豆、炒豆子，可谓十分形象。

豆官可能是十二个女伶里最调皮的一个。第六十回"茉莉粉替去蔷薇硝"中，正是葵官和豆官两个先去找了藕官、蕊官，劝她们一起到怡红院"破着大闹一场"帮芳官出气。待奔进院中，"豆官先就照着赵姨娘撞了一头，几乎不曾将赵姨娘撞了一跌"，然后与葵官一前一后顶住，四个人围着赵姨娘厮打。豆官的行动举止，比起第九回“起嫌疑顽童闹学堂”里贾宝玉的几个小厮们打架也毫不逊色。

此外，豆官插科打诨的口舌功夫也很厉害。第六十二回“呆香菱情解石榴裙”中，豆官和小螺、香菱、芳官、蕊官、藕官几个在一起斗草。豆官因说：“我有姐妹花。”香菱对了一个“夫妻蕙”。豆官不服，便打趣香菱“你汉子去了大半年，你想夫妻了”。随后二人打闹起来，滚在“一洼子水”里，弄脏了香菱的石榴裙。而豆官见此，“忙夺了手跑了”，活脱脱一个小花面行径。

遣发女伶时，豆官被送给了薛宝琴。后来，贾宝玉、史湘云给芳官、葵官改装时，李纨和贾探春“见了也爱”，便替薛宝琴打扮起豆官来，头上梳“两个丫髻”，穿着“短袄红鞋”，“便俨是戏上的一个琴童”。而薛宝琴觉得豆官的“豆字别致”，于是也不用琴童、书童的俗名，就将她唤作“豆童”，越显得形象可爱。

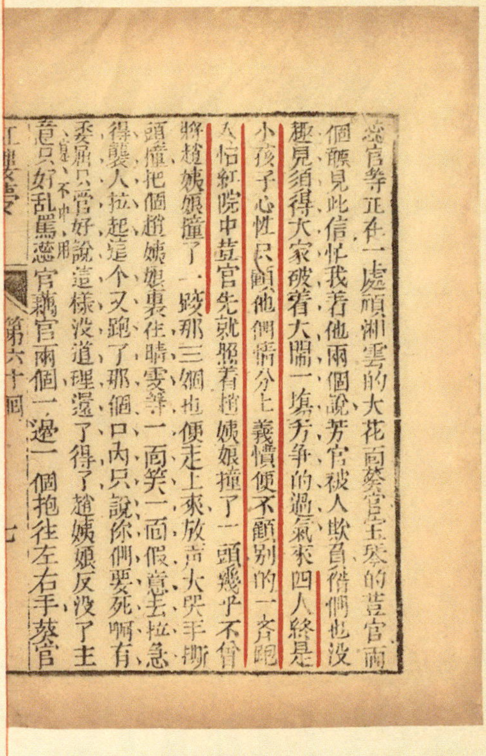
蕊官等正在一處頑湘雲的大花面葵官寶琴的荳官兩個聽見此信忙找着他兩個說芳官被人欺負咱們也沒趣兒須得大家破着大鬧一塲方爭的過氣來四人終是小孩子心性只顧他們情分上義憤便不顧別的一齊跑入怡紅院中荳官先就照着趙姨娘撞了一頭幾乎不曾將趙姨娘撞了一跤那三個也便走上來放声大哭手撕頭撞把個趙姨娘裹住晴雯等一面笑一面假意去拉急得襲人拉起這个又跑了那個口內只說你們要死啊有委屈只管好說這樣沒道理還了得了趙姨娘反沒了主意只好乱罵蕊官藕官兩個一邊一個抱住左右手葵官

紅樓夢 第六十回 七

新增批评绣像红楼梦，文畬堂藏版，清嘉庆十六年（1811）东观阁刊本

第六十回 茉莉粉替去蔷薇硝 玫瑰露引来茯苓霜

四人终是小孩子心性，只顾他们情分上义愤，便不顾别的，一齐跑入怡红院中。豆官先就照着赵姨娘撞了一头，几乎不曾将赵姨娘撞了一跌。

大豆

又称黄豆、青豆、黑豆。豆科，大豆属。一年生草本，高三十至九十厘米。茎粗壮，直立，密被硬毛。复叶，小叶三枚，宽卵形，总状花序，花紫色、淡紫色或白色，花期六至七月。荚果肥大，黄绿色，密被茸毛，俗称毛豆。种子二至五粒，椭圆形或近球形，种皮光滑，有淡绿、黄、褐和黑等色，果期七至九月。大豆起源于中国，已有五千年栽培历史，古称菽。如今世界各地广泛栽培，是重要的粮食作物之一，其种子富含植物蛋白，营养价值极高，被誉为『豆中之王』『田中之肉』『绿色的牛乳』。最常用来榨油，加工成各种豆制品，提取蛋白质和大豆卵磷脂等。榨油的副产品大豆饼粕是优质的蛋白质饲料。

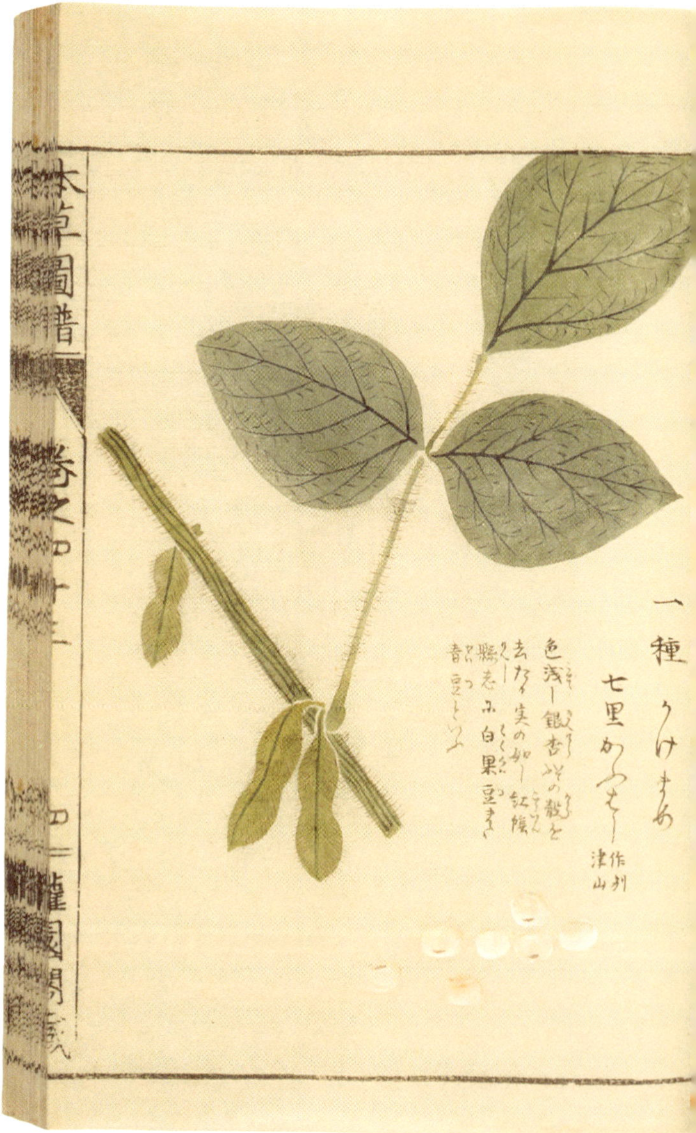

一種 あをまめ

薬用の黒大豆なとに似て皮緑色之楊列有志ニ大青ともいふ時珍青宗豆ともいふ緑ともいふ緑豆を称するあらハ

一種 色浅きものを青皮豆 按時通考ニ…

荣国府厨役之女

柳五儿

茯苓

异香蹑取茯苓踪

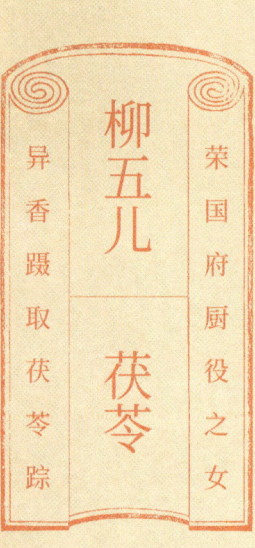

柳五儿是贾府的家生子，她的娘掌管着大观园的厨房。柳五儿“虽是厨役之女，却生的人物与平、袭、紫、鸳皆类”，于是母女二人动了心思，想让柳五儿到贾宝玉的怡红院里去当差，而她们寻找的门路正是芳官。为了讨好芳官，柳五儿送了她一包茯苓霜。

茯苓是寄生于松树根上的菌类植物，外形酷似甘薯，是一味常用的中药。宋代医书《本草衍义》中将茯苓称为“茯神”，那是因为茯苓可与各种药物配伍，有养心安神、补心益脾的功效。第六十回正文里就说，茯苓霜“拿人奶和了，每日早起吃一钟，最补人的；没人奶就用牛奶；再不得，就是滚白水也好”。

柳五儿就是那个需要用茯苓霜补一补的人，按书中交代，柳五儿是因为“素有弱疾”，才未能在贾府谋得一个差事。故而，当她的舅舅得了茯苓霜后，想着“正是外甥女儿吃得的”，便送了一些给柳五儿。谁知道，正是这点茯苓霜，几乎为柳五儿引来了“杀身大祸”。

其实，柳五儿想进怡红院并不是小红那种“心内便想向上攀高”的心思，她是因为“宝玉房中的丫鬟差轻人多，且又闻得宝玉将来都要放他们”才要去当差。可知，柳五儿最长远的打算恰恰是离了贾府。

不巧的是，柳五儿和芳官私赠礼物之事撞上了王夫人房里的失窃案，柳五儿平白无故地成了偷盗的贼。

本就“怯弱有病”的柳五儿还没有来得及靠茯苓霜补养身子，反而因此被软禁了一夜。她“思茶无茶，思水无水，睡又无衾枕”，虽然冤案很快被查清，却还是病了，进怡红院的事就此被搁下。

百二十回本《红楼梦》里有“候芳魂五儿承错爱”一节文字，写柳五儿最终不但服侍了贾宝玉，还因酷似晴雯得到了贾宝玉的青睐。但是在脂批本中第七十七回“俏丫鬟抱屈夭风流”中，王夫人曾说柳五儿“短命死了”，而这一结局似乎更合《红楼梦》“女儿薄命”之意蕴。

第百零九回

候芳魂五儿承错爱

候芳魂 五儿 承错 爱

宝玉已经忘神，便把五儿的手一拉。五儿急得红了脸，心里乱跳，便悄悄说道：『二爷有什么话只管说，别拉拉扯扯的。』宝玉才放了手，说道：『他和我说来着，「早知担了个虚名，也就打正经主意了」。你怎么没听见么？』五儿听了这话明明是撩拨自己的意思，又不敢怎么样……

五兒听罷便心下要分些贈芳官遂用紙另包了一半趁
黄昏人稀之時自已花遮柳隠的來找芳官且喜無人盤
問一逕到了怡紅院門首不好進去只在一簇玫瑰花前
站立遠遠的望著有一盞茶時便可巧春燕出來忙上前
叫住春燕不知是那一個到跟前方看真切因問做什麽
五兒笑道你叫出芳官來我和他說話春燕悄笑道姐姐
大性急了横竪等十來日就來了只管找他做什麽方纔
使了他往前頭去了你且等他一時不然有什麽話告訴
我等我告訴他恐怕你等不得只怕關了園門五兒便將
茯苓霜遞與春燕又說這是茯苓霜如何吃如何補益我

柳家的打发他女儿喝了一回汤，吃了半碗粥，又将茯苓霜一节说了。五儿听罢，便心下要分些赠芳官，遂用纸另包了一半，趁黄昏人稀之时，自己花遮柳隐的来找芳官。

一頓乱翻乱擲慌得衆人一面拉勸一面央告司棋說姑娘不要悮听了小孩子的話柳嫂子有八個頭也不敢得罪姑娘說雞蛋難買是真他們總也說他不知好歹憑是什麼東西也少不得變法兒去他已經悟過來了連忙蒸上了姑娘不信瞧那火上司棋被衆人一頓好言語方將氣勸得漸平了小丫頭子們也沒得摔完東西便拉開了司棋連說帶駡鬧了一回方有一人勸去柳家的只好摔碗丢盤自己咕嘟了一回蒸出一碗雞蛋令人送去司棋全潑了地下那人回來也不敢說恐又生事柳家的打發他女兒喝了一回湯吃了半碗粥又將茯苓霜一節說了

新增批评绣像红楼梦，文畲堂藏版，清嘉庆十六年（1811）东观阁刊本

松根を包て生ける物なり其包まざる松根を神木なりとし黄松節 二名茯神と云形の次条 状定れ其形茯苓と同じ集解みれ根を離れざる物宜しといへれども本邦みそれ下品の物とし此理はいまだ未其真を論ぜる物あれ茯神と云ふは毒木の根を包む物は必ず毒あるべし其処に由て何木によるかば包むものへ宜しく擇むべし

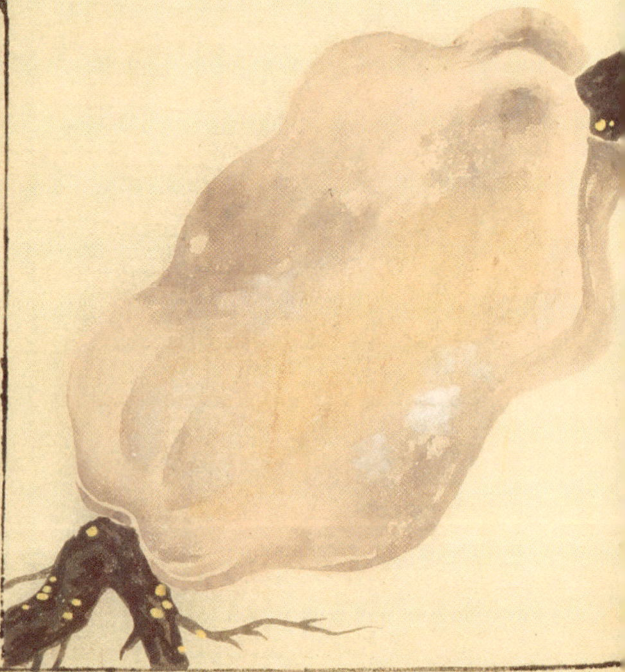

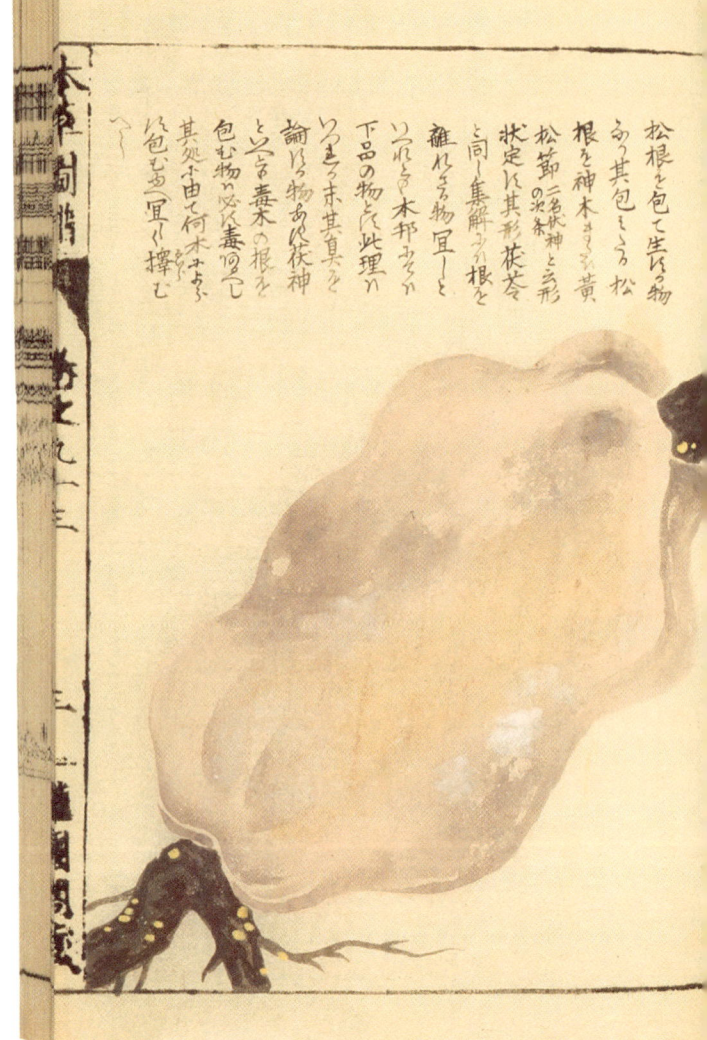

茯苓

多孔菌科真菌茯苓的干燥菌核。原产中国，各地广泛栽培，是著名的中药，其味甘、淡，性平，有利水渗湿、健脾、宁心的功效。也可食用或作药膳，如宫廷名点、北京特产茯苓夹饼，以茯苓霜和白面做成薄饼，夹上蜂蜜、桂花糖以及松仁、核桃仁等碎果仁制成的馅，甜香味美，入口即化。

贾宝玉丫鬟

茜雪 红枫

珠零冷露丹堕枫

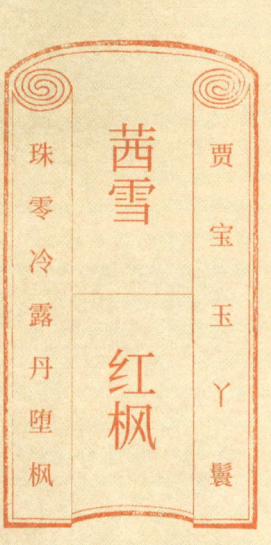

茜雪是《红楼梦》中第一个被撵出贾府的丫鬟，起因便是一碗枫露茶。

关于枫露茶究竟为何物，历来多有讨论。清嘉庆年间的顾仲在《养小录·诸花露》里曾记载，时人常以“诸花及诸叶香者”蒸作香露，“入汤代茶，种种益人”。故而，有人认为枫露茶即是以枫露点入茶汤而成。也有人根据贾宝玉说“那茶是三四次后才出色的”，认为枫露茶是一种红茶。还有人认为枫叶清香，也可以炮制入茶。

枫树常做观赏植物，古代诗词里，枫叶既可形容秋日萧瑟，如白居易《琵琶行》之“浔阳江头夜送客，枫叶荻花秋瑟瑟”，也可表达欢欣心情，如杜牧《山行》之“停车坐爱枫林晚，霜叶红于二月花”。

在《红楼梦》里，枫露茶似乎是贾宝玉的专属，第七十八回“痴公子杜撰芙蓉诔”中，他便是以“沁芳之泉，枫露之茗”祭奠抱屈而夭的晴雯的。

但是，正是这个一向在女孩子身上“用心”的贾宝玉，却也将一通无名火撒在了茜雪身上。当他听闻枫露茶被奶妈李嬷嬷喝了后，便将手中的茶杯“往地下一掷”，“泼了茜雪一裙子的茶”，跳起来破口大骂。

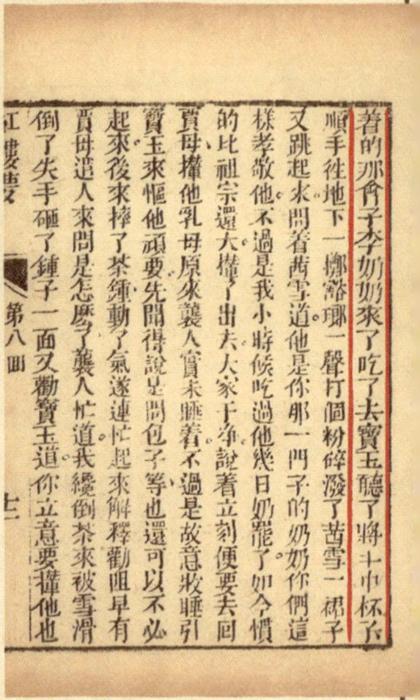
着的那會子李奶奶來了吃了去寶玉聽了將手中杯子
順手往地下一擲豁瑯一聲打個粉碎潑了茜雪一裙子
又跳起來問着茜雪道他是你那一門子的奶奶你們這
樣孝敬他不過是我小時候吃過他幾日奶罷了如今慣
的比祖宗還大攆了出去大家干凈說着立刻便要去回
賈母攆他乳母原來襲人實未睡着不過是故意粧睡引
寶玉來慪他頑要先問得說是問包子等也還可以不必
起來後來摔了茶鍾動了氣遂連忙起來解釋勸阻早有
賈母遣人來問是怎麽了襲人忙道我纔倒茶來被雪滑
倒了失手砸了鍾子一面又勸寶玉道你立意要攆他也

紅樓夢　第八回　七

当是时，贾宝玉口口声声要将李嬷嬷撵了出去，及至第十九回“情切切良宵花解语”中，我们反从李嬷嬷口里得知，最后被撵出去的却是茜雪。

如今百二十回本《红楼梦》中再无与茜雪有关的文字，但脂批本第二十回“王熙凤正言弹妒意”里却有“茜雪至‘狱神庙’方呈正文”的批注。第二十六回“蜂腰桥设言传蜜意”里又有“‘狱神庙’红玉、茜雪一大回文字惜迷失无稿”的批注。由此可知，在曹雪芹最初的文稿里，茜雪是个“有始有终”的人物。

贾宝玉怒骂茜雪之时，脂批一连用几个“大醉”“真醉”“真真大醉”来说明贾宝玉并非“有心动气”。或许，茜雪最后前往“狱神庙”一段文字是对贾宝玉这段无心之失的一个了结，一如贾宝玉于水仙庵祭奠金钏。

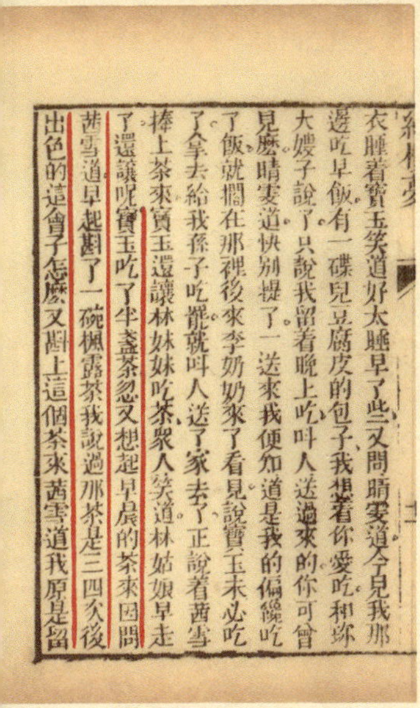
紅樓夢　十

衣腄着寶玉笑道好太睡早了些又問晴雯道今兒我那邊吃早飯有一碟兒豆腐皮的包子我想着你愛吃和珍大嫂子說了只說我留着晚上吃叫人送過來的你可曾見麽晴雯道快别提了一送來我便知道是我的偏纔吃了飯就擱在那裡後來李奶奶來了看見說寶玉未必吃了拿去給我孫子吃罷就叫人送了家去了正說着茜雪捧上茶來寶玉還讓林妹妹吃茶衆人笑道林姑娘早走了還讓呢寶玉吃了半盞茶忽又想起早晨的茶來因問茜雪道早起斟了一碗楓露茶我說過那茶是三四次後出色的這會子怎麽又斟上這個茶來茜雪道我原是留

第八回
贾宝玉奇缘识金锁
薛宝钗巧合认通灵

宝玉吃了半碗茶，忽又想起早晨的茶来，因问茜雪道：『早起斟了一碗枫露茶，我说过，那茶是三四次后出色的，这会子怎么又斟了这个茶来？』茜雪道：『我原是留着的，那会子李奶奶来了吃了去。』宝玉听了，将手中杯子顺手往地下一掷，豁啷一声，打个粉碎，泼了茜雪一裙子。

《新增批评绣像红楼梦》，文畬堂藏版，清嘉庆十六年（1811）东观阁刊本

周りに軟き刺あり熟すれハ
褐色になりて落る此実を
焼ハ沈香の気あり葉晩
秋に至り黄色となりて散
落れかへでの趣きあり

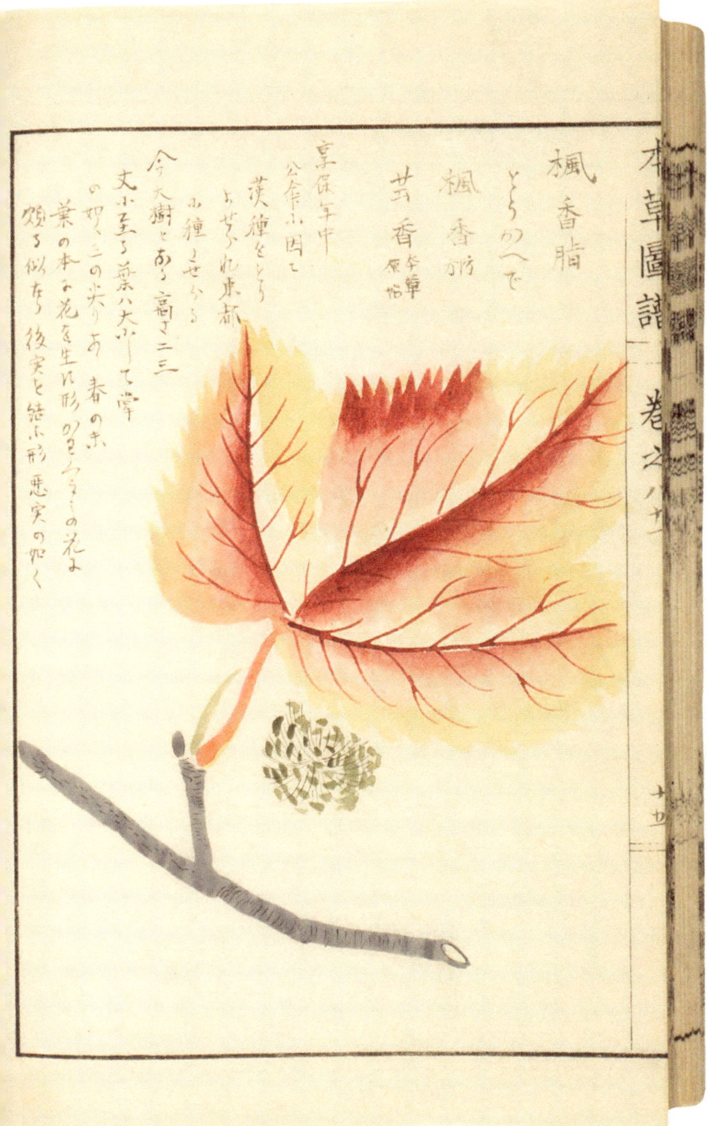

枫香树

也称枫香。金缕梅科，枫香树属。落叶乔木，高达三十米，干径可达一米，树皮灰褐色，树液芳香，叶掌状三裂，入秋变红；头状花序，花期三至四月。木质蒴果集成球形的果序，果熟期十月。产于中国长江流域及以南地区，喜光和温湿环境，耐干旱瘠薄，耐火，对有毒气体抗性强。其树体高大，气势宏伟，深秋叶色红艳，蔚为壮观，是我国南方著名的秋色叶观赏树种。药用价值高。树脂能解毒止痛、止血生肌，叶为止血良药，根、叶及果实有祛风除湿、通络活血之功效。树脂可作香料的定香剂。木材轻软、细致、易加工，可作建筑和器具等材料。

锦香院妓女

云儿 豆蔻

豆蔻开花三月三

此回中，冯紫英“特治一个东儿”，邀请贾宝玉、薛蟠等饮酒作乐，陪席的则是“唱小旦的蒋玉菡”和“锦香院的妓女云儿”。贾宝玉因提议行酒令，自己唱了一个“新鲜时样”的《红豆曲》，情致缠绵。待到云儿时，虽然唱的依然是男女之情，却以含蓄比喻之法直表戏谑挑逗之意：“豆蔻开花三月三，一个虫儿往里钻。钻了半日不得进去，爬到花儿上打秋千。肉儿小心肝，我不开时你怎么钻？”

豆蔻，又名草果，其种子可做香料，亦能入药。豆蔻花含苞之时，其形态犹如女子怀孕之身，故而又称作含胎花。唐代杜牧《赠别》诗中曾用“娉娉袅袅十三余，豆蔻梢头二月初”形容与之情笃的扬州歌妓，从此后，豆蔻便专指十三四岁，娇俏可人的少女。

《红楼梦》第四回“薄命女偏逢薄命郎”中，冯渊一眼看中了香菱，“立意买来作妾，立誓再不交结男子，也不再娶第二个了”。谁知薛蟠也因香菱“生得不俗，立意买他”，将冯渊“打了个稀烂”，而彼时的香菱正值“十二三岁的光景”。

虽然书中没有交代云儿的年纪，但从其与薛蟠的言语行止上看，二人还是有些情意的。贾宝玉说酒令的时候，薛蟠因为听不懂在那里打岔，云儿暗中“拧他一把”，嘱咐他：“你悄悄的想你的罢。回来说不出，又该罚了。”

及至云儿说酒令道：“女儿悲，将来终身指靠谁？”薛蟠立刻回复：“有你薛大爷在，你怕什么！”待云儿又叹：“女儿愁，妈妈打骂何时休！”薛蟠便又接道：“前儿我见了你妈，还吩咐他不叫他打你呢。”可知，薛蟠固然是个得新弃旧、得陇望蜀的人，但在女儿之情上还是有一点实在之处的。

此后，因为蒋玉菡的酒底说了“花气袭人知昼暖”，薛蟠说她念了贾宝玉的“宝贝”。众人都不知缘故，还是云儿“告诉了出来”。云儿能知道贾宝玉怡红院内的闺情，必是从薛蟠的口中听到，可知二人交情匪浅。

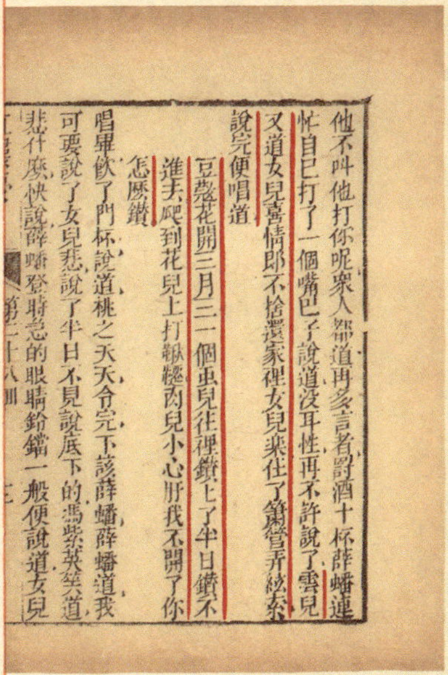
他不叫他打你呢衆人都道再多言者罰酒十杯薛蟠連忙自己打了一個嘴巴子說道沒耳性再不許說了雲兒又道女兒喜情郎不捨還家裡女兒樂住了簫管弄絃索說完便唱道

豆蔻花開三月三一個蟲兒往裡鑽鑽了半日鑽不進去爬到花兒上打鞦韆肉兒小心肝我不開了你怎麽鑽

唱畢飲了門杯說道桃之夭夭令完下該薛蟠薛蟠道我可要說了女兒悲說了半日不見說底下的馮紫英笑道悲什麽快說薛蟠登時急的眼睛鈴鐺一般便說道女兒

新增批评绣像红楼梦，文畲堂藏版，清嘉庆十六年（1811）东观阁刊本

第二十八回　蒋玉菡情赠茜香罗　薛宝钗羞笼红麝串

云儿又道：『女儿喜，情郎不舍还家里。女儿乐，住了箫管弄弦索。』说完，便唱道：『豆蔻花开三月三，一个虫儿往里钻。钻了半日钻不进去，爬到花儿上打秋千。肉儿小心肝，我不开了你怎么钻？』

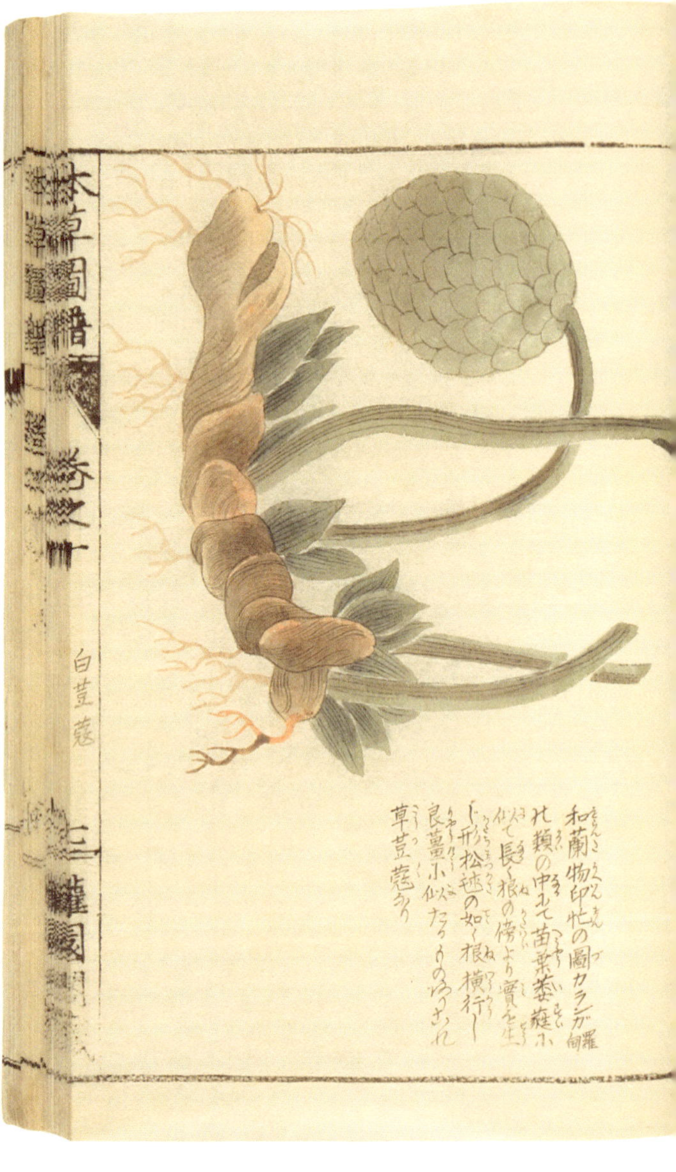
本草圖譜 卷之十
白荳蔲
和蘭物印忙の圖カラシガ羅甸
れ類の中ニて苗葉萎蕤ニ
似て長く根の傍より實を生
じ形松毬の如く根横行し
良薑ニ似たるものあされ
草荳蔲なり

豆蔻

又名白豆蔻、草豆蔻。姜科，豆蔻属。多年生常绿草本植物，茎丛生，高三米，穗状花序，小花白色，花期五月，蒴果近球形，果皮木质，种子暗棕色，具芳香，六至八月成熟。原产南亚，我国广东、广西和云南省亦有栽培。果实和种子均可入药，有化湿行气、温中止呕、开胃消食的功效。豆蔻花在早春含苞之时非常丰满，民间俗称『含胎花』，又将十三四岁视为女孩子的豆蔻年华。

荣国府贾政之妾

赵姨娘

苦瓠子

篱风索索苦瓠晚

此一回中，贾母提议众人凑份子替王熙凤过生日，贾府上至夫人小姐，下至婆子丫鬟，都积极参与。其间，王熙凤提出周姨娘和赵姨娘没来，要派人去问问她们出多少银子。尤氏因此悄悄地骂王熙凤：“这么些婆婆婶子来凑银子给你过生日，你还不足，又拉上两个苦瓠子。”

元代王祯的《农书》说：“瓠之为物也，累然而生，食之无穷，烹饪咸宜，最为佳蔬。”可见，瓠子本是古人常食爱食的菜蔬。然而，苦瓠子的特点却在一个苦字。再美味的菜蔬，一旦入口是苦的，便不再受人喜爱。这就是赵姨娘在贾府的现实境况。

第五十五回“辱亲女愚妾争闲气”中，赵姨娘为了替兄弟多要些丧葬银子，当着众人的面向贾探春诉苦：“我这屋里熬油似的熬了这么大年纪，又有你和你兄弟，这会子连袭人都不如了，我还有什么脸？”

人只有在日子难过的时候才会说“熬”，可见赵姨娘在贾府的生活并不称心如意。她的亲生女儿贾探春虽然精明能干，深得贾母、王夫人疼爱，可惜却不愿意承认这个亲娘。她生了个儿子贾环，虽然教养在身边，却不能正常享受母子亲情的欢洽。

第二十回“王熙凤正言弹妒意”里，赵姨娘因贾环不受贾宝玉待见说了几句酸话，被王熙凤隔着窗户教训了一番，明确说贾环“现是主子，不好横竖有教导他的人”，与赵姨娘没什么相干。及至第二十五回“魇魔法姊弟逢五鬼”里，贾环打翻烛台烫伤贾宝玉时，王熙凤又说“赵姨娘平时也该教导教导他”。正值气头上的王夫人便特意将赵姨娘找来，骂她“养出这样黑心种子来”。又怕贾母问时难以回答，“急的又把赵姨娘数落一顿”，赵姨娘却只能忍气吞声。

这种苦忍着的日子让赵姨娘变成了一个苦瓠子，而为了发泄心中的怨气，她将自己攒的“几两体己，还有几件衣服簪子”都拿给了马道婆，还写下“五十两欠约”，行巫蛊之术，加害王熙凤和贾宝玉。

第二十回

王熙凤正言弹妒意

赵姨娘见他这般，因问：『又是那里垫了踹窝来了？』贾环便说：『同宝姐姐顽的，莺儿欺负我，赖我的钱，宝玉哥哥撵了我来了。』赵姨娘啐道：『谁叫你上高台盘去了？下流没脸的东西！那里顽不得？谁叫你跑了去讨没意思！』正说着，可巧凤姐在窗外过，都听在耳内。

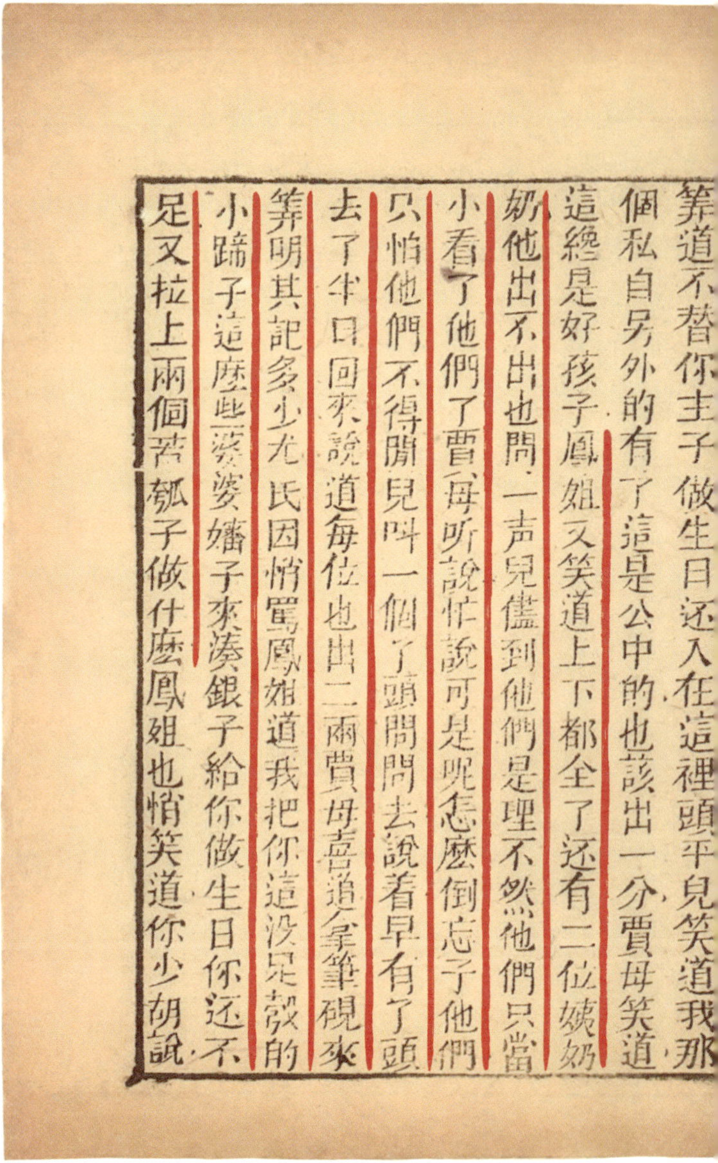

筭道不替你主子做生日还入在這裡頭平兒笑道我那
個私自另外的有了這是公中的也該出一分賈母笑道
這纔是好孩子鳳姐又笑道上下都全了还有二位姨奶
奶他出不出也問一声兒儘到他們是理不然他們只當
小看了他們了賈母听說忙說可是呢怎麽倒忘了他們
只怕他們不得閒兒叫一個丫頭問問去說着早有了頭
去了半日回來說道每位也出二兩賈母喜道拿筆硯來
筭明共記多少尤氏因悄罵鳳姐道我把你這沒足㪗的
小蹄子這麽些婆婆嬸子來湊銀子給你做生日你还不
足又拉上兩個苦瓠子做什麽鳳姐也悄笑道你少胡說

新增批评绣像红楼梦，文畬堂藏版，清嘉庆十六年（1811）东观阁刊本

凤姐又笑道：『上下都全了。还有二位姨奶奶，他出不出，也问一声儿。尽到他们是理，不然，他们只当小看了他们了。』贾母听说，忙说：『可是呢，怎么倒忘了他们！只怕他们不得闲儿，叫一个丫头问问去。』说着，早有丫头去了，半日回来说道：『每位也出二两。』贾母喜道：『拿笔砚来算明，共计多少。』尤氏因悄骂凤姐道：『我把你这没足厌的小蹄子！这么些婆婆婶子来凑银子给你做生日，你还不足，又拉上两个苦瓠子做什么？』

瓠子

瓠子是葫芦的一个变种，果实圆柱形，栽培普遍，嫩果是重要的蔬菜，若果实具苦味（苦瓠子），有微毒，不宜食用。葫芦又名瓠瓜，葫芦科、葫芦属。一年生攀援草本植物，藤长可达十五米，花雌雄同株，白色，夏秋开花；瓠果最重可达一千克。性微寒，味甘淡，有利尿通淋、除烦润肺、清热解毒，治疗水肿、黄疸等功效。

辱亲女愚妾争闲气

第五十五回　辱亲女愚妾争闲气　欺幼主刁奴蓄险心

探春没听完，已气的脸白气噎，抽抽咽咽的一面哭，一面问道：『谁是我舅舅？……何苦来，谁不知道我是姨娘养的，必要过两三个月寻出由头来，彻底来翻腾一阵，生怕人不知道，故意的表白表白。也不知谁给谁没脸？幸亏我还明白，但凡糊涂不知理的，早急了。』李纨急的只管劝，赵姨娘只管还唠叨。

死雠仇赵妾赴冥曹

第百十二回　活冤孽妙尼遭大劫　死雠仇赵妾赴冥曹

都起来正要走时，只见赵姨娘还爬在地下不起。周姨娘打谅他还哭，便去拉他。岂知赵姨娘满嘴白沫，眼睛直竖，把舌头吐出，反把家人唬了一大跳。贾环过来乱嚷。赵姨娘醒来说道：『我是不回去的，跟着老太太回南去。』

宁国府贾珍之妻

尤氏

葫芦

自是一身唯了事

此一回中，王熙凤因为贾琏偷娶尤二姐之事大闹宁国府，将尤氏好一顿揉搓后还不忘贬损她是个“锯了嘴子的葫芦”。

葫芦是世界上最古老的植物之一，古人称之为瓠。《庄子·逍遥游》里写到魏王送给惠子“大瓠之种”，果然结出了一个巨大的葫芦，却被惠子认为是无用之物而砸碎了。而尤氏，似乎也是这样一个没用的葫芦。

尤氏之所以无用，就是因为“锯了嘴子”。在王熙凤眼里，一个人如果“没有口齿”就等同于“没有才干”。第三十五回里“白玉钏亲尝莲叶羹”一文中，贾母就曾表示，做媳妇的如果“不大说话，和木头似的，在公婆跟前就不大显好儿”。

王熙凤因为口齿伶俐，更容易讨得长辈们的欢心，而尤氏则因为嘴笨，往往受到冷落。最明显的对比便是第五十四回“王熙凤效戏彩斑衣”和第七十六回“凸碧堂品笛感凄清”。元宵夜宴上，王熙凤一副好钢口逗得贾母痛痛快快地笑了一场，而中秋夜宴上，尤氏的笑话刚开了个头，贾母就“已朦胧双眼，似有睡去之态”。

若按照王熙凤的说法，尤氏的没才干、没口齿是因为她“一味瞎小心应贤良的名儿”。当日，贾珍、贾蓉父子怂恿贾琏偷娶尤二姐，尤氏心中明白“此事不妥”，试图劝阻。但因为她素日太过顺从贾珍，最终还是放手不管，“只得由他们闹去了”。

待到王熙凤闹上门时，贾珍吓得“躲往别处去了”，贾蓉则是“左右开弓，自己打了一顿嘴巴子”。尤氏毫无应对之策，只能反口骂贾蓉是“混帐种子！和你老子作的好事！当初说使不得”。结果反因为这一句话被王熙凤抓着把柄，狠狠作践了半日，最后不但倒赔出五百两银子，更白白葬送了尤二姐的小命。

然而，尤氏的无能只是相对于王熙凤“脸酸心硬”，她更习惯于“心慈手软”的处理方式，由此才换得下人们“奶奶素日宽洪大量”的称颂。

第十回

金寡妇贪利权受辱

到了宁府，进了大门，到了东边小角门前下了车，进去见了贾珍之妻尤氏。也未敢气高，殷殷勤勤叙过寒温，说了些闲话，方问道：『今日怎么没见蓉大奶奶？』尤氏说道：『他这些日子不知怎么着，经期有两个多月没来。……』金氏听了这半日话，把方才在他嫂子家的那一团要向秦氏理论的盛气，早吓的都丢在爪洼国。

應賢良的名兒說着哭了幾口尤氏也哭道何曾不是這樣你不信問問跟的人我何曾不勸的也要他們聽叫我怎麼樣呢怨不得妹妹生氣我只好聽着罷了衆姬妾丫頭媳婦等已是黑壓壓跪了一地陪笑求說二奶奶最聖明的雖是我們奶奶的不是奶奶也作踐彀了當着奴才們奶奶們素日何等的好來如今還求奶奶給留點臉兒說着捧上茶來鳳姐也摔了一回止了哭挽頭髮又喝駡賈蓉出去請你父親來我對面問他問親大爺的孝纔五七姪兒娶親這個禮我竟不知道我問問也好學着日後教道你們賈蓉只跪着磕頭說這事原不與父母相干都

凤姐儿听说这话，哭着搬着尤氏的脸问道：『你发昏了？你的嘴里难道有茄子塞着？不是他们给你嚼子衔上了？为什么你不来告诉我去？你若告诉了我，这会子不平安了？怎得惊官动府，闹到这步田地，你这会子还怨他们！自古说「妻贤夫祸少，表壮不如里壮」。你但凡是个好的，他们怎敢闹出这些事来？你又没才干，又没口齿，锯了嘴子的葫芦，只就会一味瞎小心应贤良的名儿。』

裡說了又哭哭了又罵後來又放聲大哭起祖宗爺娘來
又要尋死撞頭把個尤氏揉搓成一個麵團兒衣服上全
是眼淚鼻涕並無別話只罵賈蓉混賬種子和你老子做
的好事我當初就說使不得鳳姐兒聽說這話哭着撇着
尤氏的臉問道你發昏了你的嘴裡難道有茄子塞著不
就是他們給你嚼子啣上了為什麼你不來告訴我去你
若告訴了我這會子不平安了怎麼得驚官動府鬧到這
步田地你這會子還怨他們自古說妻賢夫禍少表壯不
如裡壯你但凡是個好的他們怎敢鬧出這些事來你又
沒才幹又沒口齒鋸了嘴子的葫蘆只就會一味瞎小心

新增批评绣像红楼梦，文畬堂藏版，清嘉庆十六年（1811）东观阁刊本

葫芦

又名瓠瓜。根据果实形状和大小分为五个变种：一是瓠子，果实圆柱形，栽培普遍，嫩果是重要的蔬菜，若果实具苦味（苦瓠子），有微毒，不宜食用；二是长颈瓠子，果实棒形，嫩果可食，老熟后作水瓢；三是大瓠瓜（匏），果实圆形或近圆形，直径达二十厘米，多作水瓢或容器；四是细腰瓠瓜，嫩时可食，老熟后作容器；五是观赏腰瓠瓜，又叫小瓠瓜。果实小，直径十厘米左右，无食用价值，主供观赏。

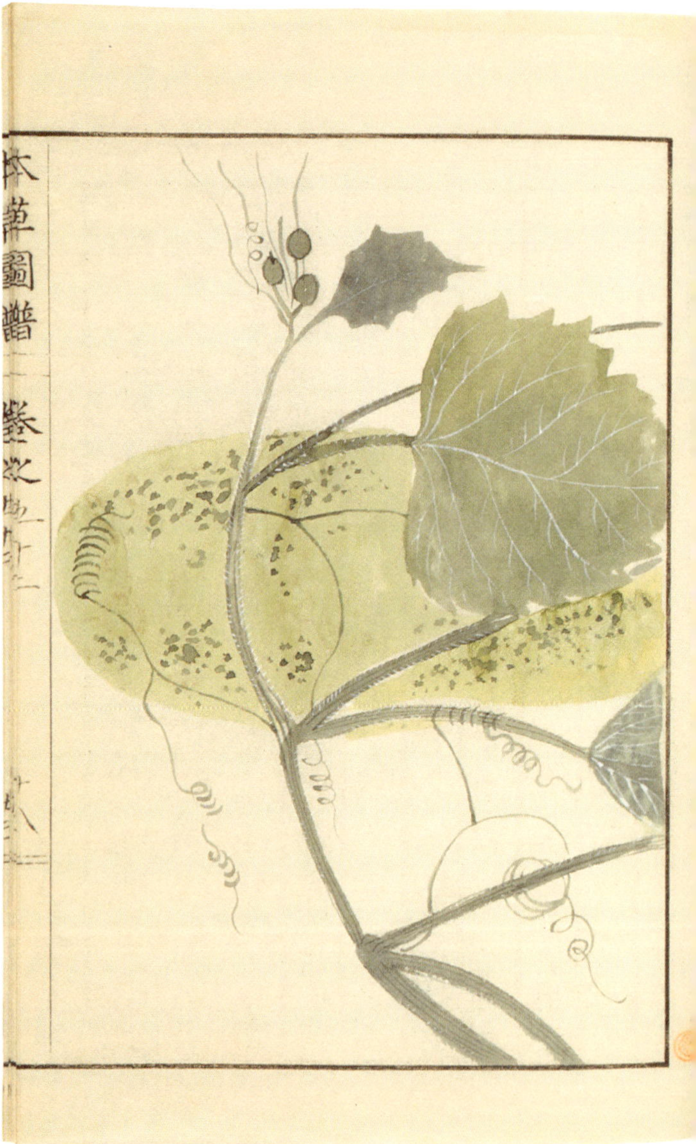

壷盧

宁国府骨肉病灾祲

第百零二回　宁国府骨肉病灾祲　大观园符水驱妖孽

贾蓉奉上卦金，送了出去，回禀贾珍，说是：『母亲的病是在旧宅傍晚得的，为撞着什么伏尸白虎。』贾珍道……

正说着，里头喊说『奶奶要坐起到那边园里去，丫头们都按捺不住』。贾珍等进去安慰定了。只闻尤氏嘴里乱说：『穿红的来叫我，穿绿的来赶我。』

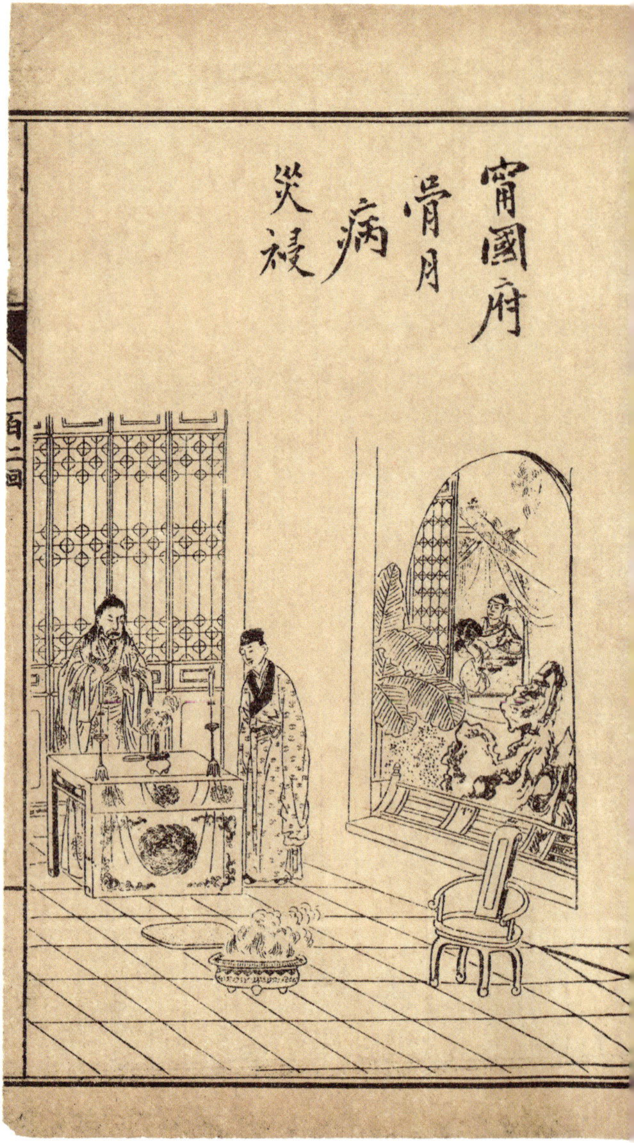

酸凤姐大闹宁国府

第六十八回　苦尤娘赚入大观园　酸凤姐大闹宁国府

凤姐照脸一口吐沫啐道：『你尤家的丫头没人要了，偷着只往贾家送！……』一面说，一面大哭，拉着尤氏，只要去见官。急的贾蓉跪在地下碰头，只求『婶娘息怒』。凤姐儿一面又骂贾蓉：『天打雷劈脑子、五鬼分尸的没良心的东西！……』哭骂着扬手就打。

王夫人胞妹嫁与薛家

薛姨妈 钩藤

钩藤免饮涩如棠

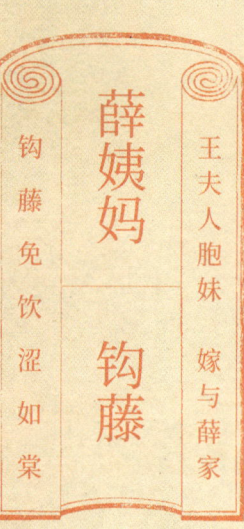

自从薛蟠娶了“河东狮”夏金桂后，薛家便“闹得也不像个过日子的人家了”。因为夏金桂每每吵闹，薛姨妈先是“暗自垂泪”，后来竟“气怄得肝气上逆，左肋作痛”，幸而薛宝钗命人“买了几钱钩藤”煎给薛姨妈吃了。

钩藤是一种常绿藤本植物，其茎枝可入药，能清热平肝，息风定惊，故而薛姨妈吃了之后“不知不觉的睡了一觉，肝气也渐渐平复了”。

曹雪芹在塑造《红楼梦》群像时很喜欢用“一字定评”的方式来设定人物，如“敏探春”“憨湘云”“贤袭人”“慧紫鹃”，而薛姨妈的“一字定评”就在第五十四回的回目中：“慈姨妈爱语慰痴颦。”

《红楼梦》的几位女性长辈里，贾母有过惩治聚赌的雷霆之怒，王夫人清查怡红院时亦是毫不留情，邢夫人更是个“有心生嫌隙”的人。唯有薛姨妈，自始至终保持着慈祥和蔼的状态。

薛姨妈常把“我的儿”三个字挂在嘴边，非但是对自己的爱女薛宝钗，见了贾宝玉、林黛玉也是如此。

第三十八回众人热热闹闹吃螃蟹，李纨和王熙凤两个做媳妇的“皆不敢坐”，要伺候贾母、王夫人，倒是薛姨妈十分体谅人，道是：“我自己掰着吃香甜，不用人让。”第六十二回贾宝玉过生日，薛姨妈又主动要到“厅上随便躺躺”，把红香圃让给小一辈们玩乐。如此看来，薛宝钗“行为豁达，随分从时”的性格恰恰是随了她的母亲。

可是，薛姨妈也着实生过几次气，但她气恼的对象却只有一个人——薛蟠。

“不肖种种大承笞挞”时，薛姨妈以为是薛蟠告的贾宝玉的状，气了一回；“呆霸王调情遭苦打”时，薛姨妈都“气糊涂了”，“骂一回薛蟠，又骂一回柳湘莲”。待到“薛文龙悔娶河东吼”之后，薛姨妈的气便越发多了。

如此一个慈爱的母亲却总被儿子气伤了身，最后要服用味苦的钩藤汤药来调理，这大约也是“慈姨妈”人后的苦楚吧。

第三十四回

错里错以错劝哥哥

薛蟠……一面嚷，一面抓起一根门闩来就跑。慌的薛姨妈拉住，骂道：『作死的孽障，你打谁去？你先打我来！』薛蟠的眼急的铜铃一般，嚷道：『何苦来！又不叫我去，为什么好好的赖我？将来宝玉活一日，我担一日的口舌，不如大家死了清净。』宝钗忙也上前劝道：『你忍耐些儿罢……』

却说薛姨妈一时因被金桂这场气怄得肝气上逆，左肋作痛。宝钗明知是这个原故，也等不及医生来看，先叫人去买了几钱钩藤来，浓浓的煎了一碗，给他母亲吃了。

處去說說話兒散散悶也好家裡横竪有我和秋菱照看著靠他也不敢怎麽樣薛姨媽點點頭道過兩日看罷了

且說元妃疾愈之後家中俱各喜歡過了幾日有幾個老公走來帶著東西銀兩宣貴妃娘娘之命因家中省問勤劳俱有賞賜把物件銀兩一一交代清楚賈赦賈政等禀明了賈母一齊謝恩畢太監吃了茶去了大家回到賈母房中說笑了一回外面老婆子傳進來說小厮們來回道那邊有人請大老爺說要緊的話呢賈母便向賈赦道你去罷賈赦答應著退出來自去了這裡賈母忽然想起合賈政笑道娘娘心裏却甚寔惦記著寶玉前兒還特特的

紅樓夢第八十四回

試文字寶玉始提親　探驚風賈環重結怨

却說薛姨媽一時因被金桂這場氣慪得肝氣上逆左脇作痛寶釵明知是這個原故也等不及醫生來看先叫人去買了幾錢鈎藤來濃濃的煎了一碗給他母親吃了又和秋菱給薛姨媽搥腿揉胸停了一會兒畧覺安頓這薛姨媽只是又悲又氣々的是金桂撒潑悲的是寶釵有涵養倒覺可憐寶釵又勸了一回不知不覺的睡了一覺肝氣也漸々平復了寶釵便說道媽々你這種閒氣不要放在心上纔好過幾天走得動了樂得往那邊老太太姨媽

本草圖譜
卷之三十

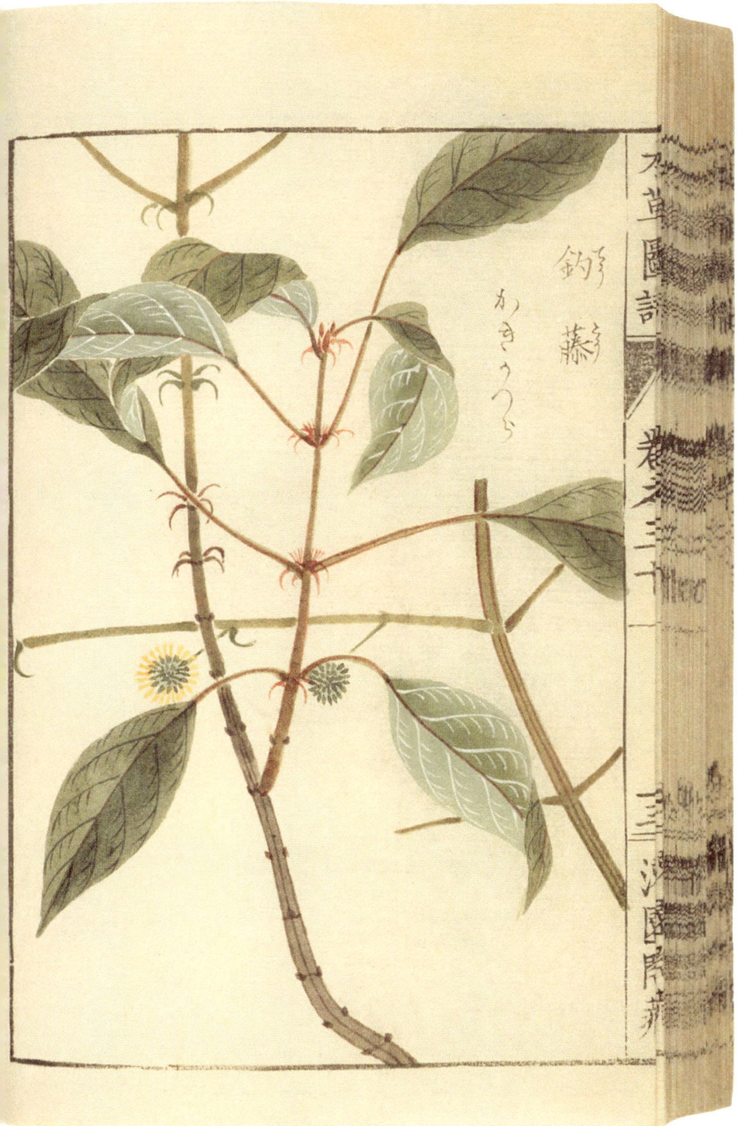

钩藤

又名钩丁、吊藤、鹰爪风。茜草科，钩藤属。常绿攀援状灌木，茎枝方柱形、纤细，茎节处具一至两个下弯的钩刺，通过主茎缠绕或钩刺攀援他物生长。叶纸质、椭圆形，头状花序，小花花冠管状，花柱伸出冠喉外，柱头棒形，花期五月。原产我国长江以南地区，其枝叶茂盛，花型奇特，是园林中垂直绿化的良好材料。药用价值很高，以带钩的茎枝入药，有清热平肝、息风定惊和降血压的功效。

滥情人情误思游艺

第四十八回　滥情人情误思游艺　慕雅女雅集苦吟诗

薛姨妈便和宝钗香菱并两个老年的嬷嬷连日打点行装，派下薛蟠之奶公老苍头一名、当年谙事旧仆二名，外有薛蟠随身常使小厮二人，主仆一共六人，雇了三辆大车，单拉行李使物，又雇了四个长行骡子。薛蟠自骑一匹家内养的铁青大走骡，外备一匹坐马。诸事完毕，薛姨妈宝钗等连夜劝戒之言，自不必备说。

慈姨妈爱语慰痴颦

第五十七回　慧紫鹃情辞试莽玉　慈姨妈爱语慰痴颦

黛玉先还怔怔的，听后来见说到自己身上，便啐了宝钗一口，红了脸，拉着宝钗笑道：『我只打你！你为什么招出姨妈这些老没正经的话来？』宝钗笑道：『这可奇了！妈说你，为什么打我？』

紫鹃忙也跑来笑道：『姨太太既有这主意，为什么不和太太说去？』薛姨妈呵呵笑道：『你这孩子，急什么？想必催着你姑娘出了阁，你也要早些寻一个小女婿去了。』

荣国府贾政之妻

王夫人

蒲葵

蒲葵绢素何相鲜

贾宝玉受了“笞挞”后，袭人因到王夫人处回话，来到上房时只见“王夫人正坐在凉榻上摇着芭蕉扇子”。

《红楼梦》里常常写到扇子，第三十一回“撕扇子公子追欢笑”里晴雯撕掉的自然都是好扇子；第四十八回“滥情人情误思游艺”里，贾赦也是为了几把“湘妃、棕竹、麋鹿、玉竹”的好扇子把石呆子弄得“坑家败业”。相较之下，王夫人摇着的“芭蕉扇子”就素俭多了。

芭蕉扇并非使用芭蕉叶制成，其原材料是一种叫作蒲葵的棕榈科植物，常用作庭院观赏。

中国自古以来便有以蒲葵制扇的工艺，质轻价廉，在百姓生活中十分普及。古代的诗文中，蒲扇也多是自然素朴的象征，如白居易《小池》诗云：“坐把蒲葵扇，闲吟三两声。有意不在大，湛湛方丈余。”

《红楼梦》第二回“冷子兴演说荣国府”里就曾感叹如今的贾府“安富尊荣者尽多，运筹谋画者无一”，但即便如此，贾府的几位掌家女子也一直在努力“料理省俭之计”。

王夫人，便是首要的那一位。

第三回“林黛玉抛父进京都”中写王夫人房内陈设：正房炕上“靠东壁面西设着半旧的青缎靠背引枕”，王夫人自己坐着的是“半旧的青缎靠背坐褥”，挨炕的三张椅子上“也搭着半旧的弹墨椅袱”，连着三个“半旧”便点明了王夫人的日常节俭。

第三十六回“绣鸳鸯梦兆绛芸轩”，王夫人默认了袭人姨娘的身份后将她的月钱涨到了“二两银子一吊钱”，却是从自己的“分例上匀出来，不必动官中的”。

第七十四回“惑奸谗抄检大观园”时，王夫人不忍心裁革几位姑娘的丫鬟，只得叹道：“如今宁可省我些，别委屈了他们。”脂砚斋曾在此处批注道：“俗子谓王夫人不知足，是不可矣……真蟪蛄鸠莺之见也。”这大概就是对王夫人勤俭持家的最好注脚。

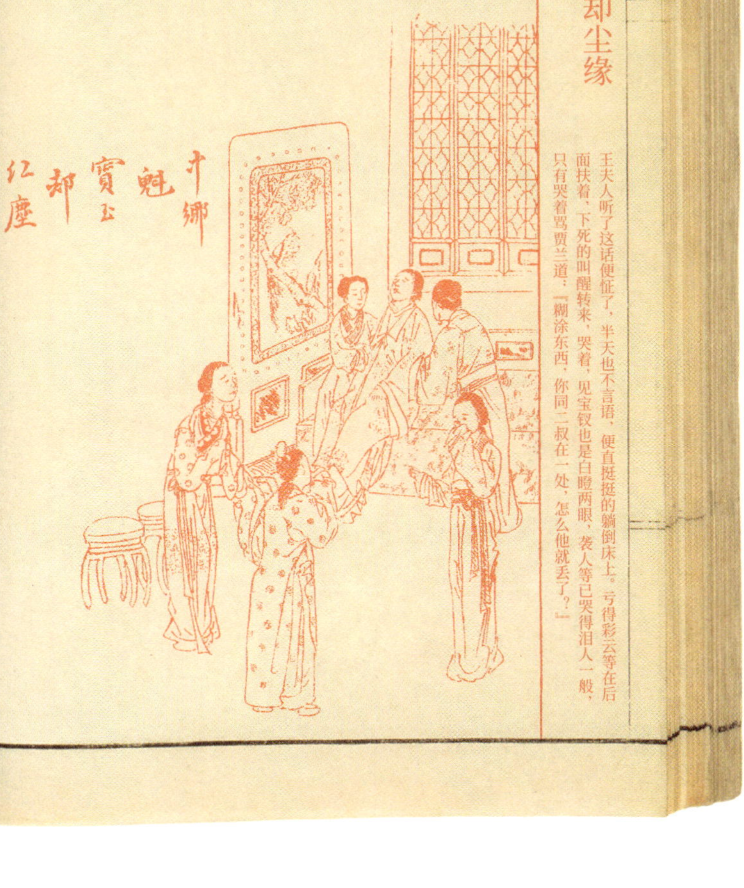
第百十九回
中乡魁宝玉却尘缘
王夫人听了这话便怔了，半天也不言语，便直挺挺的躺倒床上。亏得彩云等在后面扶着，下死的叫醒转来，哭着，见宝钗也是白瞪两眼，袭人等已哭得泪人一般，只有哭着骂贾兰道：『糊涂东西，你同二叔在一处，怎么他就丢了？』
中鄉魁寶玉却紅塵

袭人见说，想了一想，便回身悄悄的，便告诉晴雯、麝月、秋纹等人，说：『太太叫人，你们好生在房里，我去了就来。』说毕，同那婆子一径出了园子，来至上房。王夫人正坐在凉榻上摇着芭蕉扇子，见他来了，说道：『你不管叫个谁来也罢了，又丢下来了。谁伏侍他呢？』

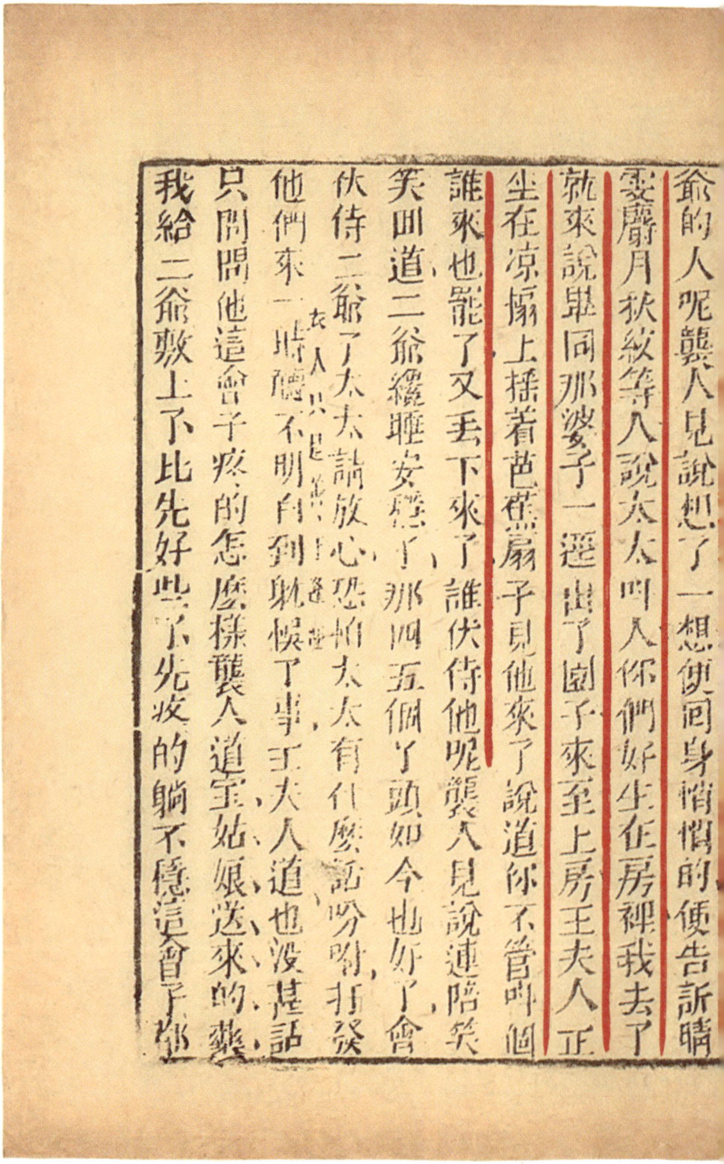
爺的人呢襲人見說想了一想便回身悄悄的便告訴晴雯麝月秋紋等人說太太叫人你們好生在房裡我去了就來說畢同那婆子一逕出了園子來至上房王夫人正坐在凉榻上搖着芭蕉扇子見他來了說道你不管叫個誰來也罷了又丟下來了誰伏侍他呢襲人見說連陪笑笑回道二爺纔睡安穩了那四五個丫頭如今也好了會伏侍二爺了太太請放心恐怕太太有什麼話吩咐打發他們來一時聽不明白到躭悞了事王夫人道也沒甚話只問問他這會子疼的怎麼樣襲人道寶姑娘送來的藥我給二爺敷上了比先好些了先疼的躺不穩這會子都

轉過床後倒出了後院鳳姐從前頭已進來了問寶玉可好些了想什麼吃叫人往我那裡取去接着薛姨娘又來了一時賈母又打發了人來至掌燈時分寶玉只喝了兩口湯便昏昏沉沉的睡去接着周瑞媳婦吳新登媳婦鄭好時媳婦這幾個有年紀長往來的聽見寶玉捱了打也都進來襲人忙迎出來悄悄的笑道嬸娘們略來遲了一步二爺睡着了說着一面帶他們到那邊房裡坐了倒茶與他們吃那幾個媳婦子都悄悄的坐了一回向襲人說等二爺醒了你替我們說罷襲人答應了送他們出去剛要回來只見王夫人使個婆子來口稱太太叫一個跟二

新增批评绣像红楼梦，文畲堂藏版，清嘉庆十六年（1811）东观阁刊本

本草圖譜 巻之八
蒲葵 集解
びろう

蒲葵

棕榈科，蒲葵属。常绿乔木，高十至二十米，叶扇形，掌状浅裂至深裂，叶鞘褐色，多纤维，佛焰花序，长约一米，小花两性，黄色，花期三月中下旬至四月中上旬；核果橄榄状，成熟时亮紫黑色，果熟期九至十月。原产我国华南，在南方各地栽培普遍。其生长较快，适应性强，抗空气污染，树形优美，绿荫浓郁，是著名的庭院观赏植物，也是重要的经济林树种，嫩叶可编制蒲扇，老叶可制蓑衣和工艺品等，叶裂片的肋脉可制牙签。种子药用，性味平、淡，具有败毒、消淤止血之功效。

含耻辱情烈死金钏

第三十二回　诉肺腑心迷活宝玉　含耻辱情烈死金钏

一时宝钗取了衣服回来，只见宝玉在王夫人旁边坐着垂泪。王夫人正才说他，因宝钗来了，就掩住口不说了。宝钗见此光景，察言观色，早知觉了七八分，于是将衣服交明王夫人，王夫人便将他母亲叫来拿了去了。

不肖种种大承笞挞

第三十三回 手足耽耽小动唇舌 不肖种种大承笞挞

王夫人不及回贾母，便忙穿衣出来，也不顾有人没人，忙忙扶了一个丫头赶往书房中来，慌的众门客小厮等避之不及。王夫人一进房来，贾政更如火上浇油，那板子越发下去的又狠又快。

王府连宗外眷　王狗儿岳母

刘姥姥　倭瓜

花儿落了结倭瓜

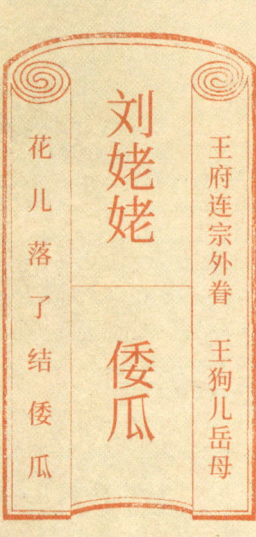

在贾母主持的这场大观园的盛宴中，鸳鸯为令官，行了一个雅俗共赏的酒令。刘姥姥的三副牌最后凑成了个“一枝花”，于是她“两只手比着，笑弯了腰了”，说了一句：“花儿落了结个大倭瓜。”

倭瓜是南瓜的别名，原产于南美洲，明代时才从日本等地传入中国，故而有倭瓜之称。南瓜既可做菜，又可代粮，甫一引入便受国人喜爱。清康熙年间高士奇所撰《北墅抱瓮录》中说南瓜“宜用子瞻煮黄州猪肉之法”烹饪，认为南瓜可与东坡肉相媲美。

刘姥姥二进贾府时，带来的便是地里头一起摘下来的“枣子倭瓜并些野菜”。在刘姥姥看来，这不过是孝敬给贾府的太太小姐们“吃个新鲜”，表表庄稼人的“穷心”，而这“穷心”恰恰又是刘姥姥的本色。

相对于大观园里的花繁草茂，刘姥姥的本色便是那一片庄稼地。她因为常在庄稼地里干活，故而在七十五岁时仍旧身体硬朗，即便摔了一跤，也没什么了不得。刘姥姥在行酒令时所说“大火烧了毛毛虫”“一个萝卜一头蒜”也都是庄稼地里的事物。不同的是，大观园的花草一旦凋零便“花落人亡”，而刘姥姥的“花儿落了”却能“结个大倭瓜”。

故而，刘姥姥成为《红楼梦》里最终守护花朵的人。至第百十三回“忏宿冤凤姐托村妪”，刘姥姥在贾母亡故后三进荣国府。彼时的王熙凤已是“力诎失人心”，病倒在床，奄奄一息，而她心里唯一放不下的便是女儿贾巧姐——贾府最后一代的娇花。王熙凤将贾巧姐托付给了刘姥姥，而刘姥姥果然在贾巧姐陷入“势败休云贵，家亡莫论亲”的困境时搭救了她。

按脂砚斋批语，刘姥姥最终将贾巧姐嫁给了外孙板儿，百二十回本《红楼梦》中则写刘姥姥为贾巧姐说了一门“极富的人家”。但不管是哪一种，都符合刘姥姥护花结果的形象设定。

第四十回

史太君两宴大观园

说笑之间，已到沁芳亭上。丫鬟们抱了个大锦褥子来，铺在栏杆榻板上。贾母倚柱坐下，命刘姥姥也坐在旁边，因问他：『这园子好不好？』刘姥姥念佛说道：『我们乡下人到了年下，都上城来买画儿贴。……』

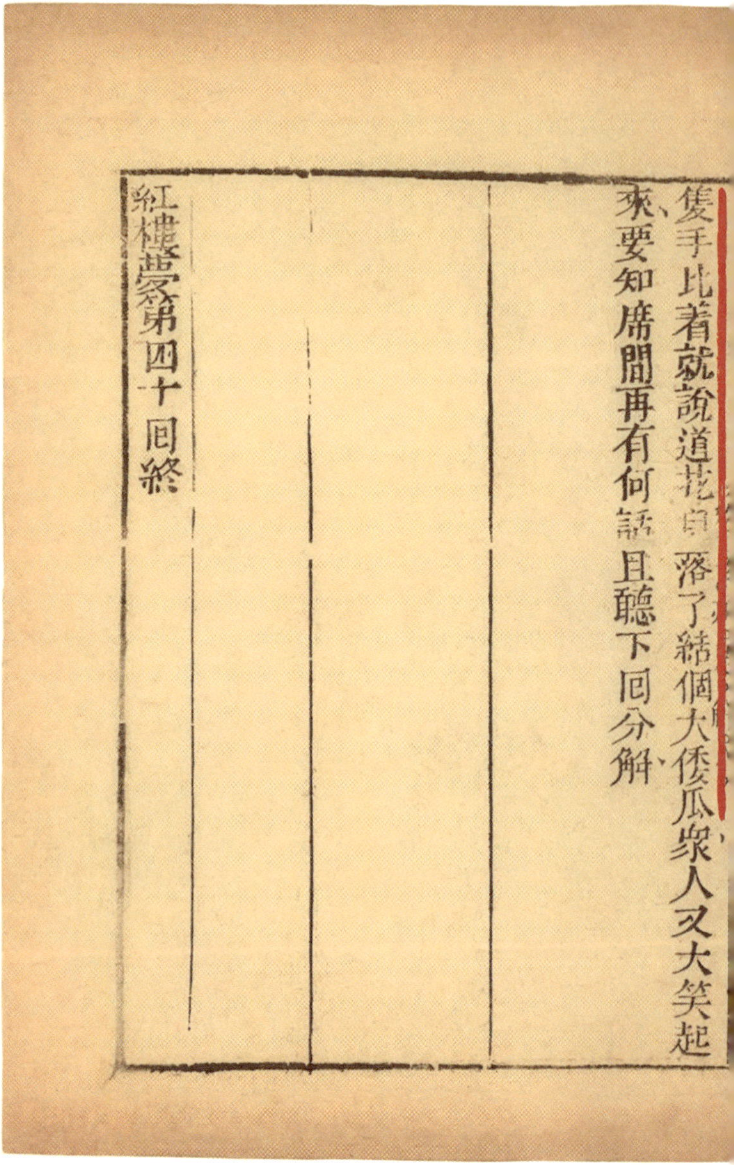

隻手比着就說道花兒落了結個大倭瓜衆人又大笑起
來要知席間再有何話且聽下回分解
紅樓夢第四十回終

鸳鸯道：『中间「三四」绿配红。』刘姥姥道：『大火烧了毛毛虫。』众人笑道：『这是有的，还说你的本色。』鸳鸯道：『右边「幺四」真好看。』刘姥姥道：『一个萝卜一头蒜。』众人又笑了。鸳鸯笑道：『凑成便是一枝花。』刘姥姥两只手比着，就说道：『花儿落了结个大倭瓜。』

了至王夫人鴛鴦代說了一個下便該劉老老劉老老道我們庄家閑了也常會幾個人弄這個但不如這麼說的好聽少不得我也試一試衆人都笑道容易說的你只管說不相干鴛鴦笑道左边大四是個人劉老老聽了想了半日說道是個庄家人罷衆人閧堂笑了賈母笑道說的好就是這樣說劉老老也笑道我們庄家人不過是現成的本色衆位姑娘姐姐别笑鴛鴦道中間三四綠配紅劉老老道大火燒了毛毛蟲衆人笑道這是有的還說你的本色鴛鴦笑道右边幺四真好看劉老老道一個蘿蔔一頭蒜衆人又笑了鴛鴦笑道湊成便是一枝花劉老老兩

[illegible]

〈新增批评绣像红楼梦〉，文畬堂藏版，清嘉庆十六年（1811）东观阁刊本

本草圖譜

卷之五十三

六

灌園閑蔵

南瓜

又名倭瓜、饭瓜、番瓜等。葫芦科，南瓜属。一年生蔓生草本植物，全株被茸毛。叶大、心形、浅裂，花单生，雌雄同株，柠檬色。果实大，皮硬、具条沟，形状、颜色各异。种子卵形、扁平，乳白至浅黄色。原产中美洲，十六世纪后传入亚洲，我国各地广泛栽培，是世界上主要蔬菜种类之一。因其果实外形独特又极耐贮藏，已成为重要的庭院和室内观果植物。食、药兼用。果肉中富含糖类、维生素、氨基酸、胡萝卜素等营养物质，性甘温，入脾胃，有消炎止痛、解毒等功效。种子富含蛋白质和脂肪，经常食用对前列腺炎、胃病、糖尿病等有一定疗效。

忏宿冤凤姐托村妪

第百十三回　忏宿冤凤姐托村妪　释旧憾情婢感痴郎

凤姐道：『你说去，我愿意就给。』刘姥姥道：『这是顽话儿罢咧。放着姑奶奶这样，大官大府的人家只怕还不肯给，那里肯给庄稼人。就是姑奶奶肯了，上头太太们也不给。』巧姐因他这话不好听，硬走了去和青儿说话。

刘姥姥醉卧怡红院

第四十一回　贾宝玉品茶栊翠庵　刘姥姥醉卧怡红院

不意刘姥姥乱摸之间，其力巧合，便撞开消息，掩过镜子，露出门来。刘姥姥又惊又喜，迈步出来，忽见有一副最精致的床帐。他此时又带了七八分醉，又走乏了，便一屁股坐在床上，只说歇歇，不承望身不由己，便前仰后合的，朦胧着两眼，一歪身就睡熟在床上。

荣国府太夫人

贾母　老君眉

祝君眉寿似增川

此回中，贾母两宴大观园，随后来至栊翠庵吃茶。妙玉亲自捧了一盏茶与贾母，贾母因说自己不吃六安茶，妙玉笑道："知道。这是'老君眉'。"

老君眉是《红楼梦》中诸多茗茶中的一种，有人认为是洞庭湖君山所产的白毫银针茶，因形如长眉，满布毫毛，故名"老君眉"；也有人根据清《闽产录异》记载，认为老君眉应是武夷山所产的一种发酵茶，可以消食解腻，正适合贾母酒宴后饮用。但老君眉茶的真正美妙处，在于其茶名与贾母其人的映照。

在中国传统文化中，老君本是太上老君的专指。按《太上老君说常清静经》所解，"老者，寿也"，此处的老君实是对贾母寿高年长的敬称。《红楼梦》第三十八回"林潇湘魁夺菊花诗"里，王熙凤就拿贾母比作寿星老儿。及至第三十九回刘姥姥前来拜见贾母，口中说的也是"请老寿星安"。尽管当时七十五岁的刘姥姥比贾母还要“大好几岁”，但按照她自己的话来说，贾母这样的人“生来是享福的”。《红楼梦》第二十九回写贾母领众儿孙往清虚观打醮的一段文字便被题做“享福人福深还祷福”。

在《红楼梦》所描绘的种种人物命运悲剧中，青春早夭是最为典型的一类。按第百一十回“史太君寿终归地府”所写，贾母“享年八十三岁”，是贾府中最长寿的人。而贾母出生于“阿房宫，三百里，住不下金陵一个史”的史侯家，所嫁之人则是荣国公贾源的长子贾代善。第四十七回“呆霸王调情遭苦打”里，贾母说自己“进了这门子作重孙子媳妇起，到如今我也有了重孙子媳妇了，连头带尾五十四年”。由此可知，贾母大半生的时光是在“四大家族”最鼎盛的时候度过的，其经历的世事、见过的世面是众儿孙都不及的。

及至贾家势败，合府抄检时，贾母曾祝告天地，甘愿一死以承当子孙罪孽，随后散尽余资，寿终正寝。这看似是荣国府老太君目睹家亡人散的悲凉，但她却不必面对“寒冬噎酸齑”的最终惨境，亦算是一种福气。

第百一十回

史太君寿终归地府

却说贾母坐起说道：『我到你们家已经六十多年了，从年轻的时候到老来，福也享尽了。自你们老爷起，儿子孙子也都算是好的了。就是宝玉呢，我疼了他一场。』说到那里，拿眼满地下瞅着。

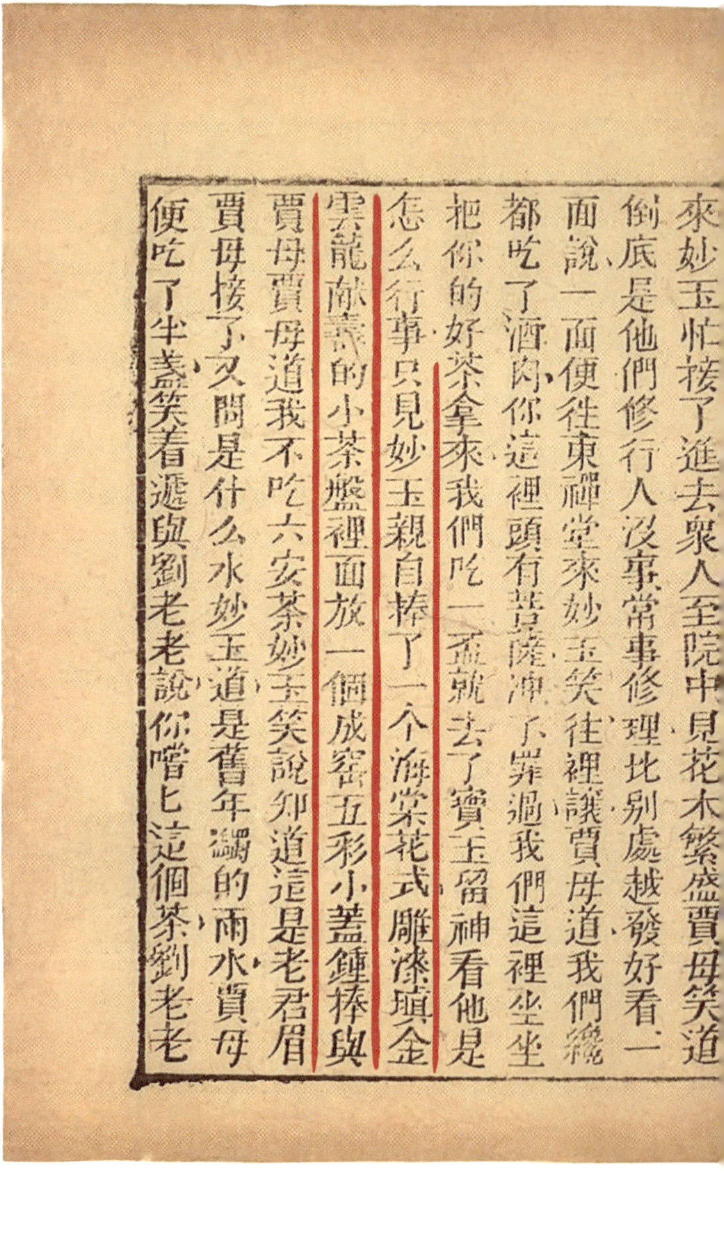
來妙玉忙接了進去衆人至院中見花木繁盛賈母笑道倒底是他們修行人沒事常事修理比別處越發好看一面說一面便往東禪堂來妙玉笑往裡讓賈母道我們纔都吃了酒肉你這裡頭有菩薩沖了罪過我們這裡坐坐把你的好茶拿來我們吃一杯就去了寶玉留神看他是怎么行事只見妙玉親自捧了一个海棠花式雕漆填金雲龍獻壽的小茶盤裡面放一個成窑五彩小蓋鍾捧與賈母賈母道我不吃六安茶妙玉笑說知道這是老君眉賈母接了又問是什么水妙玉道是舊年蠲的雨水賈母便吃了半盞笑着遞與劉老老說你嚐嚐這個茶劉老老

《新增批评绣像红楼梦》，文畲堂藏版，清嘉庆十六年（1811）东观阁刊本

只见妙玉亲自捧了一个海棠花式雕漆填金云龙献寿的小茶盘，里面放一个成窑五彩小盖钟，捧与贾母。贾母道：『我不吃六安茶。』妙玉笑说：『知道。这是老君眉。』

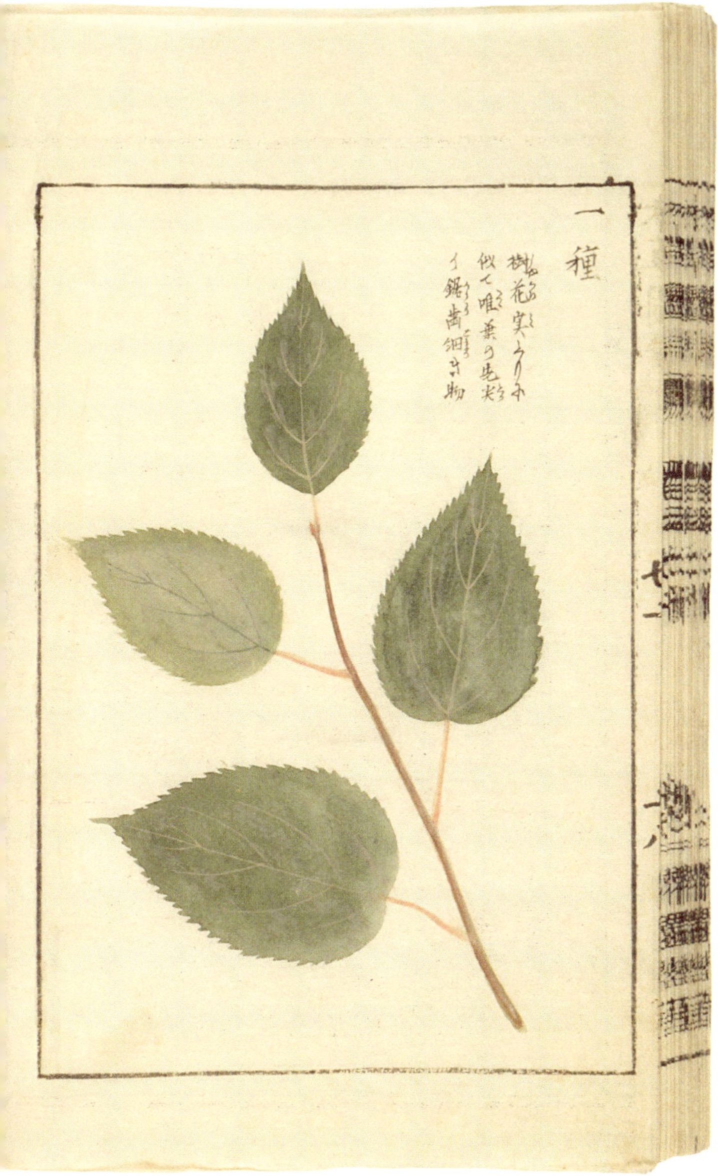

老君眉

茶树的一种。山茶科，山茶属。常绿木本植物，按树型分乔木型，高数十米；小乔木型；灌木型，高八十至一百二十厘米。叶片椭圆形、革质；聚伞花序，花瓣五枚，白色，清香，花期十月至翌年二月。叶子和花制茶，种子榨油，树干材质细密，可用于雕刻。老君眉又名仙茶，因红楼梦中贾母提及而出名。此茶外形独特美观，形似眉，故称『老君眉』，也称『寿眉』，汤色翠绿、香气扑鼻、滋味醇厚，能消食、解腻，是我国茶中珍品。

宴海棠贾母赏花妖

第九十四回　宴海棠贾母赏花妖　失宝玉通灵知奇祸

大家说笑了一回，讲究这花开得古怪。贾母道：『这花儿应在三月里开的，如今虽是十一月，因节气迟，还算十月，应着小阳春的天气，因为和暖，开花也是有的。』

接外孙贾母惜孤女

第三回　贾雨村夤缘复旧职　林黛玉抛父进京都

黛玉方进入房时，只见两个人搀着一位鬓发如霜的老母迎上来，黛玉便知是他外祖母。方欲拜见时，早被他外祖母一把搂入怀中，心肝儿肉叫着大哭起来。当下底下侍立之人，无不掩面涕泣，黛玉也哭个不住。一时众人慢慢解劝住了，黛玉方拜见了外祖母。

附录

红楼雅情

荔枝

第三十七回

贺芳辰玉兄赠鲜果

行捧玉盘尝荔枝

大观园的诗歌盛会是从“秋爽斋偶结海棠社”开始的，而其发端却是三小姐贾探春一次小小的伤风感冒，以及哥哥贾宝玉对她的关怀：不但“亲劳抚嘱”，还几次“遣侍儿问切，兼以鲜荔并真卿墨迹见赐”。

贾探春酷爱书法，她房中的花梨大理石的大案上“堆着各种名人法帖，并数十方宝砚，各色笔筒，笔海内插的笔如树林一般”，而墙上挂着的亦是大书法家米芾的《烟雨图》，左右的对联更是唐朝颜真卿的墨宝。

贾宝玉对姐妹们一向用心，为了抚慰病中的三妹妹，他送去的礼物必定是最贴心的：其中一样就是颜真卿的墨迹，而另一样则是时鲜水果——荔枝。

西汉司马相如的《上林赋》里曾记述了天子上林苑中的果蔬：“卢橘夏熟，黄甘橙榛……隐夫薁棣，荅遝离支，罗乎后宫，列乎北园。”这里的

“离支”便是荔枝，李时珍的《本草纲目》中对荔枝是如此注解的：“若离本枝，一日色变，三日味变。则离支之名，又或取此义也。”

荔枝是亚热带果树，生长于南方，且不易保存。而在交通并不发达的古代，想在北国吃到三日即坏的荔枝是极为难得的。这就是唐杜牧《过华清宫》诗“一骑红尘妃子笑，无人知是荔枝来”的精妙之处。而同样处于京城之中，贾府能够得到新鲜荔枝，可见其豪门富贵。

贾宝玉送给贾探春的荔枝不但珍贵，就连盛荔枝的盘子都不寻常，乃是一个缠丝白玛瑙碟子。

所谓缠丝玛瑙就是一种表面有天然纹路的玛瑙玉石，而白色的缠丝玛瑙制成盘子，配上新鲜红嫩的荔枝，可以想见其明艳富丽的色彩。故而贾宝玉“巴巴的拿这个”送了荔枝给贾探春，贾探春见了果然“也说好看，叫连碟子放着”。

病中聊赖的贾探春吃了鲜荔枝，更有缠丝白玛瑙的碟子和颜真卿的真迹可以观赏，兴致顿起。她想到古人纵然身处“名攻利敌之场”，仍能流连山水自然，“或竖词坛，或开吟社”以成千古佳谈。而大观园众人住在“泉石之间”，每日都与“风庭月榭”“帘杏溪桃”为伴，正可“宴集诗人”“醉飞吟盏”。

于是，贾探春不甘心“雄才莲社，独许须眉”，“不教雅会东山，让余脂粉”，要促成一件大观园里的雅事，便“写了几个帖儿试一试，谁知一招皆到”，海棠诗社由此作兴起来。

荔枝

无患子科，荔枝属。常绿乔木，高约十米。羽状复叶互生，小叶二至四对，顶生圆锥花序，花小，无花瓣，花期三至四月。果实球形，果皮有鳞斑状突起，成熟时鲜红色。种子黑褐色，被肉质假种皮包裹，五至八月成熟。原产我国南方，已有两千多年栽培历史，是世界著名的热带果树。其树冠广阔，在南方常种植于庭院观赏。果实药、食两用，味美香甜，富含多种营养物质，在我国与香蕉、菠萝、龙眼同称为『南国四大果品』，但鲜果不耐贮藏，一离开枝叶很快变色、变味，故古时称其为『离支』。味甘、酸，性温，是顽固性呃逆和五更泻者的食疗佳品，还有促进食欲之功效。其木材坚重，经久耐用，是名贵用材。

同

物印把ニ載ス圖

螃蟹宴众赋菊花诗

菊花

第三十八回

千古高风说到今

百二十回本《红楼梦》行至三分之一处，迎来了第一次大观园里的诗歌盛会：海棠诗社之菊花赋诗。

比之“咏白海棠”时一人只作一首，此番咏菊可谓极尽新巧。那诗题“以菊花为宾，以人为主……又是咏菊，又是赋事”，最后竟凑成了一幅十二册的菊谱，“三秋的妙景妙事都有了”。

菊花古来便是花中名品，在我国有三千多年的栽培历史。《礼记·月令篇》记载：“季秋之月，鸿雁来宾，菊有黄华。”《埤雅》则云：“菊草有华，至此而穷焉。”

古人爱菊，只因菊花有着清寒傲雪的品格。战国屈原在《离骚》里吟诵“朝饮木兰之堕露兮，夕餐秋菊之落英”，而晋陶渊明的一句“采菊东篱下，悠然见南山”更为菊花立下了高洁孤芳的姿态。

从那之后，古人以诗词赋菊都自然而然地要向陶渊明看齐。这也是菊花赋诗得魁首的潇湘妃子林黛玉为何会在《咏菊》里写下“一从陶令平章后，千古高风说到今”的原因，《菊梦》中又有“登仙非慕庄生蝶，忆旧还寻陶令盟”之句。而她《问菊》中“孤标傲世偕谁隐，一样花开为底迟”的疑问，恰是林黛玉“孤高自许”的自我肯定。

紧随林黛玉夺冠的三首菊花诗之后，夺得“榜眼”的蕉下客贾探春则在《簪菊》诗里写道：“高情不入时人眼，拍手凭他笑路旁。”而枕霞旧友史湘云的《对菊》里有“数去更无君傲世，看来惟有我知音”，《供菊》里又有“傲世也因同气味，春风桃李未淹留”的诗句。

这既是世人对菊花品格的基本认知，也是黛玉、探春与湘云三人对菊花孤傲的认同，更从一定程度上衬托出她们各自的品性。而一向“沉着”的蘅芜君薛宝钗则不会如此突出菊之孤傲，其《忆菊》诗中“空篱旧圃秋无迹，瘦月清霜梦有知”一句亦是她的侧写。至于怡红公子贾宝玉，始终不脱他“护花使者”的秉性，《访菊》时会说“黄花若解怜诗客”，《种菊》则要“泉溉泥封勤护惜”。

《红楼梦》里，菊花非但是佳人们玩赏吟诗的对象，亦可用作妆点打扮之物。第四十回“史太君两宴大观园”，贾母大清早便领着众人去游赏园子，偏偏是不能戴花的李纨“撷了菊花”送给贾母等插头。

大荷叶式的翡翠盘子里面盛满了各色的折枝菊花，“贾母便拣了一朵大红的簪于鬓上”，其富贵雍容之风姿可以想象。而刘姥姥则被王熙凤用“一盘子花横三竖四的插了一头”，成了个“老风流”，被贾母笑称是“老妖精”。想来，这大约也是品格清高之菊花的另一种俏丽花姿吧？

夏菊

秋菊の類にして早く花を開くものなり培養すれば三四月花あり花黄紅の數色あり時珍說くところの夏菊なり

菊花

菊科，菊属。多年生宿根草本，高六十至一百五十厘米，头状花序，花白、黄、粉或紫等色，品种众多，花期九至十一月。原产中国，有三千多年栽培历史。其不畏风霜、坚毅顽强的品质备受国人称颂，与梅、兰、竹并誉为『四君子』，是我国传统十大名花之一，也是世界名花，为重要的切花、盆花和园林绿化材料。花药、食兼用。入药可祛风除湿、消肿止痛、明目延年，还可辅助治疗感冒等症。菊花茶、菊花酒、菊花糕等是我国传统的保健食品。

温佳酿黛玉疗心病

合欢

第三十八回

夜合花前日又西

大观园的螃蟹宴上，众人吃得欢畅淋漓，唯有林黛玉吃了"一点子螃蟹"。她一时觉得"心口微微的疼"，想吃口热热的烧酒，贾宝玉便命人"将那合欢花浸的酒烫一壶来"。

晋崔豹《古今注·草木》中记载："合欢，树似梧桐……树之阶庭，使人不忿。"合欢性味甘，《神农本草经》中称其能"安五脏，和心志"，故而古人采集其将开未开时的花蕾，炮制成药。

一直以来，人们都认为林黛玉得的是肺结核，病发咳血乃至夭亡。但实际上，那时的肺结核是传染性极强的病症，林黛玉若得了这个病，贾府是不可能将她和贾宝玉乃至众姐妹放在一处生活的。

根据当下的研究讨论，"心较比干多一窍，病如西子胜三分"的林黛玉所患当是一种先天性心脏病，而喝合欢花浸的酒恰能够调养她吃了螃蟹这些寒凉之物后心口疼的症状。

古人有常饮合欢汤的习俗，不但可以治疗心病以忘忧，更是取其和合欢乐之意。《红楼梦》第五十三回“宁国府除夕祭宗祠”里写贾府的除夕夜宴时，便提到“献屠苏酒、合欢汤、吉祥果、如意糕”等。

而在古人诗词里，合欢更多的还是男女相思的象征。杜甫《佳人》诗云：“合欢尚知时，鸳鸯不独宿。”清代纳兰容若《生查子》词云：“不见合欢花，空倚相思树。”相传虞舜南巡死于仓梧，其妃娥皇、女英遍寻湘江，泪尽滴血，血尽而死，二人与虞舜的精魂共同化作了合欢树。

这一传说与娥皇、女英泪洒潇湘竹有着神似之处，恐怕也是曹雪芹在创作《红楼梦》时的神话元素之一，而它们在《红楼梦》里都传达出了同一种情韵，那便是绛珠仙子林黛玉的还泪传奇。

第七十六回“凹晶馆联诗悲寂寞”里也曾提到合

欢。林黛玉、史湘云二人联诗，林黛玉的一句“阶露团朝菌”将史湘云难住。史湘云“起身负手”，想了一会儿，终于“想出一个字来”——棔。

棔即合棔，乃是合欢的别名。史湘云前一日“看历朝文选见了这个字”，不知道究竟是什么树，正要去查时，薛宝钗告诉她这就是合欢，“如今俗叫作明开夜合的”。于是，史湘云想出了“庭烟敛夕棔”之句以应对林黛玉，二人遂又战了几个回合，这才有了最后“寒塘渡鹤影，冷月葬花魂”的绝妙之句。

有意思的是，《红楼梦》里写到合欢时，恰与贾宝玉的婚恋对象有关。只不过，史湘云在第三十一回“因麒麟伏白首双星”里就已明确订了亲。至于贾宝玉和林黛玉、薛宝钗的婚恋感情里，一个有爱情无婚姻，一个有婚姻却无爱情，都未能“合欢忘忧”。

本草圖譜　巻之八十

合欢

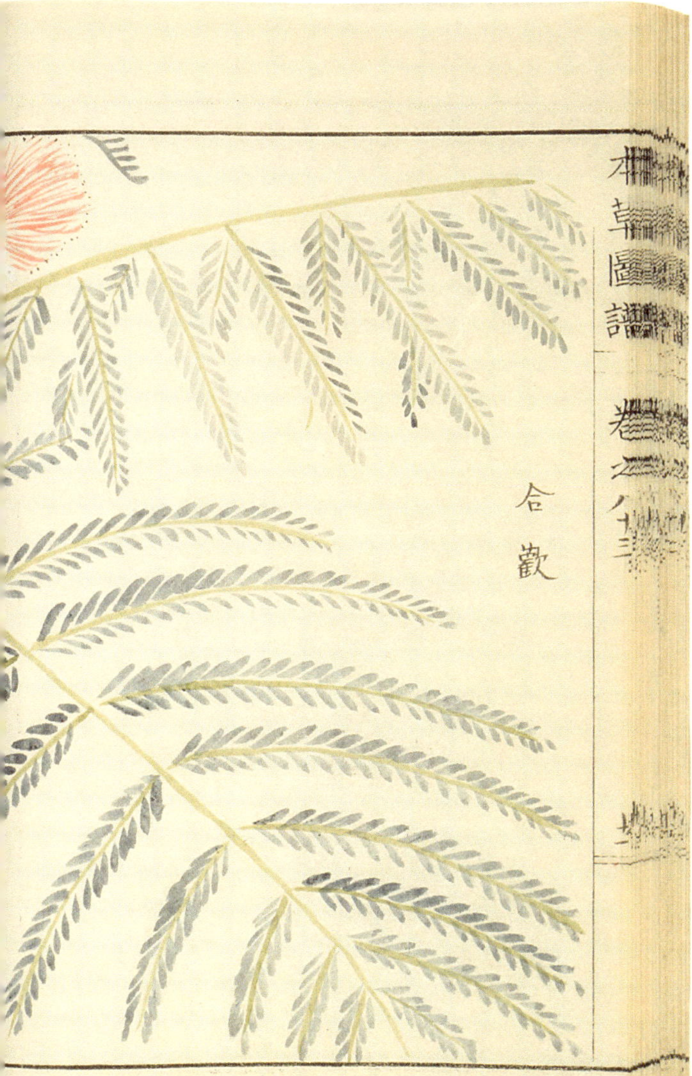

又名马缨花、绒花树等。豆科（含羞草科），合欢属。落叶乔木，高达十六米，树冠呈伞形，二回羽状复叶，小叶十至三十对，头状花序多数，于枝顶排成圆锥花序，花萼及花瓣黄绿色，雄蕊多数，细长，粉红色，如绒缨状，花期六至七月。荚果扁条形，八至十月成熟。原产亚洲及非洲，我国广泛分布。其树姿优美，叶形雅致，盛夏绒花满树，有色有香，宜作庭荫树、行道树等观赏。树皮含纤维可制纸，花入药有镇静安眠之效，根和树皮入药有补血活气之效，种子可榨油。合欢在我国是吉祥之花，寓意夫妻和睦，家人团结。

栊翠庵细品梯己茶

匏

第四十一回

器用匏尊老瓦盆

第四十回“史太君两宴大观园”后，饱餐酒肉的人们随着贾母继续游览大观园，一同来至栊翠庵。一向“视绮罗俗厌”的妙玉也只能“忙接了进去”，又“忙去烹了茶来”，亲自用“成窑五彩小盖钟”捧了一盅茶与贾母吃，再用“一色官窑脱胎填白盖碗”上茶与众人。

乍看之下，“天生成孤僻”的妙玉似乎也不能免去荣国府大观园中的人情琐碎，但她又暗暗以另一种形式表现出自己接人待物的好恶之心，“把宝钗和黛玉的衣襟一拉”，带着二人去吃“梯己茶”。谁知，偏又被贾宝玉悄悄跟了来“撤茶吃”，由此引出一段吃茶品茶的趣论。

当是时，妙玉给了薛宝钗一个“𤫩瓟斝”，给了林黛玉一个“点犀䀉”，随后将“自己常日吃茶的那只绿玉斗”给了贾宝玉。贾宝玉玩笑道：“他两个就用那样古玩奇珍，我就是个俗器了。”贾宝玉之所以有此心思，大概是因为在妙玉这里要把那些“金玉珠宝一概贬为俗器”。绿玉斗是玉石制成，而𤫩瓟斝和点犀盉都取材于天然之物：黛玉用的点犀盉是用犀牛角制成的器皿，而宝钗用的𤫩瓟斝的材质则是植物。

𤫩和瓟都是葫芦属的一种植物，其中，瓟同匏，其形态似圆球，晒干之后将内中掏空便可做容器。屈原的《楚辞·九叹》中就有“莞芎弃于泽洲兮，瓟蠡蠹于筐簏”之句。

关于𤫩瓟斝的制作历来有两种说法，一说是将做好的斝模套在还是嫩果的𤫩瓟上，使其依模子长成特定的形状，然后再制成饮器。另一说则认为𤫩瓟斝乃是特制的饮器，用其他材质制成的瓠瓟形状的器皿。

不过，当贾宝玉说出他划分“俗器”的理由时，妙玉果然“十分欢喜，遂又寻出一只九曲十环一百二十节蟠虬整雕竹根的一个大盏出来”，斟了一杯茶给他吃。由此可知，在此时的妙玉和贾宝玉眼里，不管什么古玩奇珍，唯有出于自然之物才算金贵，而用植物瓠瓟制成的斝似乎比绿玉斗、点犀盉更胜一筹。

及至《红楼梦》第七十八回“痴公子杜撰芙蓉诔”里，贾宝玉便写出了“文瓟匏以为觯斝兮，漉醽醁以浮桂醑耶”的句子。大约是妙玉的那只瓠瓟斝已经深入其心。

匏

匏即大瓠瓜，是葫芦的一个变种，果实圆形或近圆形，直径达二十厘米，多做水瓢或容器。葫芦的性状分类参见第三百二十五页『瓠子』及第三百四十四页的『葫芦』。

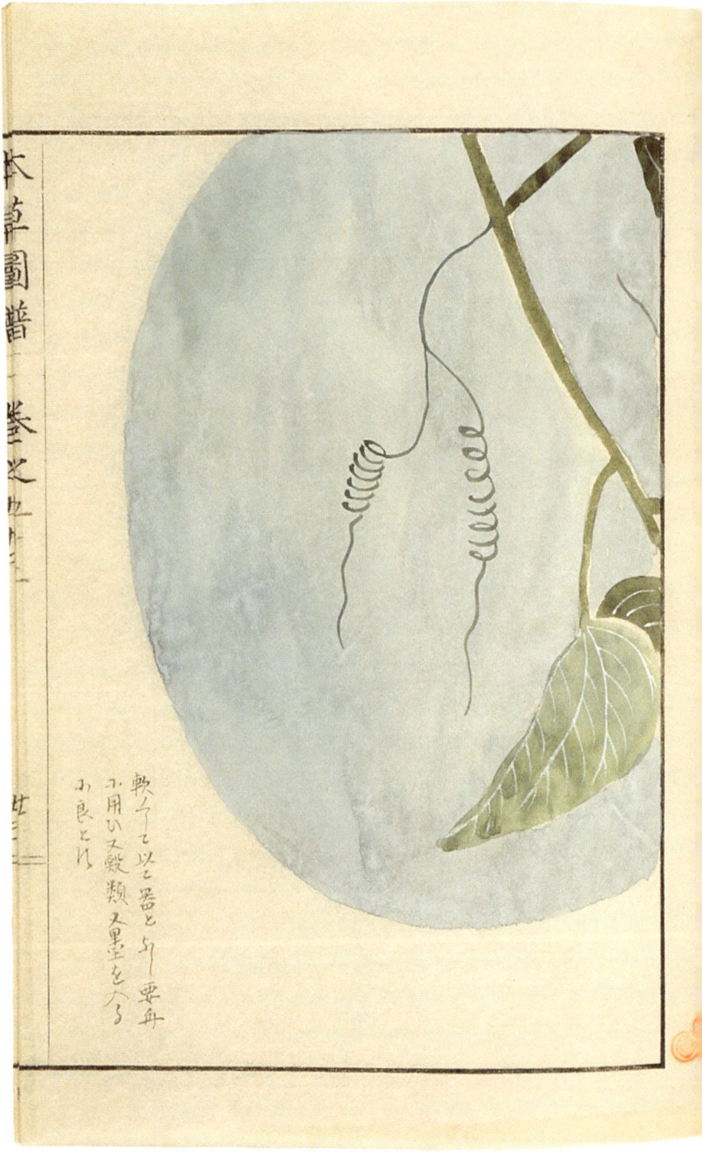

一種
匏
ふくべ
まるふくべ
あわふくべ
盒盤胡蘆
滇南圖史
其形円くして

史太君两宴大观园

茄子

第四十一回

管取来年吃嫩茄

一段“史太君两宴大观园”的文字，充满了富贵豪门的精雅之气与庄户人家的俚俗之趣。而唯一将这两种天壤之别的生活联系在一起的却是一道菜肴，那便是《红楼梦》饮馔文化里最令人津津乐道的茄鲞。

茄鲞是用茄子腌制成的一种菜，而茄子则是生活中最寻常不过的菜蔬。这种植物对生长环境的要求并不高，大江南北皆有种植，且种类繁多，宋代的《图经本草》里就记录了紫茄、白茄、水茄等多个茄子的品种。

从烹饪角度来说，茄子也是十分便宜的食材。其自身并没有什么特别的味道，但可以吸收任何味道，而口感又较为醇厚，有肉的质感。故而，古人认为茄子是素食中的精细者。

但是，最精细的茄子菜肴，莫过于《红楼梦》里的茄鲞：“把才下来的茄子把皮刨了，只要净肉，切成碎钉子，用鸡油炸了，再用鸡脯子肉并香菌、新笋、蘑菇、五香腐干、各色干果子，都切成钉子，用鸡汤煨干，将香油一收，外加糟油一拌，盛在瓷罐子里封严，要吃时拿出来，用炒的鸡瓜子一拌就是。”

如此看来，贾府的茄鲞更像是一种用茄子为主要食材制成的复合型调味酱料，这就无怪乎刘姥姥“白吃了这半日”都不敢相信茄子能“跑出这个味儿来”，乃至摇头吐舌念着佛地感慨，一个茄子“倒得十来只鸡来配他”。

而贾府的人似乎特别喜欢用复杂的方法去做一道品相简单的美食。第三十五回“白玉钏亲尝莲叶羹”里，被笞负伤的贾宝玉想吃一种“小荷叶儿小莲蓬儿的汤”。但这种汤并非真的用荷叶、莲蓬做成，而是用凿着“豆子大小”的莲蓬、菱角的银模子，将面团印出荷叶、莲蓬的样子做成汤羹，其真正的滋味还是在于好汤。所以，王熙凤“吩咐厨房里立刻拿几只鸡，另外添了东西”，才做出了这种没有荷叶的荷叶汤。连同是出身富贵门第的薛姨妈看了都叹道：“你们府上也都想绝了，吃碗汤还有这些样子。”

由此看来，在贾府能吃到自然醇味的果蔬反倒是一件奢侈的事情。刘姥姥二进贾府时带来的是田里“头一起摘下来的”瓜果菜蔬，“孝敬姑奶奶姑娘们尝尝”，就当是吃个“野菜儿”。而等刘姥姥走时平儿也特意嘱咐她下次还要带些“晒的那个灰条菜干子和豇豆、扁豆、茄子、葫芦条儿各样干菜”。想来，这不仅仅是因为贾府“上上下下都爱吃”，而且是因为他们日常就吃不着。

茄子

别称落苏。茄科，茄属。一年生草本至亚灌木，高可达一米，叶互生，卵形至长圆状卵形，花单生，淡紫或白色，萼片有刺。浆果，形状呈圆、倒卵或长条形，有紫、红、绿、白等颜色。原产亚洲热带，中国各省均有栽培。其营养丰富，并含多种生物碱，可药、食两用。嫩果是我国主要的蔬菜之一。味甘性寒，具有清热、活血化瘀、利尿消肿等功效。叶片可作麻醉剂。

菜部　蓏菜類

茄　なすび 和名　なす　小蓏 群芳譜
　　　錡　紫膨脝 上同　矮瓜 廣東新語

春月実を下して生す葉酸漿ほゝつきに似て肥て大に嫩葉並に枝幹皆紫色の花を開き実を結ふ蔕に刺あり小なるハ無花果いちじくの如く大なるハ菜瓜の紫色光澤あり老たる時ハ黄褐色となる此をたねなすびといふ附方ニ黄老茄子又老黄茄といへり

贾宝玉夜雨访潇湘

棠木

第四十五回

木兰之楫沙棠舟

自从第四十二回“蘅芜君兰言解疑癖”之后，林黛玉终于明白薛宝钗“素日待人，固然是极好的”。至第四十五回，林黛玉和薛宝钗更是一番互诉肺腑，结成知心，林黛玉还盼着薛宝钗“晚上再来和我说句话儿”。

谁知，一场黄昏秋霖阻住了薛宝钗的到来，林黛玉“心有所感”，写下了《秋窗风雨夕》以寄惆怅。当次之际，冒雨夜探的唯有贾宝玉。

林黛玉见贾宝玉穿着蓑衣，脚下却“靸着蝴蝶落花鞋”，因问他：“这鞋袜子是不怕雨的？”贾宝玉便道自己“有一双棠木屐”脱在廊檐下了。

棠木即沙棠之木，而沙棠又叫棠梨。《山海经 · 西山经》中记载，昆仑山丘“有木焉，其状如棠……名曰沙棠；可以御水，食之使人不溺。”晋王嘉的《拾遗记》里也记载，汉成帝与宠妃赵飞燕“戏于太液池，以沙棠木为舟，贵其不沉没也”。

这是因为棠木的木理坚韧，不易被水腐蚀，故而古人多用以造舟。《红楼梦》第四十回“史太君两宴大观园”时，因贾母要领着众人游湖，“那姑苏选来的几个驾娘早把两只棠木舫撑来”。

而贾宝玉的棠木屐便是用棠木做成的一种套鞋，逢雨雪天气时便套在鞋外穿着，可以防水。这也是贾宝玉冒雨而来，脚上的“掐金满绣的绵纱袜子”和“蝴蝶落花鞋”仍旧干干净净的原因。

贾宝玉对林黛玉说，自己的棠木屐、大箬笠和蓑衣是一整套，“三样都是北静王送的”。他尤其喜欢斗笠，“顶儿是活的”，还要送林黛玉一顶“冬天下雪戴”。林黛玉却脱口而出：“我不要他。戴上那个，成个画儿上画的和戏上扮的渔婆儿。”而这话恰与她刚刚打趣贾宝玉是个渔翁相连，林黛玉一时“羞的脸飞红，便伏在桌上嗽个不住”。

只是，这不经意间流露的女儿情思贾宝玉却没有留心，只顾着看林黛玉新写成的诗。待贾宝玉要回去时，林黛玉又担心他“穿不惯木屐子”，将“玻璃绣球灯拿了下来”让贾宝玉自己提着。

及至第四十九回“琉璃世界白雪红梅”时，贾宝玉再次穿上了三样一套的避雪之衣，他“披了玉针蓑，戴上金藤笠，登上沙棠屐，忙忙的往芦雪庭来”。此处的金藤笠与第四十五回的大箬笠似有出入，而玉针蓑和金藤笠从词意上看更像是一种美化文辞的虚写，但唯有脚蹬的那一双“沙棠屐”不曾改变。

赤棠 解集

とーミかいどう

こなり　ないどう

葉三尖ありてこつむないどうの如く花淡紅にして海紅に似たり　秋月実熟して下垂ー紅色美之

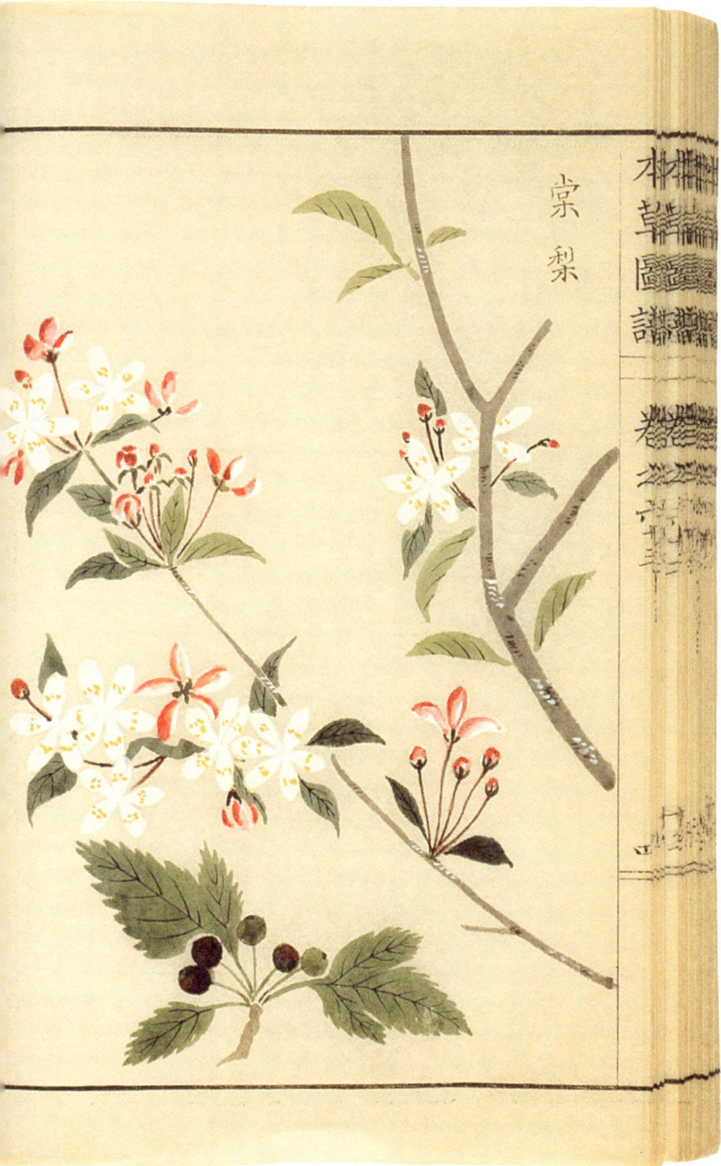

杜梨

又名棠梨、赤棠等。蔷薇科，梨属。落叶乔木，高十米，枝条具刺，伞形总状花序，着花十至十五朵，花瓣白色，花期四月。果小，直径约一厘米，近球形，红褐色，八至九月成熟。原产我国北部，长江流域也有分布。抗干旱，耐寒、耐盐碱，寿命长，常作栽培梨的砧木，还是华北、西北地区防护林和沙荒造林的良好树种。春天开白花，可植于庭院观赏。古时，因其枝条带刺，常被用来堵在院门口，防止窜入，故被称为杜梨，指用来堵塞门洞的树木，这也是『杜门谢客』等词的来历。木材致密可做各种木工用料。其根、枝叶、树皮和果实均可入药。

枸杞芽

第六十一回

蘅芜蕉客品时蔬

晨斋枸杞一杯羹

从茄鲞到莲叶羹，从火腿炖肘子到牛乳蒸羊羔，《红楼梦》里的美食无不体现着钟鸣鼎食之家的富贵，即便是最简单的食物也要用最复杂的方法去烹制。但即便如此，大观园里也有人还想着吃一餐真正自然纯正的滋味。

第六十一回“投鼠忌器宝玉瞒赃”中，管理大观园内厨房的柳嫂子正忙着“按着房头分派菜馔”，司棋却派小丫头来吩咐炖一碗嫩嫩的鸡蛋。虽然口味不是很高，可柳嫂子早已厌烦了这些“二层主子”，狠狠排揎了一阵，更拿出贾探春和薛宝钗吃“油盐炒菜芽儿（一作“枸杞芽儿”）”的事来弹压小丫头。

《诗经·北山》篇云：“陟彼北山，言采其杞。”中国两千多年前便已采食枸杞，明代李时珍《本草纲目》中记载道：“枸杞，二树名。此物棘如枸之刺，茎如杞之条，故兼名之。”

枸杞是药食两用的植物，有补虚益精、清热明目的功效，而枸杞嫩芽则是味道清香的菜蔬。故而，平日吃腻了山珍海味的贾探春和薛宝钗“偶然商议了要吃个油盐炒枸杞芽儿来”换换口味。

在柳嫂子眼里，两位姑娘吃油盐炒枸杞芽儿算不得什么大事，但难得的是她们“现打发个姐儿拿着五百钱”给了柳嫂子。即便按照当时的物价，枸杞芽儿也不算金贵，不过是“三二十个钱的事”，但姑娘们体恤柳嫂子的心意却令人感动，“心里只替他念佛”。

柳嫂子曾明言，人人都以为她管着内厨房“省事又有剩头儿”，但实际上一直在做赔本买卖。府里给的钱连“两顿饭还撑持不住”，可偏偏司棋这些个副小姐“这个点这样，那个点那样”，实在令人厌烦。

在第七十三回“懦小姐不问累金凤”里，贾迎春乳母的儿媳妇王住儿家的也说过和柳嫂子一样的话。

这媳妇因偷偷当了贾迎春的累丝金凤被人发现，反倒打一耙，口口声声称拿自己的钱贴补贾迎春，“白填了三十两”，直闹得不可开交。而平息这一场官司的，恰好是贾探春。

贾探春接连问道：“谁和奴才要钱了？难道姐姐和奴才要钱了不成？”“姐姐既没有和他要，必定是我们或者和他们要了不成！”“咱们是主子，自然不理论那些钱财小事，只知想起什么要什么，也是有的事。”

一度当家管事、兴利除弊的贾探春只怕早已明白，贾府已是个死而不僵的百足之虫。从五百钱的枸杞芽儿到贴补了主子的三十两银子，看似都是些下人贪图蝇头小利的争吵，却已然暴露了贾府“后手不接”的衰败之势。

本草圖譜　卷之八十九

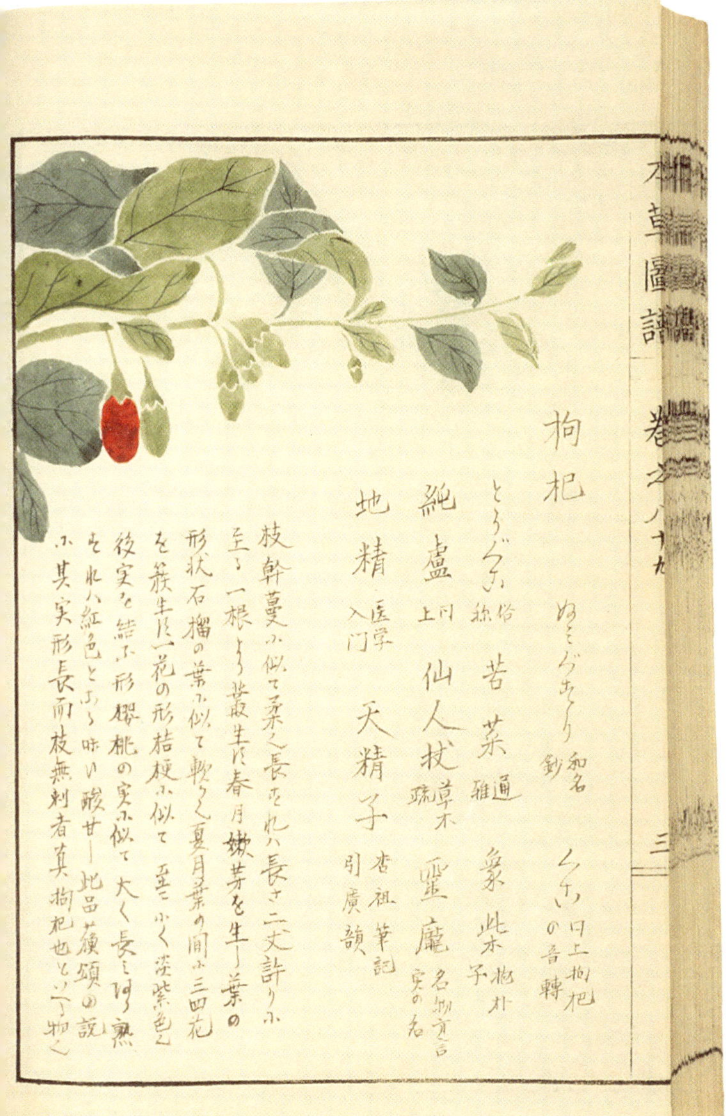

枸杞

茄科，枸杞属。落叶灌木。高一至二米，枝条下垂，具棘刺，花单生或多朵簇生于叶腋，花冠漏斗状，淡紫色，花期五至十月。浆果红色，开花一个月后成熟，因此，常见花果同株。原产我国华北、西北地区，各地均有分布。花期长，在园林中是优良的秋季观果灌木，老株常做树桩盆景，因枝条带刺，还可做绿篱。药、食两用，果实称为『枸杞子』，是名贵的中药和补品，根为『地骨皮』，叶为『王精叶』，有治咳血、虚热、盗汗等功效。嫩叶称为『枸杞头』，是保健型特种蔬菜。

解琴书闲说猗兰操

兰花

第八十六回

一曲猗兰按玉徽

此一回中，贾宝玉第一次知道林黛玉竟然会抚琴，二人正在“闲解琴书”，王夫人命人给林黛玉送了一盆兰花来，贾宝玉因道：“妹妹有了兰花，就可以做《猗兰操》了。”

兰花自古便是花中名品，因生于山野空谷，不与世间芳草争姿，深得文人墨客之心，被视作高洁典雅的象征。据说，《猗兰操》就是孔子见到兰花后所作，他因感慨“兰当为王者香，今乃独茂，与众草为伍”，便以此琴曲“自伤不逢时，托辞于香兰”，表达自身不同俗流的心境。

在第五回“游幻境指迷十二钗”里的【世难容】之曲，就曾用兰花来形容“天生成孤僻人皆罕”的妙玉，称其为“气质美如兰，才华馥比仙”。而同妙玉一样有些“孤高自许，目无下尘”的林黛玉似乎与兰花也有几分相似，故而抚奏《猗兰操》可算是林黛玉的自我写照。

然而，贾宝玉说林黛玉可以做《猗兰操》的话本是随口一说，可林黛玉却听者有意，“心里反不舒服”，又生出一种愁闷来。

自第三十二回“诉肺腑心迷活宝玉”里林黛玉隔窗听得贾宝玉在“在人前一片私心称扬”后，“不觉又喜又惊，又悲又叹”，将其引为知己。随着后续情节的发展，宝黛的爱情逐渐明朗化，但二人一直严守着“发乎情，止乎礼”的道德标准，纵然“情投意合，又愿同生死，却只是心中领会，从来未曾当面说出”。及至第八十六回这一段“闲解琴书”的文字，又将贾宝玉与林黛玉的知己之情多出一层渲染。

林黛玉因同贾宝玉讲解琴道，说那“师旷鼓琴能来风雷龙凤；孔圣人尚学琴于师襄，一操便知其为文王；高山流水，得遇知音”，随即“眼皮儿微微一动，慢慢的低下头去”。

在中国古代的爱情佳话里，琴韵传情、知音相惜是最经典的情节：汉朝的司马相如一曲《凤求凰》打动了卓文君，唐朝的张生便效仿司马相如也博得了崔莺莺的芳心，而此处林黛玉的一点情思已是再明显不过。待王夫人送来兰花，林黛玉见“有几枝双朵儿的，心中忽然一动”，那股幽情又增一分。

但是，林黛玉此时这些微小的情态并未被贾宝玉看见，他的整个心思都还在学琴之上，甚至还要“告诉三妹妹和四妹妹去，叫他们都学起来”。贾宝玉无心的话语勾起了林黛玉孤身凄凉的哀愁，待他离开，林黛玉独对兰花，复又想自己的心事：“若是果能随愿，或者渐渐的好来，不然，只恐似那花柳残春，怎禁得风催雨送？”

这种种情思合拢一处，使得林黛玉心有感怀，写成四章词赋，借《猗兰》《思贤》两操合成音韵，翻入琴谱，却最终在弹唱之时“忽作变徵之声”，蹦断了君弦。而黛玉之断弦碎琴的命运，至此已成定音。

秋花を開く香氣あり
根ハ春蘭より肥く漢
土にて此類を集る書ハ
百花録群芳譜等あり
多し和産も又多きこと
其圖説も又別にあり
こゝに略す

建兰

兰科，兰属。多年生草本，叶基生，长三十至六十厘米，总状花序，着花三至九朵，浅黄绿色带紫斑，幽香，六至十月开花不断，又称四季兰。原产中国南部，有数千年栽培历史，其『兰在幽林亦自芳』的高雅气质深受国人喜爱。以盆栽观赏为主，是室内陈设佳品，亦多做高档礼品馈赠亲朋好友。全草（兰草）入药，有滋阴润肺、止咳化痰、活血、止痛等功效。

图书在版编目（CIP）数据

几回清梦到花前：红楼女子的草木情缘 / 周舒撰文；（日）岩崎常正等绘. -- 北京：中国画报出版社，2020.5（2021.10重印）

ISBN 978-7-5146-1846-4

Ⅰ.①几… Ⅱ.①周… ②岩… Ⅲ.①《红楼梦》人物－女性－人物研究 Ⅳ.①I207.411

中国版本图书馆CIP数据核字(2019)第295887号

几回清梦到花前：红楼女子的草木情缘
周舒 撰文 ［日］岩崎常正 等绘

出 版 人：于九涛
策划编辑：张文杰
责任编辑：代莹莹
植物鉴赏：义鸣放
装帧设计：潘振宇 774038217@qq.com
责任印制：焦　洋

出版发行：中国画报出版社
地　　址：中国北京市海淀区车公庄西路33号 邮编：100048
发 行 部：010-68469781 010-68414683（传真）
总编室兼传真：010-88417359 版权部：010-88417359

开　　本：32 开（787 mm×1092mm）
印　　张：13.5
字　　数：130千字
版　　次：2020年5月第1版 2021年10月第3次印刷
印　　刷：北京汇瑞嘉合文化发展有限公司
书　　号：ISBN 978-7-5146-1846-4
定　　价：88.00元